深空彼岸 1

辰东/著

畅销书作家
辰 东
全新力作

深空彼岸 ①

辰东 著

一代旧术奇才在新术狂潮中逆风翻盘的传奇故事

畅销书作家辰东全新力作

封面以实际出版为准

十月
上市

内容简介

本册中,旧术奇才王煊刚从大学毕业,就面临与好友分别的伤感以及不能前往新星进修的遗憾,但他仍然怀抱想将旧术发扬光大的信心和决心,一边在旧土按部就班地工作,一边参与神秘组织,深入旧土各处,逐步揭开许多不为人知的秘密,与此同时,他自己也莫名被卷入危险之中……

一代旧术奇才在新术狂潮中逆风翻盘的传奇故事

星空一瞬　人间千年　探索神秘深空　抵达全新彼岸

完美世界26
PERFECT WORLD
Oriental Fantasy

辰东◇著

山东画报出版社

图书在版编目（CIP）数据

完美世界. 26/ 辰东著. —— 济南：山东画报出版
社, 2021.9
　ISBN 978-7-5474-3895-4

Ⅰ.①完… Ⅱ.①辰… Ⅲ.①长篇小说－中国－当代
Ⅳ.①I247.5

中国版本图书馆CIP数据核字(2021)第070788号

WANMEI SHIJIE 26

完美世界26

辰东 著

责任编辑	郑丽慧
总 监 制	梁 洁
策划编辑	黄香春
统筹编辑	罗嘉蕾
装帧设计	曹希予　周艳芳
主管单位	山东出版传媒股份有限公司
出版发行	山东画报出版社
	社　　址　济南市市中区英雄山路189号B座　邮编 250002
	电　　话　总编室（0531）82098472
	市场部（0531）82098479
	网　　址　http://www.hbcbs.com.cn
	电子信箱　hbcb@sdpress.com.cn
印　　刷	湖南天闻新华印务有限公司
规　　格	169毫米×233毫米　1/16
	20印张　320千字
版　　次	2021年9月第1版
印　　次	2021年9月第1次印刷
书　　号	ISBN 978-7-5474-3895-4
定　　价	34.80元

CONTENTS
目录

WANMEI SHIJIE

第1356章 游仙域
WANMEI SHIJIE

一时间，这里有些安静，金阳脸色很冷，瞳孔内有金乌展翅裂天的景象，他很想爆发，却不能。正如他叔叔所说的那般，帝落岁月太强，他无力驾驭，真要强行施展，多半会耗损本源。

帝落时代，那是怎样的年代？那是连仙域诸雄提到后都要脸色大变，会产生惊悚感的年代。

而以这种时代为名的招式，自然也有其可怕之处，有禁忌之力。

白孔雀仙子拢了拢秀发，第一个从后面走来，她看着石昊，目光流转，带着好奇，还有一种探察的欲望。

对于仙域生灵来说，下界是落后的，灵气不足，尤其是这一世，资源枯竭，根本不可能出现这等年轻高手才对。最重要的是，下界被污染了，带着不祥，早晚要覆灭。

在他们看来，蛮荒野地中不可能诞生麒麟子，结果石昊就是这么强横，给他们上了一堂生动的课。

几人走来，盯着石昊看，想要探察他所有秘密。

最难受的自然是金阳，早先他将话说得太满，结果到头来却是自己败北，被下界的生灵击穿仙道符文。

他很不甘心，他掌握了真正的仙功，为何还比不上一个从灵气贫乏之地来的野小子？

若是他自身天资差也就罢了，然而，他被誉为天纵之资，在金乌族中可是赫赫有名的年轻强者。

战局结束，他羞愤不已。

"呵呵，哈哈……"三藏大笑起来。战局结束，他走过来，毫不掩饰地向石昊道喜。

"修为精进，法力强大，不愧为百战百胜的年轻翘楚。"神冥也笑嘻嘻的，这般说道。

不管怎么说，他们三人一路同行，此时自然站在一起。

"这位道兄果然非凡，在下界那等资源枯竭、缺少顶级法门的地方，还能修炼到这一步，真是奇才也。"白孔雀仙子说道。

其他几人虽没有说话，但最起码没有翻脸。他们承认了这一对决的结果，就已经是很难得了。

石昊微笑，没有多说什么，只是点头致意。

"仙域内到底是什么样子？"神冥开口道。

石昊看向对面几人，依旧没有说话。因为，早先有约定，他如果战胜金乌族的年轻高手，就可以进入仙域。

场面寂静，那几人都没有说话。

金阳的面色一阵青一阵白，他从来没有想到过自己会败，故此早先大方地答应了石昊的要求。

现在，他该如何做？

仙域是什么地方？根本不对外开放，早已绝天地通。

雷灵之所以能进去，是因为草席上的那个人来头太吓人，并且带着信物，他们必须开启城门，不得不放行。现在，三名年轻人也要进去，这……

金阳愣住了，有些不知所措。

"带他们进来转一转吧。"石门深处传来一声叹息，依旧是那个中年人，他并没有彻底走远。

"好吧！"金阳硬着头皮答应道。

那个中年人实力强大，是金乌族的天纵奇才，既然他这么说了，金阳也只得答应。

当然，麻烦是金阳自己惹出来的，他在考虑日后是否会被族人责罚。

白孔雀仙子、身穿紫金战衣的男子等人跟金阳一起带路，向前走去。

在这天地断开、仙域与外界隔绝的年代，居然有人成功进入仙域，这简直就是奇迹！

因为，哪怕成仙了，在这个年代也无法进入仙域。

城门很宏大，就是城门门洞都恢宏得惊人，走在这里，一望无垠，壮阔得令人难以置信。

灰褐色的石地，平坦的道路，像是没有尽头一样。

还好，他们都有大神通，不然的话，若是如同凡人一般行走，天知道要走到何年何月。

缩地成寸，浮光掠影。

很快，他们冲过了这巨大的城门，进入一个广阔的世界。

这就是仙域，一眼望去，山川壮丽，景色秀美。

这里有耸入天宇的巨山，光秃秃的，弥漫着混沌之气，并释放出仙道精华；有在天空中流淌的河流，其中还有氤氲彩光。

才一进来，石昊就愣住了，这里真的是修炼的圣土，不愧是真仙栖居的地方。在这里，连石头都有灵性，有的居然在"点头"，有的还在滚动，一草一木都蕴含着浓郁的精华。

"嗖！"

一株神药横空而去，逃之夭夭。

石昊很是惊讶，就要追赶，这虽然不是真正的长生仙药，但是在外界也价值惊人，下界能有多少株神药？

"道友请止步。这是昆家的封地，虽靠近城门区域，但也不是无主之物，那是他们散养在这里的药草。"白孔雀仙子提醒道。

石昊一脸的尴尬，称自己见猎心喜，忘记这是仙域了。其实，他是在试探，想知道神药在这片古老的大界价值如何。

几人向前走去，天地间有仙气弥漫。

石昊深吸一口气，一阵慨叹，这等环境不是自己梦寐以求的吗？不死物质如此浓郁，想必可以让修士的寿元激增。

他知道，在这里就是不成仙，多半也能活上悠长的岁月，实力够强的话，不成仙也能长生。

前方，一座火山悬在天穹上，不在地面，却也冒着浓烟，内部有岩浆涌出。

是内部另有乾坤吗？不然的话，何以有岩浆淌落？

不过，它并未散发毒雾，那岩浆还有浓烟竟有某种惊人的灵性，向着一个地方聚集，没入城墙上的一处。

那里有一个人盘坐着，是一个中年人，他金发披散，向这边看了一眼，又闭上了眸子。

"叔叔！"金阳小声喊了一句，然后赶紧闭嘴了。

那个中年人没有回应，早先正是他发出的声音。他是负责镇守此地的将军之一，实力强大，代表金乌族坐镇此地。

金阳、白孔雀仙子等年轻人之所以能登上城门楼，就是因为这层关系，不然的话，一般的年轻人怎么可能上得去？

"城门附近能有什么胜景？还是深入仙域吧，看一看这大好河山，这真正的仙域到底是什么样子。"三藏相当不见外，这般说道。他的相貌生得极好，如同太阳神一般，金色光芒笼罩躯体，肌肤如同玉石般细腻，比仙血后裔还像仙子。这么圣洁的葬士，也算是少见了。

"有没有景色秀丽、山河壮阔，最起码能代表仙域特征的一处胜景之地？"石昊问道。他也不想在外围转，想深入仙域看个究竟。

那几人蹙眉，有些为难。

同时，石昊他们回头，神色顿时一僵，因为有穿着古老甲胄的士兵手持神圣法器，正在净化他们走过的路。甚至，有神光遮蔽四野，担心有不祥物质从他们体内散发而出。

"还真是……小心！"神冥其实很想呵斥对方，觉得被人看轻了，但是看到那士兵统领弥散着浓郁的仙雾，她又改口了。她不得不叹，仙域恐怖，那个人的实力绝对强大。

"这边吧，带他们去看仙坑。"

城门不远处，就有一座祭坛，可以通向仙域深处。

当石昊他们登上祭坛后，一股浓郁的仙气将他们笼罩，随后一道五色光芒"唰"的一声将他们一扫，他们直接从这里消失了。

当他们再次出现时，已经远离石门，身在一个巨大的深坑上方。这里巨石横陈，大坑深不见底，但是并不恐怖，仙气袅袅，周围的石林有混沌之气扩散。

"这是什么地方？"神冥问道。

"仙域的奇异地之一，可以满足你们的愿望。这里虽然很危险，但也是造化地。"金阳冷着脸答道。

"仙坑中的石头有些包裹着仙道古书，有些孕育着绝世凶兵。不过，千万强者来寻找，也不见得有一人能得到什么，反而很有可能将自己喂了石兽。"白孔雀仙子提醒道。

仙坑来历神秘，据闻是帝落时代便存在的古坑。

第1357章 \仙坑
WANMEI SHIJIE

坑很大，也非常深，是石质的，坑口有一些裂痕。

在坑外的地表上，巨石林立，形状都很怪，有的如同御天之剑，插到半空中；有的若白虎匍卧；有的若苍龙横亘。

岩石有的发黑，没有光泽，看起来如同被黑血染过；还有的呈褐色，像是黄泥形成的。

总体来说，天坑周围缺少植被，光秃秃的，十分寂静，却不像死地，因为仙气很浓，从坑底散发而出。

帝落时代就存在的天坑，自然令人遐思无限。

石昊心中琢磨，这地方真的有稀世宝物吗？

"不就是个坑吗？什么凶险的地下矿区我没见过。"神冥笑了笑，衣裙飘舞，风姿绰约，这般说道。

"是吗？这仙坑在我仙域赫赫有名，你们若是不怕，尽管下去试试看。"身穿紫金战衣的年轻男子说道。

他身材挺拔，带着氤氲紫气，连瞳孔都如同紫金一般，竟有金属光泽，龙行虎步，宛若一个年轻的帝王。

到了现在，石昊三人已经知道，他名为霍弗都，看不出修为深浅，不过绝对是一个恐怖的年轻高手。

这样的人若是到了下界，肯定是风云人物，不说俯视年轻一代，但应该也差不了多少。

"你们下去过吗？可有所获？"神冥嫣然一笑，明媚动人，并没有什么特别的表示，反而这样问道。

"我有过收获。"霍弗都冷冷地回道。虽然神冥国色天香，但是他并不怎么在意，不像金乌族年轻高手金阳那般对神冥比对石昊和三藏的态度好。

"如果有胆识，就自己去探索吧。呵呵，你们来自下界，污染了仙坑后，说不定会让蛰伏的石兽都逃掉，那可就是功德一件了。"另一名少女笑嘻嘻地道。她穿着一身淡蓝色长裙，头发如水波一般蔚蓝，瞳孔如同蓝宝石般亮晶晶的。

这名少女很漂亮，带着仙气，尤其是她的眉心那一点红痣，闪动着赤霞，平添了几分动人的风姿，让人印象深刻。只是，她的话实在有点儿刺人，与她的仙道气质不太相符。很明显，她对下界有成见，有一种天生的优越感。

她名为诺澜，也不知来自何族群。

"你们这边的人刚才被打得还不够吧，你是不是也要被荒暴打一顿才服气？"神冥相当彪悍，这般说道。她虽然倾国倾城，一颦一笑都动人心旌，但是嘴上不饶人，言辞相当犀利。

眉心有一点红痣的蓝衣少女诺澜，白玉般的俏脸顿时一阵发僵，水波般的头发飘舞，眼睛睁大，非常吃惊。

很明显，她没有想到对方会这么直接。什么叫没被打够，还要被荒暴打？在她看来，也太粗俗了！

神冥的一句话不仅将金阳的伤疤揭开，更是让诺澜羞恼不已，她瞪了神冥一眼，道："这就是下界的女修士吗？言谈粗俗，是不是行径也很野蛮？"

"怎么？觉得刺耳了？己所不欲，勿施于人。你出言讽刺下界，对我等表示轻蔑时，是否换位思考过？"神冥这般说道。

而后，她进一步补充，挑衅意味十足，道："不服就放马过来，让荒跟你一战，保证五百招内压制你，并暴揍你三顿！"

石昊忍不住翻白眼，这不是主动拉他下水吗？

诺澜狠狠地盯着神冥，而后突然笑了，道："也是，跟你一战的话，等于欺负你，所以你搬出这个人族少年。不过，你想多了，我可不是金阳，我要是出手，没几人接得住。"

石昊露出惊讶之色，这个眉心有一点红痣的蓝衣少女也太自负了吧，蓝宝石般的大眼中竟带着怒意。

她还真想动手？

难得的是，在场的几人，比如当事人金阳并没有多说什么，不反对，可见这个名叫诺澜的少女的确很强。

陪同石昊他们来这里的共有五名年轻男女，金阳、白孔雀仙子、霍弗都、诺澜，只有最后一个青年男子比较沉默。

早先，他们都被雾霭遮盖，不愿显露真身，嫌弃下界的生灵，石昊只见到了白孔雀仙子和金阳的真身，现在霍弗都与诺澜也终于露出了真容。

"咔嚓！"

就在此时，石昊在悬崖边上用手震开土石，拔起一块椭圆形的黑色石块。

这黑色石块很坚硬，周围的土石都裂开了，它却坚固不坏，任石昊手指头发光，都没能将它震断。

这是很不同寻常的事，到了他这等境界，连星辰都能徒手撕裂为两半，何况是一块石头？

"我警告你，别在这里闯祸，小心点儿。"金阳开口道。因为之前败给了石昊，他心中现在还是很不舒服，语气冷冰冰的。

"轰隆！"

石昊掌指发光，动用了一种大神通，"啪"的一声，黑色石块如鸡蛋般碎裂。

"嗖嗖嗖……"

霍弗都、诺澜、白孔雀仙子等人，一个个迅疾如闪电，倒退了出去，远离了石昊。

三藏、神冥见他们如此，也都纷纷倒退。

只有当事人石昊掌指发光时，被一股巨大的力量吸附住了。他神色微变，大吼一声，祭出宝术，数种神通融合在一起，这才挣脱那股巨大的力量，快速后退。

"轰！"

一股暴戾的气息扑面而来。一颗长满了红毛的头，张开血盆大口，直接咬碎了虚空，让石昊原本的立身之地瞬间爆炸。

它带着一股蛮荒的气息，仿佛从史前出世，挣脱时空，来到这里。

突然，一声大吼震动了这片区域，仙坑都在颤抖，周围许多巨石都崩裂了，隆隆作响。

不远处，一些身影飞快奔来。这块区域有不少人在寻机缘，只不过场地太大，各自分散得比较开。而现在这里的动静实在太大，因此引来了周围的修士。

这颗头有些像狮子的，鬃毛等是红色的，但细看的话根本不是狮子，二者的相似之处只是都拥有狮鬃。

这是一个怪物，整颗头如一座太古大山般镇压在这里。

这让疾速后退的石昊目瞪口呆，刚才他不过是震裂了一块石头，怎么一下子跳出这么一个庞然大物？

它只有头，没有躯体，威力真的很可怕，头一动便让虚空崩塌，血盆大口张开，仿佛可以吞噬万物。

远处，一些山体拔地而起，向怪物的嘴里飞去，还有一些金属矿熔化成金属液，也向它嘴里流淌。

"这……什么怪物？"石昊脸色大变，若非他退得足够快，后果难料。

"年轻人，你该庆幸，这么鲁莽行事，还能活下来。"一个中年人降落在此地，这般说道。

白孔雀仙子、霍弗都、诺澜也都走上前来，因为那颗红色毛发浓密的头并未追击。

"还好，它只是一股血气，不是真正的肉身，不然的话，注定会有一场血战。"霍弗都说道。

相对来说，白孔雀仙子的态度还算不错，没有看不起下界生灵，她解释道："我都说了，这里有造化，也很危险。仙坑中的一些石头内封有东西，有些是帝落时代的产物。"

按照白孔雀仙子所言，在这里不能鲁莽行事，万一唤醒一些残破法体，可能会有煞气外泄，形成"魔祸"。

石昊还算幸运，这块石头中只有一小团血气，并非大凶物质。

"这么妖邪？"石昊露出异色，道。

有这等地方的话，仙域的大佬应该铲平才对，石昊说出了心中的疑惑。

"动不得，这地下深处有些东西不能动，维持原状最好，倒是小辈可以来此寻找机缘。"中年人解释道，露出诧异之色，这是常识，这个少年怎么不懂？

"他们是下界生灵。"金阳开口道。

中年人的态度瞬间就变了，他转身就走，再也不看石昊一眼，且身体发光，施展妙术净化自己。

那副模样，让石昊真想一鞋底甩在他脸上，居然这么嫌弃外界的修士！

"好地方啊好地方！"久未说话的三藏开口道，并连连点头，对这里表示赞赏。

神冥一笑倾城，莲步姗姗，风姿绰约，在这里仔细地寻找着什么。

石昊心中一动，那两人是黄金葬士，难道说这里对他们而言是福地？

"三藏兄，一会儿帮我选块石头，让仙域的人吐几口血。"石昊对三藏传音。

"没问题，我尽力一试。不过我觉得荒兄更应该相信自己的感觉，或许你能寻到什么帝落时代的经文。"三藏说道。

他进一步传音，道："我好像听葬王提及过，所谓帝落岁月，真经无价。"

这话语分量极重，得葬王称赞，那是何等宝贵的经文！

那个时代，能被称作"经"的古书，绝对是至宝。

"唉，我真希望能带走点了不得的东西，让他们心疼一阵子，从而走出仙域去寻我等。"石昊说道。

第1358章 虚空仙金碑
WANMEI SHIJIE

身为黄金葬士，常年深埋地下，对地下的各种矿物最为敏感，现在三藏闭上了眼睛，在默默地感应。

神冥走了几步，都快从坑边的崖壁上落下去了。

远处传来一声大吼，红色毛发飞舞，最后跟头颅一起消失了。

"有点儿古怪。"三藏开口道。他没有受那颗头的影响，依旧闭着眸子，这种镇定的姿态让霍弗都、诺澜等人很是惊讶。

身为葬士，三藏对土石等也不是那么敏锐，没有重大发现。

他只是觉得此地很奇怪，一切都是被隔绝的，仿佛这种石头被蒙蔽了天机，难以探察清楚。

三藏知道，寻常的探察手段根本无用，看不透这些石头。

"不用白费力气了，看到那些黑色的石头了吗？它有可能沐浴过某种血，而那些浅黄色的石头则可能是由强者皮肉化成的。帝落时代的东西岂是那么容易被看穿的！"金阳冷冷地说道。

三藏不语。

神冥嗤笑，她并不相信这种话，按照她的理解，这个地方发生过一些激战，被封印过还差不多。

"砰！"

神冥先出手，从崖壁上抓起一块只有碾子那么大的石头，运转法力，就要将其震裂。

"小心点儿，去那边！"白孔雀仙子建议道。

不远处，有一座以石头堆砌而成的六芒星祭坛，带着沧桑的古意。这是一座很陈旧的法阵，但完好无损。

"告诉她干什么？！"诺澜不满地道，额头的红痣瞬间发光，她对神冥的敌意很浓。

仙坑很不一般，有些石头蕴含着奇异的物质，可化成凶兽、怪物等；有些石头蕴含着残破的法体，是古代生灵所留，一旦外泄，可化成煞气，毁灭生机，严重的时候，甚至会造成"魔祸"。

故此，在仙坑周围有一些法阵，都是大能所布置的，有非常强大的净化作用。

神冥倒也没有执拗，而是听从建议，将那块石头放进法阵中。她动用法力，将之震裂。

"咔嚓！"

石头裂开，从中探出一只石质的爪子，散发着土黄色的光芒，一爪子向神冥抓来。

"当！"

神冥反应迅疾，结法印，轰在爪子上。不料那只爪子出乎意料地坚硬，并未被震碎，一道黄光从石块中冲出，猛地攻击神冥。

那是一头凶兽！

神冥惊异不已，她动作优美，虽看起来轻柔，但每一次都释放出了强大的法力。

"嗖！"

那头凶兽像是土狗，身体不大，但是速度极快，化成一道黄光凶悍地出击。数次对击后，它吃了亏，直接远遁，没入土石中。

"这就是石兽吗？"石昊问道。

刚来这里的时候，白孔雀仙子就曾提及，此地不仅有机缘，更有凶险，一个不注意就可能会被石兽吃掉。

"就这么跑了？"神冥神色不善地道。

"知足吧，那可是石兽，动辄伤人性命。还好你惹出的只是一条土狗，换成不死鸟、巨兽等，可能会直接要了你的性命。"白孔雀仙子说道。

白孔雀仙子在一旁补充了几句，让石昊他们大致理解了那是何物。

石兽很奇异，曾经出现过很多，它们出来就伤人，但不会在外停留很长时间，不久后会没入仙坑中。

有人怀疑，那坑底是石兽的巢穴所在。

不过，也有大高手说，所有的石兽不管强弱，都只是傀儡兽，被石头中的意志支配着，真正的根源在仙坑中。

石兽出来一段时间后，躯体就无用了，意志脱离，还会选择下一块奇石继续依附。

有人猜测，这仙坑下有不灭的意志。

还有人说这里是一个坟坑，不然的话何以石头中有残破的法体，那都是古代大战所留。

"借体孕育神识，温养自身意志，这是要蜕变，还是要重生进化？"神冥怀疑地道。

再深入的秘闻，金阳、白孔雀仙子就不多说了。

"找到了，就是它！"三藏睁开眼睛，跃入仙坑，在崖壁下侧百丈远处搬起一块石头，并带了上来。

这是一块不算大的石头，放到净化祭坛上后，三藏很果断地用大神通力将之震裂。

"这是……"

一刹那，在场的人都愣住了，就是远处寻机缘的其他修士也都被惊动，飞快地冲来。

石块裂开后没有危机，只有祥和的气息。

石块流光溢彩，从里面冲出一块金属碑，碑很小，只有巴掌大，却吸引了所有人的目光。

惊呼声响起，一些人想争抢这块金属碑。

"虚空仙金书！"

霍弗都失声叫出了这块碑的名字。

这是一块虚空仙金，被人铸成了巴掌大的一块碑，价值连城。

这是仙金，可铸无上法器。一般的真仙都不见得有适合自己的炼器材料，这东西绝对算是顶级材料。

当然，现在人们关注的不是它的材质，而是形体，这可是一块碑啊！

这东西在帝落年代是经的载体，一般的传承都是刻写在碑上的，以仙金铸成的碑，更是至宝。

或许是一部经！

在那个年代，被称作经的东西，是无上传承。

在看到由虚空仙金铸成的碑后，所有人都呼吸急促，眼睛通红。哪怕是在仙域，这东西也值得争抢。

据闻，仙域中的一位大佬，号称一个不败的神话，在年轻时就曾意外得到一块仙金碑，碑上有无上经文，他因此而崛起，最后俯视天下。

当然，他那块碑不是从这里得到的。

眼下，三藏居然寻到这么一块仙金碑，这让周围的人怎能不震惊？

"你们还要抢不成？"三藏一把将仙金碑抓到手中，看着众人，严阵以待。

"交出来！"霍弗都当场翻脸。

"这东西你带不走！"诺澜冷笑道。

"是吗？一块仙金虽然珍稀，但是也不至于翻脸翻得这么快吧，不能委婉一些吗？"三藏说道，扬了扬手中的仙金碑。

"嗯？"霍弗都脸色铁青。

诺澜也愕然，火热的眼神变得有些呆滞。

"没有字，是粗坯！"金阳失声叫道，带着失落与遗憾，同时还有些释然。

这块仙金碑才铸好，还没有刻字，是一块粗坯，并不是帝落岁月最珍贵与难得一见的经。

此地响起一片叹息声，众人很失望。

"在这块区域，曾出土过石书粗坯，还有木书粗坯，都只是刚刻成的碑体，还没有写下传承。唉！想不到，今日连仙金书粗坯都出现了。"有人感叹道。

"小友，可否借给我一观？"此时，早先离去的那名中年人又出现了。这次他没有一点儿嫌弃下界生灵的意思，不怕被"污染"，主动索要仙金碑观察。

三藏迟疑了一下，还是递了过去，不想在这里开战。

中年人仔细感应，认真观察。他将这块巴掌大的仙金碑看透了，轻叹一声，还给了三藏。

很快，一位法力深不可测的老者出现，他也是来查看仙金碑的。

很明显，一块粗坯的出现，惊动了附近一些了不得的人物，因此他们第一时间赶到这里查看。

"可惜啊！"老者只说了这三个字，而后在原地留下一道仙光，凭空消失了。

至此，没有人再探查这块仙金碑了，因为那位老者查看过后，已经可以确定这的确是粗坯，没有刻下经文。

"帝落时代的经文，号称无价至宝，可惜啊，没有那个机缘。"就是三藏自己都在慨叹。但是，他也知足了，最起码这是一块仙金，能铸成宝料。

"三藏兄，帮我挑块石头吧。"石昊开口道。

三藏苦笑道："我高估了自己，这里的石头不一般，即便是身为黄金葬士也看不准，我刚才完全是凭着感觉选的石料。"

白孔雀仙子点头道："不错，在这里完全凭机缘。神圣古物一向亲近有缘人，该它出土时自会现身，莫强求。"

在过去，的确是如此。

神冥一番寻找，结果一无所获，这让她气恼不已，身为黄金葬士居然在土石中发现不了机缘。

石昊闭上眼睛，也想试试看所谓的直觉，看自己是否有机缘。

"嗯？"他心中一惊，难道真的跟缘分有关？他的确感应到了一块与众不同的石头，有种奇异的感觉，就像是他手持大罗剑胎时的感觉。

一丝相似的气息指引着石昊来到了一块石头前，这块石头不过一人高，静静地矗立着。

石昊非常震惊，这里面有什么？是与大罗剑胎类似的古器吗？也许是同时代的东西！

"开！"

石昊将石头带到祭坛后，动用大神通，要震裂此石。

第1359章 至宝
WANMEI SHIJIE

"当！"

火星四溅，这石头比神铁还要坚硬，打磨成兵器的话，应该是秘宝。

其他人相当惊诧，这石头怎么会这么硬？看样子这人族少年应该是动用了大神通，可还是没有击破它。

"是不是一战之下伤了本源，法力枯竭，肉身遭到了重创？不行的话就别勉强。"诺澜微笑着道，目光中带着审视，看向石昊。

金阳也看向石昊，露出异样的神色，他希冀石昊是真的负伤才导致这一情况发生，这样会让他感到些许安慰。

毕竟，一战之下，他遭受了重创，如果这个来自下界的人族少年无恙，实在让他很窝火。

"唉，被你猜对了，修为受损。算了，这块石头我就扛回去吧，找机会慢慢切开，怎么说也是从仙域带回去的东西，当个纪念品。"石昊说道。

他想将石头带走，不想在这里击碎，担心被仙域的人截走。刚才仙金碑出现，可是惹来了一些超级强者。

"我帮你斩开吧。"白孔雀仙子笑容灿烂，这般说道。

石昊没想到这个一直还算和善的少女会开口，阻止他带走这块石头。

"不用！"石昊笑道，表达谢意，并称唯有自己切开才有意义。

"别客气，我来！"诺澜开口道。她径自出手，一掌落下，震动乾坤，力量大得惊人。

"咔嚓"一声，石头龟裂，断为两截。

这个眉心有一点红痣的少女法力强大，抬手间就震开了此石，所有人都定睛观看。

就是石昊也心中震动，他知道，这块石头里应该有东西，刚才就是因为如此，他才故意留手，不愿意当众切开石头。

然而，出乎所有人的意料，石头里是空的，连血气、残破的法体都没有。

"唉，我的仙金古碑经文就这么被你弄没了。"石昊轻叹一声，这当然是故意的，其他人也知道。

"算了，留个纪念，残破的也带走。"说到这里，石昊开始收拾石头碎片。

"慢！"

仙域的这几名年轻人一个比一个谨慎，没有丝毫大意，霍弗都又要出手。

石昊心中一沉，看来是躲不过去了。事已至此，他摆了摆手，表示要亲自出手。

断为两截的石头满是裂痕，早已龟裂，其中较大的一块有三尺多长。石昊选中这块较大的，仔细观察，小心翼翼地发力。

"咔嚓"一声，石头裂开，散发出一缕黑色雾气。同时，还有一股腐烂的味道飘散出来，让人不禁皱眉。

当一缕浓郁的黑雾飘出时，在场的几人全都倒退了几步。这种黑雾与血气都是危险的东西，动辄会发生"魔祸"。

就是石昊自己也是心中一沉，这东西跟他刚才想的不一样，根本不是什么至宝，居然有腐烂的味道。

一堆碎石脱落，当中的器物露出真身。黑雾散开，腐烂的味道变淡了。

几人走到近前，仔细观看，三藏和神冥更是眼睛都不眨，盯着这东西，十分认真。诺澜第一个笑了，她眉心的一点红痣更是发光，身躯摇动，如风中神莲。

"这还真是一件至宝，了不起，跟你很相配。"诺澜嘲笑道。

金阳等人也都露出嘲讽的笑容，他们放心了，石昊得到的不是什么至宝。

三藏和神冥相互看了一眼，而后又望向石昊，神色复杂。三藏拍了拍石昊的肩膀，道："回头我帮你选块石头。"

"你不是说你也看不透，得凭自己的感觉吗？"石昊黑着脸说道。他简直难以相信，石头内的东西居然是一柄木剑！

这木剑无论怎么看都是给几岁的孩子启蒙用的，不仅小，而且造型简陋。最过分的是，木剑还烂掉了，稍微一触碰，就会掉烂木头渣子。

这是谁封印的？！石昊想骂人，太气人了，就跟恶作剧似的。

当然，前提是这些石头内的东西真的是人为封印，不然的话，他骂谁也没什么意义。

很过分的是，它还黑不溜秋，脏兮兮的，仔细看，上面还有小手印，似乎是孩童长时间攥着练剑的痕迹。

"再怎么说也是帝落时代的东西，是一件古器，若是被一些喜爱收集武器的前辈看到，说不定他们会出几块神源买下呢。"诺澜调侃道。

"真正喜爱古代武器的大人物，就是拿几块仙源求购此剑也不是没有可能。"霍弗都一脸认真地道。

但是，石昊怎么都觉得他们是在嘲弄他。

石昊一阵无语，他分明感应到了一丝与大罗剑胎相似的气息，怎么出来了一柄破木剑？

难道所谓的相似气息，真的只是因为来自同一个时代吗？

石昊不信邪，仔细研究，最后捏了捏木剑，"咔嚓"一声，一不小心就捏烂了一小块，木渣子落在了地上。

三藏一脸心疼的样子，道："小心点儿，再怎么说也是古物，别糟践。"

"连你也气我是吧？"石昊想打人。

"先收着吧，说不定就是一件至宝呢，一会儿吸收足够的天地精气，瞬间化成一柄让仙王都眼红的剑胎。再不济，就传给你家的娃！"神冥说道。

石昊黑着脸，有这样安慰人的吗？一柄破剑，直接扔掉算了！

这时，仙光闪烁，一位看起来五六十岁的老者驾驭着仙气降临了。

这绝对是一个高手，他带着出尘的气质，仔细去感应其深浅时，则如同面对汪洋与深渊，不可揣度。

"年轻人，可否借我看看？"老者微笑着道，须发花白，仙风道骨。

石昊将木剑递了过去，心中惊讶，仙域的人果然很看重此地，任何出土的东西都会由大人物亲自查看，不肯放过一件。

若非这个地方动不得，坑底有大秘密，且容易出现危险的生灵，估计早就被人挖光了。

老者在观察的过程中，轻轻摩擦，木剑又断了一小块，并落了一地的渣子。

"老人家，轻点儿，这是我兄弟的至宝，寻了半天就得到这么一件古物，很有纪念意义。"三藏提醒道。

"前辈，悠着点儿。这可是神圣古物，弄坏了没有第二件，您赔不起。"神冥也说道。

"哈哈——"周围，金阳、诺澜等人都大笑起来。

石昊一脸幽怨之色，看着两个黄金葬士，心想：别人挤对、调侃我也就罢了，你们两个凑什么热闹？

"有腐烂的味道，小心有不祥物质。"仙风道骨的老者说了一句，丢下木剑直接就走了。

这绝对是一位至尊，或者是半步真仙，甚至更强一些的生灵，他都这么表态了，木剑自然没什么稀奇之处，因此白孔雀仙子等人都不愿接触它。

最后，尽管三藏很仗义，替石昊出手，但还是什么都没有找到。

神冥也出手了，结果惹出一头庞大的石兽，险些一口将石昊的头咬中，造成大乱，直到至尊级生灵赶来才赶走石兽。

"时间差不多了，你们也该离开了。"白孔雀仙子说道。

霍弗都点头，言明这是仙域，不可能让外界生灵久留，石昊他们必须离开，这不是他们所能待的地方。

按照霍弗都他们所言，进入仙域，已经是天大的机缘，这么多年来，仙域之门从未开启过。

"一个纪元以来，无人可进！"

"今日也无人可以留下！"

若非石昊心有牵挂，他真的很想闯进仙域深处，因为有广袤的地域至今都还没有被仙道生灵探索。

外界是他的根，有亲人、朋友，还有一些放不下的人与事，因此他还得回去。

当离开那扇石门时，金乌一族坐镇城楼的中年人深深地看了石昊一眼。

一刹那，仙光如电，逼迫而来。

石昊觉得仿佛有一轮大日压来，要将他碾碎，但是他挺住了，没有倒下。

"很久没有见到这么强的人族少年了，好好活着，希望将来还有相见的那一日。"金乌族的中年人开口道。他透露出的一些信息，让石昊心头一震。

这么说，仙域的人终究是会出手的。不过，似乎要等很多年，那个时候，九天还能剩下多少生灵？

在石门关闭前，仙域内的一些强者早已祭出秘宝，释放仙光，净化石昊、三藏以及神冥走过的路。

一刹那，三人都一阵恼怒，感觉受到了羞辱。仙域的自傲自负，随时随处可见，就是这么直接。

"五百年后再见！即便是在下界，我也一定能成仙，走着瞧！"石昊说道。

诺澜、霍弗都等人发出嗤笑声，带着不屑，还有傲然。

"轰！"

石门关闭，就此与仙域隔绝。

恍若一梦，很多万年不见的仙域，竟然在今日开启大门，自己还进去了，石昊一阵默然，在这里站了很久。

"走了。"神冥摇了摇他的手臂。

"我喜欢收藏古器，将那柄木剑送我吧。"神冥笑得很甜，对石昊说道。

"当作纪念品吧，我自己留下。"石昊下意识地摇了摇头。

"一柄木剑而已，有什么可留的？"神冥很是不满。

"荒兄，你知道我是黄金葬士，对地下古物比较感兴趣，我可以拿神兵利器同你交换。"三藏开口道。

石昊道："这是至宝，我早已看出它的不凡，你拿什么来换？"

"你想要什么？"三藏问道。

石昊心中一惊，这烂木头真是好东西？他可没有看出来，他张嘴就回道："仙金碑。"

"可以。"三藏想都没想，毫不迟疑地就点头答应了。

石昊道："一块碑还不够。"

第1360章 三生药

WANMEI SHIJIE

三藏的脸色不是很好看，他道："我连仙金碑都同意拿来交换，你还想要什么？"

石昊不说话，看着三藏，现在石昊已经确定这东西绝对是价值连城，并且对葬士有大用。

神冥瞪了三藏一眼，道："活该。谁叫你和我抢，表现得那么迫不及待，现在好了吧？"

"开个玩笑而已，如果你们很需要，我可以给你们。"石昊并不想同两人闹翻，笑道。

两大黄金葬士可不是善茬，眼下若是和他们作对，绝对没有什么好处。当然，这也得看两大黄金葬士的诚意。

"我不是有意隐瞒，不然的话，我也不会这么急着跟你交换，轻易露出破绽。"三藏说道，以示真诚。

"这究竟是什么东西？"石昊问道。他相当好奇，一柄破木剑而已，居然让两个黄金葬士这么重视。

要知道，在仙域时，他可是亲自查看过这柄木剑，它都烂得掉渣了，一捏就会断。

也就是在那个时候，石昊看到了三藏不太寻常的举动——他居然捡起了断落在地上的一小截木剑。

在那种情况下，其他几人一起挤对石昊，三藏的举动显得很有意思，仿佛也在跟着起哄，调侃石昊。

现在看来，三藏只是非常珍惜木剑碎块。

"这是三生药，是在古葬区中才能生长出的绝世大药。"三藏坦然说出了木剑的来历。

神冥点了点头，这个时候不再掩饰，水灵灵的眸子中迸发出惊人的光彩。这对他们来说太重要了。

早先，石昊曾听他们说起过，三生药可让葬士向葬王进化，对该族来说，是无上至宝，超越一切。

石昊虽然猜到这柄木剑不一般，但是无论如何也没想到它会是由三生药制成的。

三生药是葬士一脉的至高神圣之物，是传说中的东西，可遇不可求，几乎无人见过。

不过，只要是葬士，一旦近距离接触，就可以确定它是不是三生药。

这东西对葬士的作用太大了，可以让他们进化。他们只要稍一接触三生药，就能感知到它的存在。

对一般人来讲，三生药没有什么用，只有对顶级强者才有用，可炼制起死回生丹等。

据闻，有几种古代传说中的丹药都需要用到三生药，以它为药引子。

"居然是三生药！怎么会是这种形态？一点儿也不像一株药。"石昊自语道。他仔细打量手中的破木剑，这卖相也太差了，险些就被他扔掉。

听到石昊提出这个疑问，神冥和三藏一致表示，这是古代某位无上强者故意为之。

那个人应该不是葬士，但他知道这是三生药，他这么做是想调侃后人，尤其是戏弄葬士。

这柄木剑是以三生药炼制而成的，原本应该是一株小树，结果被人打磨成了一柄木剑。

"暴殄天物！不要让我知道是哪个混蛋将它做成剑胎的，不然，我非扒了他的坟不可！"神冥恶狠狠地说道。

"这东西没变质吗？"石昊问道。因为他震开石头的时候，闻到了一股腐烂的味道。

两名黄金葬士听闻此话，脸色越发难看了。

"我真想除掉那个老家伙，一株如此珍贵的大药就被他这么随意地刻成剑胎，险些毁掉！"神冥愤愤地道。

"虽然略微变质了，但是还能用。"三藏说道。

"你们需要多少？"石昊进一步问道。

三藏和神冥不解，难道荒也想要吗？

石昊很坦白，他想留下一点儿，或许将来有用。

因为，在那古墓成列的星空中，时光紊乱，他曾见到曹雨生跟一条大黑狗挖掘古墓，为的就是找到三生药。

那时的曹雨生身上带着血，处境不妙，想寻到葬士一脉的珍贵大药去炼丹，要复活什么人。

"这么一柄木剑，分量很足，我们三人可以平分。"三藏点头道。这东西不是越多越好，一定的量就可以让他们进化。

"给你！"三藏很痛快，将仙金碑送给了石昊。

其实，三藏觉得仙金碑没那么简单，只是，他参悟不出什么。对于他来说，这就是一块无字古碑。

石昊将仙金碑翻过来倒过去地看，也看不出什么异常之处，最后笑了笑，道："大罗剑胎那些东西都没有了，这个……就当武器吧。"

他掂量了一下，这块碑很顺手，巴掌大，怎么看都像是一块板砖。

"相当适合敲闷棍，拍黑砖用！"石昊赞叹道。

两名黄金葬士无言以对。

石昊将木剑折断，一时间，木头渣子掉了一地。

两名黄金葬士非常激动，但也一阵心惊肉跳，这可是三生药，荒却这么随意。

"祖宗，慢点儿，别糟践了！"

两人小心翼翼地拿出玉盘，接着那些木头渣子，生怕浪费一丁点儿。

一柄木剑，分成三份。

"我教你一种葬术吧。"神冥开口道。

"若是进军葬王路，这些还不够，算是一桩大因果，来日必有厚报！"三藏一脸严肃地道。

"不错，将来你若出了意外，我就去接引你。"神冥点头道，同样很郑重，带着肃穆之色。

石昊对"接引"二字特别敏感，一听到就有点儿不自然。他看着三藏和神冥，但是他们没有再多说。

"万一你陨灭了，只要留下一点儿遗骸，我就有办法将你带进古葬区，把你化成葬士。"神冥说道。

"能说点吉利的吗？"石昊翻白眼。

再说，如果真的不幸陨灭，他才不愿去什么古葬区。与其成为葬士，他情愿殒身，不然的话，那场面真不敢想象。

同时，石昊有点儿不解："葬士不是天生的吗？他们可以繁育，难道也能由尸体演变而来？"

听到他的疑问，三藏和神冥都笑了。

"你对葬士误会太深。不过，我们可以施展逆天的手段，助你一臂之力，让你化作葬士。"三藏认真地道。

"心领了，别再提了！"石昊回道。

这时，他们回头看去，那扇石门还在，恢宏而巨大，可是城墙等早已消失了。

"我竟然进去过！"石昊轻叹道。传说中的仙域，自己居然曾踏足，只是时间那么短暂。

若是大长老在这里就好了，刚才那一瞬间，他估计就能突破成仙了！九天的大环境很差，不允许成仙，阻碍了一些盖世英杰成仙。

"怎么回去？"神冥说道。

这让他们很发愁，他们来的时候，那些传送阵都是单向的，哪里有回路？

"问一问仙域的人？"石昊说道，开始敲打石门。

可惜，石门纹丝未动，没有一点儿光泽，里面的生灵也没有任何感应，一扇石门隔绝了一切。

唯有像草席上那个人一样有至宝信物，才能让石门发生反应。

"检查这些遗骸，看一看他们是否有什么指引。这么多人来此，进入仙域无望，总有人沿原路返回。"

他们做出这种判断后，开始在石门外寻觅。地上的遗骸很多，有的化成了枯骨，有的还带着干瘪的神皮。

果然有发现，他们通过一些遗骸发现了端倪，在星空中沿着一个方向追寻了过去。

在路上，他们又见到一些零散的遗骸。

一座巨型传送阵横在前方。

来的时候，他们一共登上九座祭坛，经历九次传送，才看到宏大的石门。而在石门远方的星域深处，他们见到了第十座祭坛！

这座祭坛很雄伟，如同大岳一般。

"这就是踏上回程的路吗？"

"我怎么觉得有点儿不太对，九座祭坛后是石门，这里发现了第十座。你们确定这是返程的传送阵，而不是更为奇异的传送阵吗？"

如果不是返程的祭坛，这座祭坛将通向哪里？

还会有比仙域更遥远、神秘的古老大界吗？现在来看，他们觉得不可能。

"不管了，反正没有路了，只有这一座祭坛，登上去！"

最终，他们登坛，一道耀眼的光闪过，他们从原地消失了。

第1361章 源头

神圣的光辉普照，整座祭坛都处于朦胧中，好久都没有平息下来，但是，祭坛上面已经没人了。这座祭坛太宏大了，传送之力无比强大，很长时间过去，还有空间规则笼罩着它。

路途中，石昊、三藏以及神冥很是惊诧，四周都是光，很绚烂。他们仿佛在飞仙，要进入一片神秘的古界中。

路途很神秘，到底要去哪里？他们才离开仙域没有多久，难道祭坛还能带着他们前往更为瑰丽的世界不成？

"轰隆！"

终于，空间通道不宁静了，传来剧烈的声响，爆发出无与伦比的力量，仿佛要将三人碾成碎片。

一道又一道雷光浮现，在他们的耳畔炸开。

三人从空间通道中出来了，不禁愕然，这是何地？

这片古地空旷无垠，仿佛是世界的尽头，有的只是混沌朦胧，看不到星辰，也没有仙光。

这肯定不是仙域，在这里感受到的是空旷，还有原始。此外，还有雷光从远方轰来。

这里非常不稳定，虚空中布满了裂痕，被雷光所填充，景象恐怖。

"轰！"

一道雷光猛地击在三藏的身边，让他变了脸色，那种威力太强大了，连他都感觉到了死亡的威胁。

"不好，是针对遁一境的天劫！"三藏非常敏锐，第一时间察觉到异常，作出了判断。

"快掩藏自己的修为，不然的话很麻烦，后果难料！"三藏快速说道，他预感到了什么。

因为，这跟一则传闻很像！

同一时间，"轰"的一声，石昊被一道雷光击中，一个趔趄，半边身子都变得焦黑了。

若是一般的生灵，一击之下就成焦炭了，即便是石昊也感觉身体剧痛，不过好在并未受伤。

他肤色晶莹，光华一闪，焦黑褪去，肌体重新生出光泽。

三人都压制修为，掩盖境界。

果然，雷声变小，闪电也没那么耀眼了。不过，依旧有电光飞来，劈在他们的身上，但威力锐减，他们的肉身能轻松应对。

正如三藏所判断的那样！

这地方太怪异了，为何电光乱飞，他们来到这里就要挨天劫？

要知道，在外界，在那些大天地中，天劫早已不能出现。唯有自身足够强，动用最强手段去接引，天劫才有出现的可能。

当然，那种做法会引来很恐怖的天罚，让人形神俱灭。

可以说，没有多少人可以承受那种上苍之怒。而这也意味着，天劫罕见，世人见不到多少次了。

可是，在这个地方，天劫直接出现，仿佛消失了一个纪元的天劫都集中在这里。这件事无比诡异，太不同寻常了！

三人震惊不已，仔细地观望着，寒毛都竖了起来，因为很有可能会被天劫识破他们在隐藏修为。到了那个时候，雷暴海将倾泻而下。

"好广阔的古地，没有尽头，连一粒微尘都见不到，只有雷光和闪电！"神冥感叹道。

"去雷电发源之地，看一看这究竟是什么地方！"石昊说道，在前方带路，沿着电光向前飞去。

"你疯了?！"神冥说道。这很危险，这里都有天劫降落，那真正的源头会有多么可怕？

"我们也没有后路了，你看周围都没有传送阵，你知道如何回去吗？唯有前进！"石昊答道。

神冥默然，这是事实，他们从那座恢宏的祭坛过来后，便没有了方向。

"走吧，去看一看！"三藏同意石昊的做法，这般说道。

雷光密集，跟雨点似的，从上方倾泻而来，噼里啪啦打落在周围，劈在他们的身上。

一道又一道流光，全是闪电，太密集了。

"真的跟雨点没有什么区别啊！如果不是我们谨慎，将修为隐藏起来，估计麻烦大了。"三藏道。

这让他们越发好奇，他们究竟到了何地。

越往前走，空间越发不稳固，因为裂纹密集，整片区域就像是一块被摔碎，而后又被人强行拼接在一起的瓷器。

不稳定的虚空，雷电密布的天地，这是哪里？

"别告诉我，仙古纪元之后消失的天劫都跑到了这里，聚集在此。"神冥自语道。

这相当诡异，让人不安，同时也让人疑惑。可以说，任何人只要到此，都会经历天劫。

这片天地很广阔，他们也不知道飞行了多少万里，但依旧没有看到终点，而如雨点一般的雷光越来越密集了。

"应该快到目的地了，顶住！"石昊说道。

唯一值得庆幸的是，虽然雷声隆隆震耳，但是他们隐藏修为的事实始终没有被洞悉，故此没有降下跟他们境界相符的天劫。

三藏一言不发，神色严肃，他在回想一些旧事。

"一本残缺的葬书上有记载，疑似有这么一个地方，雷霆无穷，仿若源头。"三藏沉声道。

这是他早先有所联想并作出判断的原因，他曾听过一则轶闻，可惜古葬书残破，记载缺失了大部分。

"多想无用，仔细观察。"石昊道。

"轰隆！"

一条龙飞来，它是由电光化成的，张牙舞爪，几次欲向三人碾压。这是一道真龙形状的闪电，伴着雷光，龙吟震动天地。

毫无疑问，它威力巨大，但是它没有纠缠三人，最后飞走了。

"有古怪，传闻天劫降落时，绝对能分辨出修士道行的深浅，我们竟可以在这里瞒过去。"石昊说道。

"别大意，这多半只是一时的，大危机很有可能随时会出现！"三藏的神色越发凝重了。他与神冥是黄金葬士，很厌恶雷光。

"趁着现在还没有被发现，我们赶紧行动，找到出路，不然的话后果不堪设想！"神冥说道。

他们加快速度，驾驭雷光，浑身都沐浴着闪电化成的光点，溅起成片的电光，光彩照人。一时间，这里如梦似幻，虽然危险，但是很美丽。

"我预感快到目的地了！"

前方，气息磅礴，仿佛有无尽世界葬在那里，太恐怖了。尤其是，一道又一道巨大的雷霆飞出，在虚空中炸开，形成恐怖的光雨，伴着混沌之气。

那是一片雷电深渊，电光从当中飞出，密密麻麻，无穷无尽。

"这是什么鬼地方？"石昊惊异地道。

此时，他们都感觉到了此地的危险，不敢轻易接近。那雷电深渊太广阔了，且无比炽盛，茫茫无边。

"那是……"突然，石昊神色变了，简直不敢相信自己的眼睛，盯着雷电深渊的深处。

"有东西，那是什么？"沉稳如三藏也已经变了脸色，他霍地睁开天目，仔细凝视着。

至于神冥，则看着那里，眼睛都不眨。

"怎么会有那种东西？"神冥颤声道，难以置信。

难道说，仙古纪元消失后，天劫都汇聚到了这里，形成这样一片古界？

"我真的看到了吗？这不会是真的……葬书上记载的东西，怎么出现了？"三藏有些失神，自语道。

第1362章 雷电深渊

雷电深渊中，有一角岩石一闪而没。

石昊非常震惊，仔细地盯着，确定刚才没有看错。

灰扑扑的一角岩石，带着万古前的气息，不算大也不算小，在雷电中横空而过。

"我看到了，很像，很逼真！"三藏自语道，盯着电光深处。

神冥的嘴张成了"O"字形，满头红发发光，眼中闪烁着惊人的光芒，凝视着深渊中的雷电。

居然能见到那种东西，石昊觉得不太对劲，这到底是什么地方？

"消失了，需要再仔细观察！"三藏说道。

三人都很谨慎，严肃地戒备着，遥望雷电深渊。

"轰隆！"

亿万道雷电爆发，震耳欲聋，威力强大，让这片乾坤都在战栗。

果然，这一次又看到了。

灰色的岩石迸发出最为璀璨的光，慑人至极，光芒飞向四面八方，仿佛要撕碎诸天。

雷池！

不会有错，这一次他们看得真切，那是一个灰色雷池，所有的闪电都是从那里飞出来的。

石昊见过雷池，但是没有这么大，并且他曾得到一个雷池，惊呆了帝关的所有人。

那一次，他九死一生，好不容易才捕捉到雷池。这一次，他在这里居然又见到了雷池，这是什么地方？

根本没有人渡劫，却有一个雷池浮现。

至于两名黄金葬士，自然觉得稀奇，深感震惊，因为他们清晰地感应到那个雷池是实物，而非虚影。

一些人渡劫，可以看到雷池，但绝对不能将雷池带走。

事实上，一般来说，人们认为天劫中的雷池并非实体，而是投影。

这么多年来，只有石昊在帝关中渡劫时较为特殊，捕捉了一个真正的雷池。

"那是……"

"还有！"

"不止一个！"

三人瞳孔收缩，盯着雷电深渊。

早先他们模糊地见到了一两道影子，就有预感，现在预感被证实了，这地方不止一个雷池。

第二个雷池浮现，它呈黑色，没有第一个大，但是释放的雷霆同样恐怖，震慑人心。

从来没有出现过这等景象，最起码他们没有见到过。

怎么可能一下子出现两个雷池？

翻阅古书，上面并没有这样的记载。即便是渡过天劫的天骄人物，也没有同时见过两个真实的池子。

一般来说，只有一个池子出现，两个池子不能并存。若是看到两个池子，其中绝对有一个是虚影。

况且，即便是出现一个池子也不见得是真实的，可能是投影。

而现在，他们有一种直觉，那两个雷池都是真实的。

"见鬼了！"神冥低语道，神色严肃，她真的有些不敢相信。

三藏和神冥身为黄金葬士，虽不喜雷霆，但必须要面对，故此他们深入地了解过这种东西，可今日所见与常理不相符。

"第三个！"

又一个雷池浮现，从雷电深渊中冒出，它呈银白色，较为亮丽，发出白光，击穿虚空。

这个雷池发出千万道光芒，每一道光芒都是一道闪电，形成可怕的力量，带着毁灭的气息。

石昊、三藏、神冥有点儿蒙了，三个雷池怎么会一起出现？

他们原以为两个雷池一起出现已经够妖邪了，现在看来，还远远不够！

雷电深渊巨大，电光闪烁。三个雷池先是浮现出来，后来又被闪电淹没，若隐若现，远远望去，就像是三条鲨鱼现出背鳍，在汪洋中初露狰狞。

三人面面相觑，他们到底来到了什么地方？为何会见到三个雷池？

难道说，这里是雷电的源头，所有雷霆都是从这里发出的？这不可想象，这里真要是源头的话，来头大得足以吓死人。

天罚之地吗？雷霆之海到底是怎么形成的？

三人都有点儿发晕，震惊不已。

神冥用手揉了揉太阳穴，感觉一阵头大，头皮发麻，这地方太诡异了，也极其危险："我们……是否要退走？"

再这样下去的话，他们的真实修为或许会暴露，雷霆将会降临，让他们被迫渡劫。

"别告诉我，仙古消失后的天劫真的都聚集在这里，隐伏在雷电深渊中。"石昊自语道。

他觉得这很有可能，不然的话，这一个纪元以来，那应有的天劫为何不出现，到哪里去了？

这个地方有这么一片雷电深渊，还有真正的雷池隐伏在此，不时浮现，难道这还不足以说明什么吗？

"能去哪里？我们回头见不到退路，无法通过传送阵踏上归途，所以才一直向前，寻到了这里。"三藏道。

不久后，雷电深渊中，神光滚滚，一个红色雷池浮现，足有十丈长，当中闪耀着红色的霞光，喷薄出来，竟有股血腥味。

"这雷池……"

这已经是第四个雷池了，而且这么巨大，气息恐怖，震慑人心，若是爆开，绝对能将诸多生灵焚成灰烬。

光是远远地看着，就能感受到一股让人心悸的波动，令人神魂难安。

这么多雷池聚集在一起，简直是逆天！这绝对是恐怖之地！

"你们觉得，这几个大池子中有稀世雷劫液吗？"神冥忽然说道。

这种池子中若是有雷劫液的话，肯定价值连城。

"有！"石昊肯定地回答道。当初他得到过一个雷池，那么小的雷池都有那等造化，何况此地这么大个的。

"应该有吧，刚才恍惚间，我看到雷池中晶莹闪烁，肯定是雷劫液！"三藏也点头附和。

"我们该怎么办？既没有返程的路，前面的路又被阻，如何回去？"神冥一叹，这般说道。

"眼前是绝路，但是说不定这雷电深渊中有生机。"石昊说道。

"或许吧，天劫虽代表着毁灭，但也蕴含着勃勃生气，比如那雷劫液。而这雷电深渊代表着死亡，蕴含着生路也说不定。"神冥这般说道。

"轰！"雷电深渊中，数个雷池同时浮现，迸发出通天之光，整片雷电之海都仿佛崩掉了。

"于毁灭中重生！"三藏低语道，而后猛地抬头，看向那无尽的雷电深渊。

这时，几个雷池同时爆发，雷霆猛烈，击碎了雷电深渊。当有些闪电消失时，石昊他们看到了雷电深渊中的一些景象。

"真的有路！"

他们惊呆了，一条由鹅卵石铺成的小径在虚空中蔓延，通向雷电深渊的深处。

这是何意？毁灭中真的蕴含着一丝生机，留下了一条路？这是古人所留，还是天地所生的路？

一刹那，他们遐思无限，心中激动，这一切太奇异了。

他们还看到，在雷电深渊的深处，几个雷池的下方，伴着那条小径的区域，还有一个大雷池！这个大雷池的直径足有百丈，喷薄仙光，伴着雷霆，恐怖的气息让人心惊胆战。

"有一条路，不用多想，只需要前进！"神冥说道，很是果决。

"要去看一看，到底通向哪里。"三藏点头道。

"毁灭中蕴含着生机，真的藏着一条路，看来不得不走啊！"石昊轻叹道。

第1363章 曲径通幽

这是一幅奇异的画面，雷电深渊，电闪雷鸣，雷池浮现，充满了毁灭性的气息。然而，小径幽深，看起来十分宁静。

"真的要去吗？"当靠近雷电深渊时，他们还是止住了脚步，到了这里后，将会极其危险。

万一触动一个雷池，天劫必然降临。

其实，他们有预感，一旦进去，多半就要马上渡劫，这注定是一条艰险的路。

最终，他们上路了，要进去！

他们刚进入雷电深渊，突然间，"浪涛"拍岸，那是雷电在发威。并且，这个时候，一个生灵猛然从闪电浪花中跃起，向着神冥冲来，张开了血盆大口。

这引发了神冥的一声惊呼，太突兀了，雷电深渊中怎么会有生灵？

"一条鱼！"

这是一条黑色的大鱼，其血盆大口内，白色牙齿锋利，寒光闪烁，如同长剑一般。

"喀！"

神冥避过大鱼，那张大嘴闭合，牙齿碰撞时，发出的声音让三人身上起了一层鸡皮疙瘩。

"是闪电所化，不是真正的血肉之躯！"三藏说道。

可是那条鱼跟真实的生灵一样，凶相毕露，仿佛有灵智。

"这地方不简单，难道雷电生出意志了不成？"石昊神色严肃地道。

还好，这条鱼跃出雷电之海没有多久，坠下去时就散掉了，化成电光，没入雷霆中。

鹅卵石小路早已隐去了，被雷霆淹没。

雷池若隐若现，三人谨慎而小心地走着。

这个过程是痛苦的，雷电密集，如果说早先如同下雨般，现在就好像下刀子一样，落在人身上，动辄伤人性命。

还好他们足够强！

但是，这也不是办法。因为他们在被动承受，没有动用最强战力去抗击，害怕引来最恐怖的天劫。

这样硬扛，早先还行，但随着深入雷电深渊，电光变得粗大，力量剧增，他们也渐渐扛不住了。若是一般的年轻人，瞬间就会被击成灰烬，如今就是石昊他们，身上也见血了。

石昊与三藏在前面带路，按照匆匆一瞥所看到的方位前行，前往鹅卵石小路。

雷海翻涌，大浪滔滔。

"轰隆！"

一片浪涛直接将他们拍翻了，浪花千万朵，发出雪白的光芒。

若是有人路过，一定会以为走在大海边上呢，其实那是雷霆，是闪电化成的浪花。

石昊三人被淹没，身上的战衣早已破损，有些皮肉都焦黑了。

石昊龇牙咧嘴，这真的太痛苦了。

"实在不行的话，我便一边渡劫，一边前进！"石昊这般说道。

"这肯定还比不上自身的天劫呢，先坚持吧。"三藏说道。

这时，一个黑色的雷池浮现，恐怖的气息弥散开来，乌光溢出，每一道都可怕得吓人，其中一道落在神冥的近前，虚空当即炸开。

神冥一个踉跄，险些一头扎进雷池中。

雷池出现得很突然。

三人止步，寒毛竖立，因为又有一个雷池浮现了出来，近在咫尺，是那个灰色的雷池。

雷光沿着灰色石壁向外流淌，任何一道都有着可怕的毁灭性气息。

三人不敢乱动，两个雷池一下子浮现在他们身前，这是何意？他们被发现了吗？难道这些雷池还有意志不成？

"真香！"石昊鼻子翕动，有些沉醉。其中一个雷池离得很近，他已经可以看到当中有晶莹的液体。

雷劫液！

这么大的池子中，孕育的液体绝对惊人，是稀世宝液。

石昊有一股冲动，要跳进那丈许长的灰色雷池中，打个滚，洗个澡，看是否能炼成一具不坏身。

当然，眼下他也只能想想，不敢付诸行动，此地雷池密布，万一都给惊扰出来，会让他们吃不了兜着走。

果然，在他们被动承受闪电轰击、浑身剧痛后不久，一个直径十丈的雷池从后方浮现出来。

这一刻，他们闻到了浓重的血腥味，仿佛来到了世界的尽头，看到了末日来临的画面。

他们不禁打了个冷战！

这个雷池的直径可是有十丈啊，一旦爆发，天晓得会有多大的威力，估计至尊都要被轰晕。

几个雷池浮现，堵在这里，真要爆发的话，他们将会尸骨无存。

最终，在这死亡阴影的笼罩中，几个雷池缓缓离去，没有发威。

"轰！"

浪涛千重，拍了过来，他们三人又一次被打翻。

三人好不容易站起来，才走出去数百丈远，便遭遇了最为凶险的天劫，霹雳"啪啪"拍落下来，令三人浑身焦黑。

"好痛啊！"石昊叫道。他还在斩我境，相对来说，比两个黄金葬士低了一个境界，但三人承受的压力一致。

三藏闷哼一声，身体剧烈地摇动。天劫太猛烈了，如同银河般倾泻，坠落在他们身上。

到了这个地方后，就很难安全地前行了。光是这么被动地遭受雷击，不反抗的话，会出大问题，可能会殒身。再这样下去，还不如反抗，直接渡劫。

"本来我也要渡天劫，在这里壮大自身，一会儿正好进行。"石昊说道。

"轰隆！"

一道银光飞来，斩中了三人，让他们同时咯血，身子横飞了出去。那是一道奇异的雷电，威力巨大。

整个雷电深渊都是一颤。

也就是在这个时候，四周的闪电都散了一些，露出下方的景象。

"好机会，就是现在！"

他们风驰电掣般地向下冲去，又一次看到了鹅卵石小路。这些圆润的石头，一块又一块地都悬浮在虚空中，非常奇异。

成百上千块石头组成小径，通向幽深处。

"砰！"石昊落在一块鹅卵石上，快速向前奔跑。

三藏与神冥落到这里后，同样狂奔，因为附近一个直径百丈的斑斓雷池正在发光，吞吐雷电。

"血！"

他们心惊，前方的路上有一具残骸，半边身子焦黑，骨头龟裂，鹅卵石上还有未干的血。

这是什么年代留下的？还保存在此，雷电没有继续轰击他吗？

"绝世高手。这个人的修为很强，可惜还是死了！"三藏说道。

"轰隆！"

后方，像是发生了海啸一般，雷海咆哮，沿着小径追了过来，大浪滔滔。

"逃啊！"

刚才雷电暂时散开，现在全部落向三人。

他们沿着鹅卵石小径前行，奔向雷电深渊的幽深处。

"啊，到终点了吗？！"神冥惊呼道。

一座山，上面刻着"雷山"二字，挡在前方。后方，汪洋澎湃，怒浪拍天，闪电杀到了。

逃！

他们一路飞奔，到了雷山近前，想要闯过去，结果这里雷光迸发，不断劈向他们。

"绕行！"三藏喊道。

"啊，这是柳神？！"石昊大叫道。

想要绕行时，在雷山的另一侧，石昊看到一株金色的古树扎根在山脚，叶片浓密，枝条垂落。

石昊很是震惊，一眼认出那是柳神，是它的气息！

第1364章 柳神现

柳神，它怎么在这里？哪怕是在生死关头，石昊也心情激荡，非常震惊。他向前冲去，大喊着："柳神！"

"轰隆！"

后方，雷霆如海，翻滚着，呼啸，将这条小径彻底淹没，向前拍击而来。

他们疯狂奔逃！

"柳神是谁？"逃亡中，三藏疑惑地问道。

他也看到了那株金色的柳树，心中震动，不明白荒为何认识这里的一株古树。在他看来，这株树应该是雷电所化才对，因为这里不可能有生灵。

难道这是真正的树，不是闪电化形而成的？三藏不由得发愣。

"荒小子，你在乱吼什么。看路，挡着姑奶奶的道了！"神冥叫道。性格泼辣、身材修长的她，一双大长腿在飞快摆动。

三人都遭到了天劫的打击，石昊和三藏的身体变得漆黑如墨，神冥却没有变黑，因为她刚才取出一件宝衣，抵挡住了天劫。

这衣衫如同轻纱一般，很薄，却很结实，护在她的体外，保护她的身体不受损。

"不会的，这不是雷电，一定是柳神，那种气息不会有错！"石昊喃喃道，而后飞快奔跑，向前冲去。

其实，他也不是很确定，在这个地方能见到柳神吗？那多半真是闪电所化，只是留下了柳神昔日的烙印。

他知道，希望越大，失望越大。

可是，他还是忍不住大喊大叫，希冀那就是柳神。

雷光从后方卷来，将三人全部扫飞，震碎长空。他们大口咯血，浑身剧痛，撞击在那座雷山上。

这座山很雄伟，如同一只伏卧在此的狮子，散发着凌厉之气。

当他们撞在山体上时，"咔嚓"声接连响起。那是一道又一道闪电，将他们的身体都击中了。

这雷山太恐怖了，触之便遭劫。

这种力量过于强大，也就是他们三人能承受，若是换成别的同等级的人来此，一定早就被击成劫灰了。

"柳神！"

石昊被雷光击中后，快速起身，向前奔去，依旧在接近那株树。

它到底是不是雷电所化？为何自己真的感觉到了一股熟悉的气息？石昊在心中暗道。

咦？这是真的生灵？

三藏很是惊讶，因为他也感觉那株树有些特别，好像有生命波动，不是寻常的雷电所化。

满树叶片发出金光，树干粗壮，仿佛要撑起苍穹。树的周遭有些怪异，雷霆的威力忽强忽弱。

"柳神！"石昊大叫一声，却没有得到回应。

"小心，这里很危险！"神冥喝道。

靠近柳神的位置，有一条小路，冒着雷光，恐怖无比。后面雷霆海又到了，要轰落下来。

这明显是超出了他们身体承受能力的闪电。

"轰！"

前方的小路猛然炸开，发出耀眼的雷光。后方的雷霆海沸腾不止，全部冲了过来，砸在他们的身上。

刹那间，三人再次负伤，大口咯血。

这个地方极其危险，他们无比狼狈。

不过，这一次的轰击，让他们来到了树下。他们仰头看着这株金色的古树，不禁感叹，它实在是太灿烂了！

"这是……"神冥抚摸着柳树，树是真实的，不是雷电，这让她很是震惊。

"荒小子，你怎么认识它？"神冥霍地看向石昊，问道。能够在这里扎根的柳树肯定不简单，而且还是金色的。

"柳神，你怎么了？"石昊并没有理会神冥，而是对着古树问道，声音都有些发颤。

古树一动不动，扎根在此。

"有些古怪，这么大的一株树，生命精气却没有想象中的那么旺盛。"三藏这般说道。

石昊仔细凝视，这柳神到底怎么了？他快速绕着古树走了一圈，树很粗大，几个人都合抱不过来。

"这是……遭到了重创！"石昊看到了，在树的另一侧，树干几乎空了，只剩下一层老皮。

"死了吗？"神冥讶异地道。

"这是不知道多少万年前留下的树，其元神早已不在了。"三藏这样判断道。

石昊一阵默然，而后轻叹。

他知道柳神的身份，它是仙古时代的祖祭灵，实力强大，命运多舛，几次遭劫。它曾断过根茎，也曾化过种子，还曾失去一身道行。

总之，柳神经历坎坷，在各地留下了一些残躯。

石昊叹息，柳神和小塔究竟在哪里？

"你们看，那雷电没过来，被这株树逼退了！"三藏惊异地道。

这里很安全，树下没有天劫，只有柔和的光。整株树虽然干枯，没有多少生命精气了，但还是能守护这里。

这是柳神的遗蜕吗？

石昊怅然若失，没有见到柳神，这不是真正的它。

"可是，这株树的气息与柳神的气息相同。千古前的气息跟现在的气息会是一样的吗？"石昊自语道。

忽然，石昊睁大了眸子，非常吃惊，他在空洞的树干内发现了一抹绿霞。他快速钻进树干内，仰头观看。

一截柳枝鲜嫩翠绿，晶莹欲滴，跟那些金色的枝条完全不一样。

"柳神的气息，好浓郁！"石昊震惊地道。他离得这么近，那股气息一下子浓郁了很多，仿佛柳神就在身边。

石昊觉得这里有古怪，这绝非遗蜕那么简单，或许……真的是柳神！

"柳叶发光了！"神冥惊呼出声。

晶莹的绿叶发光，每一片都如同一轮绿色的小太阳，仿佛在燃烧，而且每片叶子都浮现出了一个字。

此外，叶片还发出了声音！

"你若能来，此叶绽放。"

"一行脚印，明灭不定的路。"

拼凑起来后，只有这么两句话。

"柳神！"石昊大叫一声，却再也没有得到任何回应。

"这是大神通者留下的烙印，人早已走了，不能对话。"三藏说道。

"柳神来过这里，这是它留给我的！"石昊激动地道，握紧了拳头，柳神这是在指引他吗？

神冥看着那绿色的枝条觉得眼热，想要反驳。就在此时，"轰隆"一声，那根枝条发出的光更为刺目了。

接着，整株金色古树开始枯萎，化成烟尘，所有金光都没入绿色枝条中，为它镶嵌上一道道金边。

而后，这根枝条自动落在了石昊的手中。

并且，雷山倒下了，无声无息，化成电光，就此散开。前方一览无余，没有障碍物了。

前方的地带很特别，已经脱离了雷电深渊区域，异常宁静，像是世界的尽头，又像是沙漠的深处。

一片沙地上，有一行模糊的脚印，发出微光，明灭不定。

"一行脚印，明灭不定的路?！"石昊心中一动，想到了柳叶上的话，那指的就是眼前的路吗？

柳神，你在前方吗？

石昊在心中呐喊，分别很多年了，今日终于见到了柳神的踪迹，看到了它留下的线索。

这是在指引他，要他跟着进去吗？

还有小塔，自从分开，就再也没有见过它。身为至宝，它是否能修补好自己的躯体？如今它跟柳神在一起吗？

WANMEI SHIJIE

沙地上，脚印很浅，看得出是人形生灵所留。

白雾袅袅，在前方散开，有些缥缈，有些神秘，就是天眼通也看不到尽头。

那里很安静，跟雷电深渊完全不同。

这边，电闪雷鸣，狂轰不止，惊雷阵阵，都是电光所化，惊涛拍天，浪花滔滔。

石昊他们已经到了雷电深渊的边缘，回头看着那条鹅卵石小路还有雷海，一阵心悸——他们险些就被劈死在当中。

他们能够走过来，绝对算幸运。

"若非那株金色古树庇护，我们就殒身了，就是至尊来了也要化成劫灰！"三藏说道，镇定如他都有些后怕。

后方，雷电色彩斑斓，比刚才恐怖了不知道多少倍，若是被那种浪涛拍中，必死无疑。

还好他们逃了出来！

就这么离开了雷电深渊？他们觉得有点儿不真实。虽然他们已经被重创，但是相对这等绝地来说，这样过来未免显得太容易了。

"小心一些，别倒在黎明前的黑暗中。"神冥提醒道。

三人回头望去，那几个雷池在沉浮，若隐若现，给人非常压抑的感觉，还好它们没有爆开，不然的话后果不堪设想。

鹅卵石小路逐渐远去，它在天劫中不坏，万古不朽，不知是何人所筑。

这究竟是何地？趁着雷霆略微散开，他们仔细凝视，回头观望。

在小路的附近，有一些残骸，料想当年一定是绝世高手，他殒命于此，没有石昊他们幸运。

"那条鹅卵石小路，是人为祭炼出来的吗？"神冥猜想道。

若是人为祭炼的，那很惊人，这里可是聚集着雷电深渊啊，将小路建在此地，究竟为何？

是为了收集雷劫液吗？石昊有一个惊人的猜想，但是这未免太吓人了。

雷池是什么东西？有几人可以得到？千古以来，雷池都是传闻，当世只有石昊在帝关捕捉到一个。

如果有人为了收集雷劫液，而造出雷电深渊，那当真不可想象。

"雷池这种东西是不可控制的，应该不是为了采集雷劫液，而是为了穿过这片雷电深渊，去前方的沙地。"三藏这样判断道。

他进一步补充道："你们看，如果不沿着刚才的鹅卵石小路前进，那雷霆会猛烈数十倍。"

石昊点头，表示赞同，小径上的雷霆相对弱很多，若是不走那条路，会更吓人。

"走吧！"

他们到了雷电深渊的边沿，再迈出去一步就是沙地了。

三藏摊开手掌，向前伸去，很谨慎地感应着什么，这个地方很寂静，没有丝毫动静。

当他尝试踏出一步时，异变发生。"轰隆"一声，沙地中黄雾翻腾，虽然是雾霭，但是发出的声音如同惊雷一般。

三藏伸出去的那只脚快速退后，黄雾波动得非常剧烈，威力惊人，他的那只脚上的战靴直接破碎，皮肉都破了。

要知道，黄金葬士的肉身格外强大，而这里的黄色雾霭居然伤了他的真身。

"不比天劫弱啊！"神冥惊叹道。

这是一条险路，有未知的危险，那黄雾蕴含着什么？

"可怕的杀机！"

三藏神色阴沉，他觉得该拼命了，但不一定能过去，或许会丧命在这里。

"轰！"

神冥祭出一件兵器，尝试着飞过去时，结果同样遭遇阻击。黄雾翻腾，通过这里堪比渡天劫，那件兵器炸碎了！

她不得不倒退，而后眸子眨动，看向石昊，道："你手中的枝条还管用吗？"

柳神遗落的一截枝条有三尺长，绿莹莹的，早先每一片叶子都如同太阳般璀璨，而今光华收敛。

不过，叶片都镶上了一道金边，那是吸收金色古树的精华所致。

石昊点了点头，手持柳枝向前试探，"轰"的一声，地面腾起黄雾，如风雷一般，轰了过来。

但是，这根枝条竟挡住了黄雾，撑起一片光幕，形成一片净土。

柳神留下的枝条，可以起到保护作用。

"果然有用，我们前进！"神冥大喜道。

三人上路，进入沙地中，果然没有受损，都在光幕的庇护下。

"我们怎么无法在沙地上留下痕迹？"神冥惊讶地道。沙地看着柔软，踩在上面却没有留下脚印。

"轰！"

神冥猛力一跺脚，石昊与三藏两人都心中一跳，虽然有柳枝守护，但是怕她惹出祸端来。

然而，地下的黄雾才冒头，又被柳枝的光芒逼了回去。

地上依旧没有留下神冥的脚印。

这可是沙地，居然留不下脚印，实在有些怪异。三藏、石昊也忍不住尝试了一下，结果依旧如此。

这地上淡淡的脚印是何人所留？最起码是长生者吧？

"是柳神所留吗？"石昊自语道。

三人一路前行，路途中，出现了一块碑。

"最古老的仙文。"神冥说道。

这块碑上有一些字，记录了一些事。大意是警告后来者，再深入会越发危险，那个地方不是谁都能到达的。

"什么？！"

读到后面，一向沉稳的三藏都失声惊呼，而后低头看向那一行浅浅的脚印。

"所有人都是在沿着这浅浅的脚印前进，后来者无人可以在沙地上留下足迹，追寻那明灭不定的道路，探个究竟。"三藏解读出了大概的意思。

石昊很震惊，这是多么惊人的事！

万古以来，所有后来者都无法留下脚印吗？大家都在沿着这条古路而行，是想要寻找什么？

这脚印是何人所留的脚印，居然存在几个纪元了？！

这绝对是盖世高手，震古烁今的存在所留。只是，时间太久远，无人知晓，后来者只能沿着其脚印而行。

此时，后方的雷声都已经听不到了，要知道，他们才走出去没多远。

路途中很宁静，他们仿佛看到了诸多前贤沿着这条路前进，最后又都纷纷倒下的画面。

不久后，黄色沙地上出现了一些石块，接着，前方沙地的颜色变了，那是赤色的沙地。

当石昊他们踏足这里时，直接有血雾腾起。"轰隆"一声，伴着红光，威力惊人，直接炸响。

"好可怕，如果没有这根柳枝，我们即便实力再强大也要殒身在这里。"神冥变了脸色，这般说道。

最可怕的是，后方传来剧烈的波动，雷光浮现，横击而来。

"轰隆！"

这个地方更恐怖了！

"雷电是冲着血雾来的，仿佛在净化不祥。"三藏说道。

果然，只要血雾涌出，就会有雷电劈来。

雷电深渊的存在，是为了镇压这里的血雾等物质吗？石昊思忖道。

"柳神要去哪里？这条路太可怕了！"石昊沉声道。

就这样，他们前行了一段距离，惊雷不断，震耳欲聋。

终于，他们走出了赤色沙地所在的范围，来到了正常的土地上，是泥土地。

这里没有雷光，也没有雾霭。柳神的枝条不再发光，它所撑开的光幕散去，说明这里没有危险了。

"那是什么？"神冥惊呼道。

前方的泥土地，横着一条堤坝，有一个生灵像是从堤坝的另一边爬上来的，半截身子无力地垂在堤坝的这一边。

他已经殒命了不知道多少万年，但是地上和堤坝上，还有一些血在发光，竟然没干。

那些血周围弥漫着仙气，晶莹而灿烂。

当石昊他们尝试接近那个生灵时，他们周身剧痛，骨骼仿佛都要断了。

那是真仙之血，至今还有力量没有消退。

隔着还很远，他们尝试着前行时，便浑身剧痛。那是何其可怕的一股力量，是仙血释放出来的！

他们踉跄着倒退，嘴角淌血。

并且，那残留的少许鲜血散发着一种威严，竟让人忍不住对其顶礼膜拜。

这简直让人震惊！

直到柳神的枝条发光，隔绝了那一切，他们才长出了一口气，刚才太压抑了，眉心都要裂开了。

三人不得不快速倒退，直到枝条的光芒收敛。

"那具尸体已经干枯了，只有洒落的部分血还有威势，就是这样少许的仙血，都能碾碎一切。"三藏沉声道。

"有星骸！"神冥示意道。

在堤坝的另一边，有一些星骸，庞大无边，恐怖至极。它们虽然大，但是容易被人遗忘，因为人们的目光都会被仙血吸引，那血有奇异的魔力。

"是这个生灵殒命时，诸天星辰崩裂，坠落下来，留下了这些星骸吗？"三藏无比严肃地道。

随后，他们不再前进，而是横向移动，仔细观察。

"不朽者殒命万古了，肉身还在，那几滴血是不朽的！"神冥沉声道。

在不远处的堤坝上，又出现了一具尸体，料想也是从堤坝的另一边爬上来的。

这不禁让人毛骨悚然，这究竟是什么地方？柳神去了堤坝的那一边吗？如今它怎样了？

石昊心中波澜起伏，这到底是怎样的一片古地？

第1366章 堤坝界

三人沿着堤坝走，一路上接连看到四具古尸，都早已殒命不知道多少年了，不知是什么年代的生灵。

他们有一个相同点，那就是都极其强大，虽然尸体干枯了，但是有残血留下，稍微接近，就让人身体仿佛要崩裂。

"这第四具尸体是什么生灵？属于哪一族？我从未见到过。"石昊在远处看着，自语道。

那个生灵生前绝对是盖世强者，哪怕身体干枯了，也是虎死不倒架，还有一股震慑世间的气势。

当然，最主要的还是残留在地上的血威力惊人。在那发光的血液周围，虚空裂开，空间塌陷，仿佛连大界都要崩毁了。

可以想象，如果那个生灵还活着，会有多么慑人。

他的面孔很平，额头上有三只竖眼，带着淡金色的光芒，躯体干瘪，散发出恐怖的气息。

他的躯体是人形的，生有细密的银色鳞片，尾椎骨的位置有一条狮尾，垂在堤坝的另一边。

"没见过，疑似古老时期的三眼神族。如今该族还有一些后裔，但是形体和能力与祖脉相比差远了。"三藏说道。

据他所说，三眼神族的生灵敢跟真仙开战，三眼睁开，天地失色。

但是，三眼神族被灭族了，如今这种祖脉生灵早已消失，只有少许后裔跟其他族通婚，生下一些形体变化巨大的后代。

如今，眉心有竖眼的生灵等，有五成都是该族后裔繁衍而来的。

他们三人倒退了出去，这个生灵哪怕殒命了，威势也极大，难以接近。

"第五具！"

石昊倒吸了一口凉气，沿着堤坝走，又见到了第五具尸体。这个生灵是人形的，皮肤如同黄金般带有光泽。

"金色骨皮，金刚不坏身都不足以形容他。他生前一怒古界崩，是一个非常可怕的古生灵！"神冥说道。

她在倒退，只因她多迈出去半步，就被那个生灵身前的血所散发的力量压制，身体都出现了血痕。

石昊他们发现，只要与堤坝保持一段距离，就不会受到冲击。仿佛有一面无形的墙，可以隔绝那种生灵残留的法力波动。

石昊他们发现了五具尸体，任何一具都可怕至极，只要看着，就忍不住对其顶礼膜拜，虔诚叩首。

即便他们殒命了，且都倒在堤坝上，依旧有气吞洪荒、威震诸天之大势，无与伦比。

这等强悍的生灵，是如何殒命的？

石昊觉得很疑惑，流淌仙血的生灵，已经算是长生了，怎么还会死？是在堤坝另一边遭遇重创所致吗？

五人有一点相同：身体干枯，唯有死前溅出的血液落在地上后保持着些许活性，至今仍在释放神威。

他们的精气都散尽了，为何几滴血反倒留存了下来？

"是什么伤导致如此，唯有临死前溅出的血液长存？"

"或者说，是他们身体内的精气神被什么东西或者物质吞噬了？"

石昊他们在猜测，实在想不明白这么强大的人物怎么会在这里丢了性命。

还要前行吗？他们在犹豫。

要知道，那五个生灵可都是从堤坝的那一边爬过来的，重伤而归，然后殒命。他们三人过去的话，这不是纯粹送死吗？

柳神就这么过去了，没有提示吗？石昊思忖着。

"找一处没有尸体的堤坝区域，站上去看一眼那一边到底有什么。"神冥这般建议道。

是什么让流淌着仙血的生灵沿着古路寻来，进入那片区域，到头来又重伤而归，殒命在堤坝上？这太神秘了。

终于，他们找到了一段合适的堤坝，没有生灵，也没有血迹，很凄冷。堤坝古旧，很多地方都变得残破了。

"真不知存在多少年月了。"三藏说道。这堤坝存世已久，天知道是什么时代修建的。

让一名黄金葬士这么慨叹，可见它的年代有多古老。

葬士，一睡就是千古！

三人终于登上堤坝，看到了那一边的景象。那一边很幽邃，前方迷雾重重，向下望去，看不清有什么。

这是什么地方？他们还是不明白。

当他们动用大神通，竭尽所能去感应时，终于有所发现。

若隐若无间，有潮汐起伏的声音传来，似乎隔着很长一段距离，又像是隔着千古，从另一个时代传来。

"像是一片海，离这里很远，海浪在起伏。"神冥觉得很荒谬，这就是堤坝后面的恐怖景象吗？

应该不是，肯定是其他危机！

只是，他们看不到。

三藏祭出一只木鹤，拇指大，如同由玉石刻成的一般。那是一件法器，可储存法力，爆发出强大的战力，短时间内等同于一个三藏的战力，是稀世秘宝。

然而，木鹤展翅，进入堤坝的另一边，向前飞去时，瞬间就粉碎了。

三藏脸色骤变，一是心疼那件法器，二是震惊于堤坝另一边的恐怖。被灌注法力与少许神念后，那秘宝不弱于他，居然这么快就碎掉了。

"这意味着我们只要过去，瞬间就会殒命！"

他们退后了，开始在周围寻找。堤坝这一侧的区域也很广阔，沿着堤坝走出去足够远后，他们看到了一座祭坛。

这座祭坛未免太大了，由星骸堆砌而成，耸入苍宇。在祭坛旁，挨着堤坝的位置，还有一块碑。

"碑上有字！"神冥道。

碑上有文字，依旧是最古老的仙文。

"非盖世者，不可尝试，莫渡！"三藏念出大致的意思。

这是在警告后来者，不要尝试越过堤坝。

这个信息非常惊人，盖世者想要过去，也只能算是尝试？高手层次的定位太惊人，太可怕了！

"有脚印！"神冥说道，目光敏锐。

早先那行很浅的脚印从沙地出来后就不见了，没想到在这里又见到了，祭坛上有很多脚印。

这座祭坛是那个人所留吗？

"祭坛没有建成！"三藏说道。

很遗憾，谁都能看出，这座祭坛只建了一半，不知道为何没有继续建下去。

建造这么宏伟的祭坛，要去哪里？

那个人最早来到此地，他独自探索，要找到什么？是一条出路，还是其他？他是要直接横渡堤坝后方的区域吗？

后来者都是沿着那行浅浅的脚印前进的。

可惜，祭坛没有建成。

"这边！"

不久后，石昊又发现了脚印，很浅，从不远处的堤坝上走过，进入了那迷雾笼罩的昏暗中。

至此，脚印便没有了。

古往今来，那么多强者都在追随这行脚印吗？

柳神也是追到这里，而后消失的吗？

只有那一个生灵留下了脚印！

"柳神，你有什么指引？"石昊没有办法了，对着绿莹莹的枝条这般问道。

原本他并没有抱什么希望，没想到枝条忽然发光，指向一个方向。

"走！"

三人神色严肃，迅速上路。

石昊、三藏以及神冥来到了数百里开外，这里有石子，有泥土。地上有一幅简单的画，不知道是什么年代所留，如同涂鸦般。

"传送阵？"

泥土地上画的像是一幅传送阵，只是太简单了。看样子，线条等描绘的时间不会很短暂，是古老岁月中所留的痕迹。

"这里也有几个脚印，传送阵或许也是那个人所留。"神冥说道。

这个地方很奇异，也很可怕，无人能留下痕迹，除了那个人。

"唰！"

突然，一片绿叶从石缝中飘出，发出光芒。

"非盖世强者，沿古阵回转，莫寻。"叶片上浮现出一行小字，如此告诫道。

这是柳神的叶子，明显是留给石昊的，在此地示警！

"柳神，你恢复了道行，彻底记起过去了吗？"石昊喃喃道。

柳神曾经彻底毁灭，不止一次，它反复修炼，涅槃重生，如今真正恢复了吗？

"唉！"神冥叹息一声，很是遗憾，终究还是不知道堤坝后面是什么，通向哪里。

这在泥土地上画出的涂鸦般的简单图案便是传送阵，可以带他们回去吗?

"容我渡个劫，捕捉一个雷池再走！"石昊说道。

第1367章 雷池中滚三滚
WANMEI SHIJIE

神冥、三藏相当无语，这是什么话，容他渡个天劫，捕捉个雷池再走？

无论是谁，都会觉得这家伙疯了，或者嚣张得过了头，太嘚瑟了！

天劫是什么？审判乾坤内的生灵，降下毁灭之力，锤炼强者，那是上苍之功。

在神冥与三藏看来，荒的确很强，但是他渡劫也就罢了，还想捕捉一个雷池？开什么玩笑！

就在他们目瞪口呆之时，石昊开始行动了，他选了一块离堤坝足够远的空旷之地，准备渡劫。

"喂，荒小子，你嫌命太长吗？不会真要挑动雷电深渊中的雷池吧？"神冥叫道，还真怕他乱来。

"帮我收好！"

石昊一抖手，那根柳枝飞向了神冥和三藏。他要渡劫了，不能带着此物。

神冥接住柳枝，再次警告石昊不要妄动。

然而，石昊已经开始行动了，他相当果决，催动一身道行，最重要的是运转雷帝宝术到极致，用以引劫。

"你……"两名黄金葬士不得不快速倒退，心想，这个荒未免也太鲁莽了吧。

"放心，雷池我又不是没收过。"石昊自信满满地道。

三藏和神冥都不相信石昊能成功，觉得他有点儿不靠谱。

雷帝宝术刚一施展，这个地方就风起云涌，召唤来了强大的雷道元素，引发天地共鸣。

接着，远处的雷电深渊更是发出一声巨响，像是洪水决堤一样。一道长虹飞射而来，击在石昊的身上。

"砰！"

石昊当即就被撞飞了，衣衫破碎，通体焦黑，惨不忍睹。

有没有天理？天劫才开始，这才是第一击，就让他栽了一个大跟头，怎么会这么强？石昊在心中暗道。

"嘻嘻，你有福了，慢慢消受吧。"神冥幸灾乐祸，手持柳枝，笑得动人。

这天劫不同寻常，威力极大，很难想象一会儿会怎样。

上一次，石昊渡的是九天十地劫，整片古老的大界都显现了，他从"十地"闯上"九天"，与千军万马大战。

而这一次，那些地域没有出现，只有最本源的雷道。

当然，渡劫才刚开始，或许那些诡异的事物等会儿才会出现。

一道又一道雷光，先是从深渊而来，接着又莫名从天空降落，前后足足有三千六百道惊雷，全部在石昊身上爆发。

石昊被击得浑身都是伤。

这是从未有过的事，过去都是天劫逐渐变强，这一次一上来就要夺他的性命，太猛烈了。

三千六百道惊雷连成一片，如同星河般倾泻而下。

"千灭雷劫！"三藏变了脸色，惊呼道。

三千六百道惊雷，这个数字很敏感，传说，这叫千灭天劫，意味着要生生毁灭这个人。

正常来说，一千道惊雷足矣，三千六百道则保证劈成飞灰。

"恐怕他危矣！"三藏说道。

就算石昊能在三千六百道惊雷的攻击下挺过去，也很难熬过接下来的天劫之威。

在古书的记载中，那是必杀之劫，一般人闯不过去。

"轰！"

远处，一只火凰拍动翅膀，向着石昊扑过来，威势惊人。

"终于开始了，这才算是真正的天劫吗？早先的三千六百道惊雷不过是开胃菜？"石昊眯起眼睛，预感到了这一次天劫的不同。

前奏而已，便直接降下三千六百道惊雷，就是一般的遁一境修士也都被轰成渣子了，更别说斩我境的了。

火凰展翅，天地寂静，火光冲天，其实那都是雷电，一下子就将石昊淹没了。

这是一场大战，石昊严阵以待，没有一点儿大意，虽然这场天劫才开始，但是他仍全力以赴，担心出纰漏。

因为，这一次的天劫太诡异，太恐怖。

"果然是大杀劫，上来就飞出一只火凰，后面还会出现什么？"神冥轻叹道。

石昊所在的位置，火焰焚烧天宇，空间都塌陷了，全是火和雷电，石昊遇到了大麻烦。

不过，石昊称得上是神通广大。激战多时，最后在雷光中，在烈焰焚身之际，他生生击伤了火凰的一只翅膀。

凤鸣动天，火凰遁走，至此，漫天的雷电消失。

石昊身上带着血，低头看着手中滴血的凰翅。"啪"的一声，那翅膀在石昊的手中化成一团雷电，击穿虚空，消失殆尽。

"嗷——"

一声龙吟，震荡乾坤。

一条大龙飞了出来，带着数百条小龙，疯狂地攻向石昊。雷电霍霍，大风刮起，这里一片刺目。

又一种天罚，真龙浮出，宛若秩序神链横空，要斩尽这里的一切生机。

毫无疑问，这又是一场血战。

最后，石昊浑身伤痕累累，披头散发，结束了这一战。

那条大龙断了一小截尾巴，就此遁走，而后在远处消散。

"嗷——"

又一头巨兽浮现，庞大无比，带着金光，恐怖至极。

天角蚁，以神力盖世而闻名的凶兽出现，冲向石昊。

"嗷——"九幽獙奔腾而来，向着石昊扑击。

"老虎不发威，你当我是病猫啊！"石昊大怒，在雷电中铸出一口鼎，直接收伏那些接连出现的巨兽。

十凶中的巨兽不时浮现，但没有全部出现，只出现了将近一半。

"轰隆！"

数不尽的人影冲来，比上次石昊在渡九天十地劫时遇到的还多。

甚至，石昊看到远方有仙王交手、不朽大战。还好，那主战场没有波及他，不然后果不堪设想。

场面惊悚，各种生灵跳出，与石昊厮杀，他浑身都快要散架了。

这次渡劫很危险，他数次险些陨灭。

"轰隆！"

突然，一个小型的雷电深渊浮现，毁灭了闪电形成的无数生灵，轰击石昊。

"咚！"

石昊的身体遭到了重击！

"雷池真的出现了！"神冥惊呼道。

石昊快没有力气了，伤势太重。他这一次渡的天劫很特别，似乎由于离雷电深渊过近，威力强大得可怕。

"轰！"

小型雷电深渊压落，石昊的身体又一次遭到重击。

"轰隆！"

突然，石昊爆发了，他一跃而起，动用了最后积攒的力量，体内所有的门能开启的全部开启，无量光冲霄。

"扑通！"

石昊跃进闪电中的雷池内。

"轰！"

这一刻，天地都炸开了，雷电万丈，全部轰向石昊。

雷池中，浪花朵朵，石昊伏在当中，贪婪地吸收雷劫液，伤口快速愈合。

"这也行？"神冥惊诧不已。

"不行，可怕的不是雷池，它只是承载宝液的器皿，真正的危机在后面！"三藏沉声道。

石昊在雷池中滚了三滚，疯狂吸收宝液，以修复躯体，并且开始对抗外界的天劫。

不远处，一座古台，岁月悠久，蕴含着时间的力量，仿佛亘古长存。台上有一把铡刀，仙气弥漫，彩光闪烁，很快，它收敛气息，归于古朴。

那是斩仙铡刀。

石昊盯着它，感觉到了极大的危险，可是不知道为何，体内又有一种奇怪的本能，有期待，也有兴奋。他想要冲过去，接近铡刀。

第1368章 斩下不朽印记

WANMEI SHIJIE

雷池中滚三滚，石昊就是这么做的，并且贪婪地吸收宝液，争取恢复到巅峰状态，因为他知道最大的危机来了。

古台上，斩仙铡刀带着凌厉的气势，已经锁定了他。

这一次如果激烈比拼，还能像上一次那样，靠头顶上的小人以及轮回印来救驾吗？可是，那样太被动了，并不为他所掌控。

"荒小子，你完了，赶紧留遗言吧，这根柳枝我帮你保存，再见。"神冥冲石昊挥手，这般说道。

"不听劝，唉！"三藏摇头，有些无奈。

斩仙铡刀浮现，仙来了都可能被斩啊！

当然，面对不同境界的修士，斩仙铡刀的威力应该是不同的。但不管怎么说，这是必死之劫，难以熬过去。

"我没事！"石昊说道。他在雷池中对抗天劫，吞食宝液，在生死关头居然还能分心。

"轰！"

一道粗大的惊雷劈来，轰得雷劫液四处飞溅。

石昊心疼不已，大吼一声，全力以赴，开始对抗。这一次，他算是偷袭得手，若是以往，都是在雷电消退时，他才会去夺雷劫液。

"锵！"

就在此时，斩仙铡刀迸发出刺目的光芒，并且有一股杀气冲起，卷起阵阵狼烟般的雾霭。

这是要铡死石昊！

"嗯？"

石昊终于明白那股冲动之源了，他为何有想要过去的本能，是因为他体内的一股精气此时从他手中释放，要连通斩仙铡刀。

上一次在帝关，天劫结束，铡刀消失前，他曾夺来一股精气，并将之炼入手指中，无坚不摧。

是那股精气要亲近斩仙铡刀，与之融合在一起，故此带着石昊也跃过去。

"咔嚓！"

雷电飞舞，斩仙铡刀落下，对着石昊就是一击。

"当！"

石昊伸出一根指头，与铡刀触碰，竟挡住了攻击。

神冥惊呼出声，意料中的人头落地的画面没有出现，竟看到荒用手指承受住了一击。

三藏也很惊讶，这个画面让他难以置信，荒是如何做到的？

石昊同样一怔，他的手指头与铡刀相撞，居然神光闪烁，彼此交融，让他体内出现了一股凌厉的气息。

这是斩仙铡刀的气息！

"轰！"

就在这时，石昊的躯体爆发出惊人的力量，六个光团浮现，震动乾坤。

"那是什么?!"三藏惊呼道。

那种力量绝对超越了他们目前的层次，压盖世间。

"我觉得像是不朽的气息，虽然是残缺的，但也不是我等能抗衡的。"神冥神情凝重地道。

接连的惊变，让两名黄金葬士震撼不已。

先是斩仙铡刀没有铡死石昊，接着又有六个光团散发出不朽之气，实在惊人。

就是石昊自己，也愣住了，那六个光团藏在他的血肉中，带着些许不朽的波动。

他知道那是什么了。

当日，他从蚛族古地脱困后，曾有不朽者降下法旨，赦免其罪，告知异域众人不得再伤害他。

也就是在那时，法旨发光，有些微光没入他的体内，那是烙印。

据闻，当时共有六位不朽者联袂降下法旨。

如今看来，那是真的，六位不朽者都在法旨上留下印记，放入石昊的体内，此时浮现了出来。

毫无疑问，这是斩仙铡刀逼迫的。

这时，石昊做了一个动作，让神冥与三藏不禁身体发冷，目瞪口呆。

在短暂的迟疑后，石昊竟然扑向铡刀，似乎要挨上一刀，这不是在断送自己的性命吗？

他分明逃过了一劫，可以活命，却偏偏去送死，这让两名黄金葬士无法理解。

石昊身上出了一层冷汗，哪怕是天劫险些将他劈死时，他也没有觉得事态如此严重。

那六个光团是不朽者放在他体内的，有巨大的隐患。

当日，他不是不知道六大不朽者动用了手段，起初他以为只是些许烙印，为的是追踪他，免得他遁走。

今日他才知道，那六个光团中蕴含着杀机，只要他离那六人不是很遥远，他们一个念头就能除掉他！

如今，他不在异域，才能平安无恙，否则会出大问题。

上一次逃走时，他很庆幸，幸亏有海瀑隔绝了一切，带着他进入另一片空间，离开了异域，不然的话，他根本走不了，活不下来。

"噗！"

石昊被铡刀击中，他想借用斩仙铡刀的力量对付体内的光团。

这一次，他算是豁出去了，不然的话，一旦他回到边荒帝关，多半会被那六人感应到，而他们直接就能除掉他。

他在赌，情况再糟糕，还会比被六位不朽者惦记更惨吗？

因为，他有经验了，想看一看轮回印以及头顶上的小人是否还能代他遭劫。

他希望斩仙铡刀可以将他体内的另外六团光全部击灭。

他被逼无奈，只能主动挨刀，不然的话，这一次他还想跟铡刀硬碰硬呢。

那种剧痛难以言表，这是斩仙铡刀，什么都挡不住它。

石昊犹记得，这铡刀斩中人的身体的时候，也会在一瞬间斩灭人的元神，霸道至极。

上一次，头顶的小人代他受死，这一次还会如此吗？

"咦？"石昊很是惊讶，自身元神无恙，虽然头顶上没有小人出现，但是他也安然无恙。

他的躯体是残破的，但是元神依旧完好。

这是怎么了？

很快，石昊明白了，依旧是手指的精气的原因，它原本与斩仙铡刀就是一体的，刚才又互相交融，让石昊体内有了斩仙铡刀的气息。故此，他的元神没有遭到必杀一击。

但是，石昊体内的六个光团就没有那么幸运了，被铡刀逼了出来，远离了他的肉身。

"锵！"

刺耳的声音发出，铡刀开启，将一个光团引了过去，猛力落下，直接铡断。

接着，撞击声不绝于耳，接连六道响声，六个光团破灭。

斩仙铡刀名不虚传，真要发威，连不朽者、真仙都无处可逃。

石昊又一次投进了雷池中，温养真身。很快，他就痊愈了，这宝液的效果极其显著。

天空中，雷电消失，斩仙铡刀也跟着古台一起消失了。

在斩仙铡刀消失前，石昊疯狂出手，夺取神光。只见他手指发光，收取了斩仙铡刀的部分力量。

"雷池，别跑！"

石昊大吼道，牢牢地按住了这个池子。

但是，最终他还是没有成功，远方的雷电深渊有一股浩瀚的力量，将池子拉走了。

"宝液，收！"石昊大喝道，将池中的液体收取了大半。

"当！"

最后关头，石昊扔出仙金碑，拍中雷池，生生砸下一大块银色的石壁来，并将其收入囊中。

远处，神冥与三藏愣住了，这家伙简直是"丧心病狂"，还真敢出手，并且成功了。

过了一会儿，这里安静了，没有雷声，也无其他声响。

两名黄金葬士还是有些失神，荒也太彪悍了吧？就这么熬过来了？

"唉，真遗憾，只差那么一点儿，我就能收集到第二个完整的雷池了。这地方离雷电深渊太近，难度增大了。"石昊自语道。

他渡劫完毕，如今成为斩我境巅峰的高手，只要他愿意，就可以进入遁一境。

这一次渡劫，他没有这样做，想再揣摩与参悟一段时间再突破。

他已经是一个随时可进入遁一境的高手了！

这么年轻，就有了这等修为，简直是逆天！

"走了！"神冥催促道。她看了一眼堤坝，又看了一眼沙地，还有远处的雷电深渊，总觉得心里直发毛，想快点离去。

过了一会儿，三人站在那如同孩童涂鸦般的简单图案上，准备横跨天地，就此离去。

不知道古阵会将他们送到哪里。

第1369章 传说中的那座城

WANMEI SHIJIE

粗糙的线条，简单的走向，在干燥的泥土中留下痕迹，构成传送阵。

这如果传出去，一定会让人觉得很荒谬，简单勾勒的几笔而已，既不是以神石垒成的祭坛，也不是由宝料构成的法阵，难道真的有传送能力？

谁看到都可能会觉得这是小孩子胡乱涂抹而成的。

但是，现在它发光了，很璀璨，也很神圣。随着三人注入法力，干燥的泥土释放出力量，并开启了一道门。

同一时间，石昊他们见到了沙地中的异常，一缕又一缕血雾浮现，还有成片的乌光交织。

"咔嚓！"

远方，雷电深渊轰鸣不断，也不知道有多少道闪电飞来，轰向这片区域。

"这地方……"神冥越发不安，终于寻到了那种危机的源头。

一股恐怖的气息弥漫，带着不祥，铺天盖地而来。

雷电深渊因此而沸腾，滚滚雷电化成浪涛，汹涌澎湃，将沙地还有这片区域淹没了。

"雷电深渊的存在，是为了镇压这片区域吗？"三藏沉声道。

他们觉得，雷电深渊、沙地、泥土地、堤坝等不是独立存在的，而是有某种因果联系。

此时，他们头皮发麻，感觉不好的事情要发生在他们的身上，仿佛有杀身大祸要来临。

"走！"

门已经开启，他们再也不敢停留，一转身，快速冲了进去，从这里消失了。

"砰！"

那道门快速闭合，与此同时，他们听到了巨大的撞击声，门破碎了！

所幸他们已经远去，通向未知之地，再晚一步，后果不堪设想。

"那究竟是什么？"神冥疑惑地道。是某种生灵觉醒了，还是某种法阵或奇异力量复苏了？

"该不会是从堤坝爬过来的生灵吧？"

"或许是沉眠在那片区域的真仙、不朽者？"

带着疑问，他们离开了。

前路未知，他们不敢大意，都有些忐忑，因为接连开启传送阵，每次都找不到回去的路。

"能回去。"石昊说道。他相信柳神指引的路肯定不是什么绝地。

前方蒙蒙亮，光线不是很充足，还有一种威压传来，让人喘不过气，仿佛要窒息了。

他们渐渐看清，一座十分宏大的城坐落在前方。

他们从通道中出来了，到了目的地。

一座城！

这是哪里？

这个地方很荒凉，看不到生机，见不到人气，有的只是死寂，还有万古积淀下的某种悲意。一座城，冷冷清清，孤独地矗立在那里，离得很远都能感受到它曾饱经战火的洗礼。

降落在地上后，神冥颤抖起来，难以抑制。

三藏心中一惊，感受到了一股威势，身体也不受控制地摇动。

两人是黄金葬士，感受到了这片土地的特别，这是曾经的战场，也不知道因征战死去了多少生灵。

这地上没有真正的土石，都是尸骨粉碎后所化，并且，殒命的生灵都很强，这个地方绝对葬着一些大人物。

石昊也在战栗，不是惧怕，而是血液在沸腾，在共鸣，在汹涌，不由自主地，他想要长啸出声。

他的眉心发光，形成非常古老的纹路，闪闪发光，震开了天空上的云朵。

罪血沸腾，崩云裂天。

在这里，属于石族的血在沸腾，在燃烧，他的眉心上出现了属于石族的纹路，那纹路像是一个文字，璀璨无比。

石昊的眉心中间，此时如同有一轮小太阳，当他抬头时，射出的光束撕裂高天。

神冥与三藏不由得发呆，看着石昊。

他们心中大惊，这里如此恐怖，葬了这么多绝世生灵，荒为何有这种反应？

这是何地？这是三人共同的疑问。

虽然那座城有些远，但是隔着战场就已经让人神经紧绷，有一种巨大的压力，它仿佛是一个沉睡的仙道巨擘。

三人努力稳定心绪，直到很久后才渐渐平静。

石昊眉心的纹路没有消失，依旧在发光，如同一团神焰在焚烧诸天。

他们打量四野，这是一块陆地，很广阔，但是能感应到它是有边界的，那座城就在陆地中心。

他们没有接近那座城，而是向陆地的边缘走去。地上，遗骸很多，有的成了骨架，有的还有皮肉，数万年过去依旧保持着弹性。

果然，陆地有限，在边缘部位有一层光幕，无法击穿，触之不动。

"嗯？"

三藏惊讶，发现了异常。光幕是半透明的，能看到外界的一些景物，他们是悬空的，在高天上！

下方是一片大漠，金色的沙粒反射出点点光芒，地上也有枯骨等。

此外，在远方的地平线尽头，一座雄关高耸入云，大到无边，镇守在一界的边荒。

"帝关？"石昊非常惊讶。他居然看到了帝关，这是哪里？

现在，他们身在何地，帝关外的半空中吗？

很快，石昊像是想到了什么，顿时呼吸急促，血液轰鸣，霍地抬头望向那座神秘的古城。

"这难道是传说中的那座城？"神冥失声道。

石昊不再看帝关，而是看着飘浮在天空中的残破大陆上的神秘古城，眼中光芒大盛，心潮澎湃，情绪异常激动。

"边荒七王所镇守的古城！"石昊自语道。他的战血一下子沸腾了，他终于知道，为何来到这里后，身体会有那么大的反应了。这里有他的族人，还有他的祖先，他们曾在此血战，戍守边荒。

当年，石昊参加三千道州天才大战时，在仙古遗地中，曾登上虚空中一艘染血的黑色古船。那船上有不祥，有诡异，还有一位王的尸体。

他曾在那艘古船上，通过一座祭坛，了解到有七位至强者带着身后的族人镇守边荒。

他曾看到，七王背后的族人前仆后继，越战越少，最后连衰弱的老人与稚嫩的孩子都登上了城头。为了守城，为了抵抗异域大军，每一个人都拼尽全力。

到最后，七王有人倒下，有人战死，他们的族人，包括那些妇孺，更是不知道只剩下几人。

石昊曾经以为，边荒七王所戍守的城池肯定是帝关。可是，直到亲身进入帝关他才明白，根本不是，而是另一座城。

只是，这么多年来，那座城隐藏在天地中，不被世人所知。许多人都以为它被毁掉了，而现在，他竟亲眼见到了这座城！

石昊一步一步向前走去，要到那座城中去。

确切地说，这是一座悬空的岛屿，算不上无垠的大陆，但是也非常广阔，足够建造城池。

只是，相对来说，这座神秘的古城比帝关的规模要小很多，不是以星骸堆积的，是由古老的石料筑成的。

不知道为何，石昊看着这座城，总感觉它比帝关还要雄伟、沧桑，还要坚固、强大。

不在于规模，而在于这座城仿佛有灵魂，刻录下万古的悲凉与沧桑，历经烽烟战火，浸染不朽之血，成为一座丰碑。它百战而不倒，长存于此，阻挡异域的铁骑。

"传说中的那座城……真正的帝关！"这个时候，神冥开口了。

"真正的帝关，想不到还没有倒下，还矗立在此。"三藏也轻语道。

接着，他们又看向石昊的眉心，盯着那纹路，露出异色。

"拥有盖世功绩者的族群，血液中流淌着的辉煌，不灭的印记。"神冥评价道，意指石昊眉心的纹路。

石昊身体一震，所谓的罪血，所谓眉心的耻辱印记，竟有这样的真相？葬士居然知道！

第1370章 曾经绚烂

WANMEI SHIJIE

石族曾经被忌惮，被猜疑，甚至被一些族群排挤，那些族群认为石族有罪，其族人体内的血不干净，有些人甚至污蔑他们流淌着肮脏的罪血。如今两名黄金葬士居然推翻了这些罪名，得悉一些真相的石昊心情复杂。

石昊的眉心还在发光，他步履坚定，朝着那座城前进。

"到底是怎么回事？你们和我详细说一下。"石昊请教道，因为这关系帝关一些人的族运。

"这座城存在不止一个纪元了，是昔日真正的帝关旧址，历经多个大动乱时代。"三藏上来就说出了这样一番话。

他所说的多个时代，肯定不是常人嘴里的时间段，因为葬士一睡就是千古，常以小半个纪元为时间单位。

随后，三藏讲了一些事。

昔年，真正的帝关是这一座，因为连年征战，它曾破损不堪，也曾被重兵包围，还曾被无上法阵困住。

特别是有一个年代，此城被困，与外界隔绝。

曾经屹立无数岁月的帝关最后被舍弃了，被当作桥头堡，挡在最前方。而在后方，没有陷入危局的生灵建了一座新的巨城。

石昊听着，没有说话。

葬士只是一个旁观者，只有从沉眠中醒来时，才会关注战局，肯定不可能了解全部的真相。

"原始帝关有大威能，虽然规模比不上那座耸入苍穹的新帝关，但是坚固程度是超越新帝关的，曾浸染过真仙与不朽者的血，甚至有不朽之王陨灭在城楼上，有仙王殒命在城中。"神冥说出了一些惊人的史实。

相传，在辉煌时期，原始帝关沐浴诸天神辉，加持各族族运，有仙域豪雄往来。故此，它有绚烂的过去。

在某一古老时期，城中举行了封王盛事，有盖世功绩的族群曾被封王。比如，当年有朱雀王、人王、龙王……

石昊听闻，心中一动。在下界，人们认为火灵儿所在的火族体内有朱雀血脉，一直以为火族是上古朱雀的后裔，看来应该更久远。

"其中，人王不止一族，而是分为两三个姓氏，有两三位人王，到如今多半都被灭族了。"神冥说道。按照她所说，边荒封王，可不止七位王。

"那是原始帝关最辉煌的年代！"三藏感叹道。

也正是因为如此，才闹出巨大的动静，被葬士所感知，且被古葬区的一些强者记载于葬书中。

既然那个时代，仙域豪雄都愿意与九天十地往来，出入帝关，说明那绝对远不是这一纪元的事。

石昊默然，神冥所说的年代一定极其久远，昔年有多位王，可是到了后世，就只有七位了。

并且，石昊知道，后世只有七王，说明城中多半也只剩下七族了。

"昔年，封王是一种认可，是一种传承，是经过各族祝福的，所以那种印记是一种辉煌。"

依照三藏所说，各族的原始封王者拥有大神通，经过各族祝福，形成了更为强大的神通。他们将辉煌融入骨子中，形成纹路。

"你是说，这种纹路是辉煌，是天下各族的祝福？"石昊惊讶地道。

"是，当年那可是盛事，甚至惊动了葬王。葬书中有记载，有葬王曾亲自暗中了解过。"三藏点头道。

这种纹路是祝福，有强大的能力，若是彻底激活，可庇护一族，除此之外，还有传承和无上大神通。

这才是关键，封王纹路形成的辉煌印记，其中还有该族的至高绝学。

石昊沉思，想到了一些事，他的至尊骨以及石毅的重瞳，是否都是石族曾经拥有的神通呢？不然的话，一个幼儿体内怎么会孕育出绝世妙术？

"七王究竟是多么古老的人物？他们能活那么久吗？"石昊怀疑地道。

"原始的封王者早已殒命了，战斗到神识寂灭。因为，这座古城曾经被攻克，仙域都与这边断了往来。后世的王可能是继任者，是其后人。"神冥解释道。

曾经辉煌，极尽绚烂，到了后世，封王之族中的最强一族就算是他们的王。依照三藏所说，七王出现的年代距离原始封王的岁月甚远，应该是其后代。

石昊蹙眉，不太确定，因为他觉得有些事没有想象中那么简单。

"难道是我理解错了？当年我透过祭坛看到的画面，不是这一纪元发生的事，而是更久远前，是各族的原始封王者中幸存下来的七人？还是说，的确是后世出了七名强大的英杰？"

新帝关中也有一些真相，似乎预示着什么，但是石昊不能全部相信。

"各族的祝福形成的辉煌印记，久远到连后世诸族都忘记了吗？"石昊自言自语道。

不过，想到九天曾经全军覆灭，也可以理解。事实上，那种覆灭不见得只在一个纪元发生过，因此导致了传承的断层。

当然，最重要的是，石族后来似乎做了一些什么事，导致被一些族群敌视，甚至加害，才有了罪血之说。

而若以额头的印记作为罪血证据，那就绝对荒谬了。

石昊、神冥以及三藏渐渐靠近古城，不平整的地面上有不少生灵的躯体，有些竟相貌完好，让人怀疑其是否还有生命。

神冥仔细探索，确定这些生灵都已经毙命，甚至一身法力与精血都枯竭了，不然不会没有威势散发。

只是，他们不理解的是，这些生灵的肉身皮囊为何保存得这么完好。

"那是……"

三藏很是震惊，在距离古城不远处的一块空地上，有一堆骨架在燃烧，火光呈淡红色。火光周围有各种符文，那是盖世法阵。

"这法阵是不朽级的！"神冥失声惊呼。这意味着，从古到今一直在焚烧的骨架，来头大得吓人。

并且，他们发现不止一堆火焰，而是有很多堆。

那样的存在皆覆灭在城墙下，为避免毁灭性的气息外泄，被绝世符文封锁了。

"城楼上有生灵！"

当靠近古城时，三藏瞠目结舌，漫长的岁月过去，这座城池中竟然还有人！

石昊仰头看向城楼上，这里很凄冷，也很寂静，但是，上面的确有人，是活着的生灵。

那是几个衣衫褴褛的孩子，他们从七八岁到十五六岁不等，脸上脏兮兮的。

此外，还有几个老人，他们很衰弱，像是负过重伤，本源有损，正神情凝重地向下看。

老弱病残，正适合用来形容他们。

"这么多年过去了，这里居然还有人在守护，一直没有离去，天呐！"神冥吃惊地道。

"很多年过去了，这一纪元他们在跟谁作战？"石昊不禁动容。刹那间，他想到了一件事，他们如今悬在高天上，莫非这是天渊的高处？

难道是他们，是原始帝关的幸存者，在天渊中坚定地看守着通道？

新帝关外，大漠上方，有一个天渊，阻止着不朽者和不朽之王过关，没有人能说清是怎么回事。

这一纪元，早些年时，九天十地很平静，没有受到威胁。可是，这里不一样，异域的生灵一直在尝试叩关。

这些衣衫褴褛的老弱病残，是他们一直挡在前方吗？

"族人……"

城楼上，一位老人盯着石昊，看着他眉心那团跳动的符文光焰，艰难地开口，浑浊的眼中迸发出一丝光芒。

第1371章 真相

WANMEI SHIJIE

那位老人须发皆白，身体瘦小，只有一条手臂，脸上满是皱纹。

一声族人，让石昊产生了一种苦涩感，心绪当即就不宁静了，这是他的族人，一直在最前线战斗的族人！

他们到底吃了多少苦？受了多少磨难？连孩子和老人都登上了城楼，就没有青壮年了吗？

"前辈！"石昊开口道。他仰望着城楼上的老弱病残，不仅有一股敬意，更有一股激动的情绪，他很想改变这一切。

城楼上，孩子们蓬头垢面，都在戒备着，看着下方。他们神情麻木，只有眼底深处才有那么一丝好奇，盯着城楼下的人。

可以想象，这么小的孩子便已经如此，见惯了生死搏杀，这个地方应该经历过非常惨烈的大战。

本应朝气蓬勃的稚嫩面孔，如今都被麻木、戒备所占满。

城楼上，一位老人挥了挥手，示意孩子们后退。

"你……是外面的……族人？"这位老人像是很久没有说话了，声音嘶哑，吐词不清。

就是神冥、三藏都不禁动容，这是多少年没有开口讲话了？这些人都经历了什么？难道一直在苦守，在征战吗？

这里像是一片被遗弃之地，外界都认为此城成了空城，没想到还有一群老弱病残在坚守。

这是怎样的一种意志？是什么在支撑着他们？

"你……不是真仙，如何进来的？"老人问道，浑浊的眼中飞出两道光束，独臂提着一把青铜战斧。

从这些话中，石昊他们得出了一个惊人的结论：非真仙之境者，根本没有办法靠近这里。

"说来很奇异，我们……"

当着族人的面，当着这些苦守孤城的人，石昊没有任何隐瞒，一一道来。哪怕事情很曲折，难以令人信服，他也一一讲出了。

"族人，站在那块青石上。"城楼上，独臂老人指点道。

城楼下有一块青石，很是古朴，看上去没有什么奇特之处。石昊闻言，没有犹豫，直接就站了上去。

"嗤！"

青石瞬间发光，一团光将石昊笼罩，席卷他的筋脉与四肢百骸，连神魂都没有遗漏。

神冥惊呼，险些出手，但最后还是忍住了这股冲动。

很奇怪，这光没有伤害石昊，他只觉得暖洋洋的，额头的符文光焰更耀眼了，像是在被一股力量加持。

"不是异域的生灵冒充的。"独臂老人点头道。城楼上的人，包括孩子们闻言，都长出了一口气。

这块石头可以验出来人是否为真正的石族人。

"请再抬头一望。"独臂老人慎重地说道。

城楼上挂着一面骨镜，此时一道光芒从中射出，直接进入石昊的神识海，没入他的灵魂中。

在此过程中，石昊不加反抗，静静等待。

后方，两名黄金葬士神色大变，迅速后退。他们可不想被这骨镜照耀，洞悉一切，那样的话生命将被掌握在别人手中。

可是，石昊就是这么放心，丝毫没有抵抗。

"是族人，带着善意而来，没有说谎。"独臂老人激动地道。城楼上的其他人也都露出喜色，孩子们低声欢呼。

"你们是要站在这里接受检验，还是要退后？"独臂老人看向两名黄金葬士，问道。

神冥与三藏对视一眼，一起向后退去，隔开足够远的距离。

"嗤！"

地上腾起一片湛蓝的火光，如同幽冥之火，仿佛有一股不朽之气在弥漫，化成一面不可逾越的火墙。

两名黄金葬士顿时什么都看不到了，也什么都听不到了。

城楼下，石昊一个人静静地等待着。

突然，神光一闪，那位独臂老人出现，解除防御，独自走出。

"坐吧，城中沉闷，很多年没有说话了，我都快忘记怎么开口了。"独臂老人这般说道。

"为什么你们苦守在这里？其他人呢，都在哪里？为何你们不退到新帝关？"石昊问道。

一些问题其实已经有了答案，但是他想得到证实。

"这是祖先的命令，坚守到最后，而且我们已经送出去了一批族人，由他们开枝散叶，繁衍血脉足矣。"独臂老人说道，看了一眼石昊。

石昊如遭雷击，他明白了，被送走的族人就是他的祖上啊！而孤城中的老弱病残，是留守的那批人，他们和后代负责坚守到最后，直至战死。

"外面的族人怎样了？是否繁盛，开枝散叶？"独臂老人问道。

石昊的脸有些发僵，他想以笑掩饰，却发现做不到，难道要告诉他们，石族虽未被灭族，却被压制，成为罪血后人了吗？

"怎么了？"独臂老人快速问道。

石昊沉默片刻，最后还是决定实话实说，这种事不能隐瞒。

"什么？！"独臂老人大怒，脸色都变了。他本已经站起，最后却又坐了下来，叹息一声。

"七王中的人王，也是就石王等，曾经斩了九天一些大人物的首级，应该是因为这个被误解了。"独臂老人说道。

"什么？！为何？"石昊大吃一惊，想不到一下子就涉及了这个层次的秘密。

"九天的那些大人物被不祥侵蚀，请求石王等人出手，立刻斩灭他们的元神。"独臂老人叹息道。

这一刻，石昊寒毛竖立，那所谓的不祥，影响这么深远吗？他一下子想到了数件事。

那艘染血的黑色古船在虚空中飘浮，石昊曾登船，也正是在那里的祭坛上第一次知道边荒七王。

而在那艘船上，还有一位王以自己的躯体镇压着不祥。

此外，就在不久前，石昊还进入了仙域，却被那里的生灵鄙夷、轻视。同时，仙域的人也在戒备，怕下界的人污染了仙域，防备不祥。

这些……都是大事件！

"当年，有人知道这些事，石族不应该被污蔑才对。有真仙还在九天，那些人没有站出来吗？"独臂老人站起身，神色肃穆，这般说道。

石昊愕然，九天有真仙？他们怎么没有出战？

"妖龙道门、剑谷，他们是什么态度？"独臂老人问道。

"称我族为罪血后人的就是他们！"石昊答道。

独臂老人又问道："青铜仙殿沉睡的真仙是否出马，呵斥他们？"

"青铜仙殿，有真仙在那里沉睡？"石昊很是震惊，他跟仙殿的传人曾经一路争锋，激烈大战，彼此敌视。

独臂老人闻言，立时全都明白了，叹息一声。

"与鲲鹏一脉之争，将他们的双眼蒙蔽了吗？"独臂老人自语道。而后他愤怒了，发出低吼声。

任谁都会愤怒，他们在这里流血奋战，直到只剩下老弱病残，后方的族人却被污蔑，被加害，甚至被称作罪血后人。

"朱雀王死得早，若依他的火爆脾气，一定会杀回去，不管不顾。"独臂老人说道。

石昊心中骇浪滔天，因为这么片刻的时间，他已经了解到了诸多秘密，传出去的话可震动千古。

"可惜力不从心，现在想离开也不行了，城在人在，城亡人亡。"独臂老人幽幽一叹，道。

第1372章 城内

WANMEI SHIJIE

石昊的心情久久不能平静，青铜仙殿中有真仙沉眠，此外还有仙存于世间，与鲲鹏有大仇。

"城中还剩下多少人？"很长时间后，石昊问道。

"不多了，有些族全灭，有些族如今只剩下一些老弱病残，强壮的差不多都战死了。"独臂老人答道，带着落寞，还有悲伤。

这是一座孤城，没有人支援，顶在最前方。就是城中高手如云，也架不住这样的消耗。

看着城墙，看着那些斑驳的痕迹，石昊仿佛听到了喊叫声，隐约间，昔日在黑色古船上所见的景象浮现出来。

许多人在守城，最强的自然是边荒七王，可是敌人太多，百战不退。到了最后，妇孺、老人等都登上城楼，参与到大战中。

"曾经发生过的惨事，如今还要继续下去吗？"石昊自语道。他为族人不忿，他们在前方洒热血，背后却被人捅刀子。

"九天出了问题，哪怕那两三名真仙是垂死之身，到现在也不应该毫无表示才对。"独臂老人轻叹道。

他们居然没有为石族、火族等站出来，放任别人污蔑石族、火族等，这令独臂老人气愤至极。

"除此之外，还有一些事或许也是误会的根源。当年城中的王曾斩下九天大人物的首级，也曾放一些生灵去了异域。"独臂老人忽然说出了一些旧事。

放任生灵去异域？这是为何？石昊顿时遐思无限，那是卧底吗，假意投靠异域？

但是，独臂老人没有多说，只是轻轻一叹。这里面肯定还有一些隐情。

"不管怎么说，九天那边有人知晓全部的真相，居然放任他族侮辱我族，这很不好！"独臂老人冷冷地说道。

"多年过去，就一直要苦守这座孤城吗？"石昊再次问道。

这样做值不值？

"我们挡在前方，族人在后方开枝散叶不是很好吗？"独臂老人笑了笑，却让人感觉很心酸，这一脉是抱着必死之心在守城。

七王呢？还有人活下来吗？这是石昊很想知道的。

那七道对抗异域大军的高大身影，实在是盖世无比，他能真正亲眼见到吗？

最后，石昊实在忍不住，还是问了出来。

"还有人活着，但也时日无多。其他几人战死后，焚烧自己的骨，以加持此城。"独臂老人神色麻木地说道。

他的眼底有伤感，有凄凉，但现在却是这样的表情，因为战死了太多人，就连七王也一个又一个地陨灭。

"这城楼下葬的是敌人的骨，以便让城池吸取他们的力量。七王死后，主动焚烧真身，点燃宝骨，为城池提供能量。"独臂老人说道。

石昊闻言，大受触动。

"异域有不朽者，还有更高层次的古祖。不朽之王若是叩关，这里防御得住吗？"石昊问道。

"这么多年都过来了，你不是看到了吗？孤城依旧在！"独臂老人叹道。但是，这当中有多少辛酸？有多少生命牺牲？

石昊震惊不已，他们是如何做到的？哪怕牺牲的人再多，也很难挡住不朽者的力量。

"这座古城蕴含着强大的力量，我们可以通过它掌控天渊的力量，阻挡异域盖世强者的步伐。"独臂老人说道。

石昊知道了一个惊人的事实，即掌控此城，便可催动天渊之力，留在这里的人正是靠此挡住了异域大军。

"天渊是什么？"石昊问道。

"法则海，无上审判之力！绝天地通前，仙域也曾相助，有他们的布置，但那种力量快耗尽了，天渊与仙域有关。"独臂老人坦然告知道。

石昊心中一震，今日了解的果然都是大秘密。

"进城去看一看吧。"独臂老人说道。他早已彻底放下了戒备，这是他漫长的岁月以来头一次带人进去。

石昊有很多疑问，虽然刚才独臂老人直接告知了他一些秘密，但是他都没有来得及细问，他需要进一步了解。

他觉得独臂老人心事重重，像是有什么话要说。

"前辈，怎么了？"石昊问道。

"大决战要来了，这座孤城，这片死气沉沉的旧地，或许要走到终点，不复存在了。"独臂老人轻叹道。

"什么?!"石昊很是震惊，大决战要来临了？这绝对是大事件，可是新帝关的人知道吗？

"我们早有预感，就在近日，恐怕会有不朽者叩关，异域要开始进攻九天十地了！"独臂老人说道。

此时，城门微光一闪，两人从原地消失，直接进入城中。

在此过程中，城中宛若有一个巨大的灵魂体对他进行检查，确认无误之后，他们才在城中显化出来。

古城中很安静，十分空旷，几位老人带着衣衫褴褛的孩子们走了过来，都在打量石昊。

当然，城中还有其他人，但是相对于偌大的古城来说微不足道，人太少了。

昔日辉煌的古城，由于饱受战火的摧残，如今已经接近残破，街道、建筑等陈旧无比。

石昊向前走去，见到了一些妇孺。一些孩子顶着脏兮兮的小脸，都很紧张，看向石昊。

城中没有欢声笑语，非常沉闷、压抑。

"不祥物质曾刺激过异域的某些高手，传闻，它起源于异域的最深处，但是也有人不这么认为。"在路上，独臂老人与石昊交谈，说出了一些旧事。

独臂老人随意说出的一些话对石昊来说都是重磅消息。

"那是……"石昊盯着远方，那里有一座宫殿，光芒闪烁，近乎透明。隐约间可以看到，宫殿中有几位王盘坐着，焚烧真身，加持此城。

"七王战死后，依旧守护着这里。"独臂老人平淡地说道。

石昊不禁动容，这背后有着太多的心酸、无奈，还有凄怆。惊天动地的大人物，却落得如此可悲的下场。

不远处，有人在抽泣，一个孩童瘦骨嶙峋，个子不高，脸上有泥污，对着那座宫殿抹眼泪。

孩子的哭声很压抑，让人忍不住跟着难受。

"七王的后人，如今都很可怜。"独臂老人轻轻一叹。

他们这样付出，值得吗？

可是，祖先下了命令，死守在此，他们与城同在，与城同亡。

"我希望你能带走这些孩子。"独臂老人说道。他不惜违反祖先的命令，因为他想让那些孩子活下去。

"娘，爹呢？爹什么时候会回来？"不远处，一个四五岁的孩子穿着满是破洞的兽皮衣，这样问道。

"等你长大了就回来了。"那个妇人眼角有泪痕，这般安慰自己的孩子。

"那大哥、二哥、三哥他们呢？怎么也不回来？"小孩子问道。

妇人有点儿忍不住了，很想大哭一场，她已经失去了丈夫还有三个孩子，被这样追问，不禁心如刀绞。

这样的事在城中很平常，因为青壮年差不多都战死了。

"祖母，我什么时候能见到父亲？叔叔、伯伯、哥哥他们也离开很久了，总不回来。还有祖父，我从来没有见到过他。"一个角落里，一个小女孩怯怯地问一名老妪。

老妪身子干瘦，脸上的皱纹很深，她没有说话，只是伸出一只手，轻轻地抚摸小女孩脏兮兮的脸颊。

"带上所有妇孺，让他们换个地方，离开这里吧。"石昊说道。他心中大受触动，有些难受。

这些都是城中最平常的事，却蕴含着太多的酸苦。

石昊心情沉重，进入这座古老的孤城，得悉了很多真相。

大决战就要来临了，命运的抉择，究竟会怎样？这里的一切或许都要到尽头了。

第1373章 不舍

WANMEI SHIJIE

古城尽管有些残破，但是依然不失大势，可惜只剩下一些老弱病残守着这里，城太大，人太少。

"这是王的栖居地。"独臂老人将石昊引领到一座矮山前。

这座山处在城中，山脚下长满了蒿草，山上有已经干了的黑色血迹，枯寂而缺少生机。

七王还剩下一位王，他如今怎么样了？是否真的还活着？就是城内的人也不了解详情。

若非生死关头，七王中的最后一人不会出手。因为想要维持孤城很艰难，只有他活着，此城才不会灭亡，才可借用天渊之力。

"参见王！"独臂老人带着崇敬和虔诚，参拜那座矮山。

"见过古祖！"石昊也很认真地施礼。

无论如何，七王都是盖世英雄，是可敬的，他们带着各自的族人在此战斗，用生命守护着九天十地。

石昊忘不了在黑色古船的祭坛上所看到的画面，七王带着族人们，跟敌人血战到底。

一个又一个战士倒下，功绩盖世，外界却无人得知，岁月将他们的功与名埋没在此。

忽然，矮山迸发出柔和的光，光芒向外扩散。

"我已知你意，带走那些孩子吧。"这是对独臂老人说的，没有威压，也没有能量波动，一切是那么平静。

但是，石昊却感觉到了一种恢宏正大的气势，那气势并不压迫人，但是绝对不可侵犯，堂堂正正。

独臂老人当即双眼发酸，浑浊的眼中泪水滚落。他跪倒在地，颤声道："谢王上！"

"是我等无用，苦了孩子。"七王中的最后一人这般说道，轻轻叹息。

随后，矮山的光收敛，从中传出最后一句话，那是冲着石昊说的，只有两个字："活着！"

这是叮嘱，还是告诫，抑或是预见了什么？

仅此两个字，石昊就预感到这是暴风雨到来的前夜，黑暗时代要来临了！

七王中只剩下最后一人，他似乎不看好九天这一边，这是在提点石昊吗？活下来最要紧！

两人离开这座矮山已经很久了，独臂老人没有说什么，似乎在出神，目光有些呆滞。

他知道，最后一位王的内心深处是无尽的倦意和悲凉。王征战千古，战气耗尽，血与魂终要归于黄土中。

城中，孩子们都很沉闷，不爱说话，哪怕是第一次看到石昊，也都只是默默地观望。

这是大战造成的压抑所致，平日城中根本没有欢声笑语，孩子们的童年没有快乐，有的只是在生存中挣扎，守着这座城。

这些孩子大多都失去了父辈，缺少应有的温暖，面对的是冰冷的兵器，还有血与骨。

"当——"

钟声响起，全城所有人顿时双目放光，包括孩子们都快速跑动起来，冲向城墙各处。

他们的手中持着各种法器，都很神秘，也很强大。

石昊当时就是一惊，这些孩子非常矫健，远远超越外界的同龄人，如同一头又一头小猎豹，散发的气势比凶兽有过之而无不及。

哪怕是几岁的孩子，也显得异常矫健。

但孩子终究是孩子，他们手持兵器，只是培养一种意识而已，因为城中实在没有人了。

"发生了什么？"石昊问道。

"有敌来犯。"独臂老人答道。他带着石昊冲向一个方位，横跨虚空，快速来到城楼上，看向下方。

一层光幕已经腾起，守护住了整座古城，那是符文形成的光幕，可阻挡不朽者的攻击。

城墙下有一头凶兽，体形庞大，生有两个头颅，一个是祖鳄头，金黄璀璨；另一个为鹏头，威猛狰狞。

凶兽的身体很大，是祖鳄身，背后还有一对巨大的金色翅膀，那是鹏翅。

显然，这头凶兽来自一个极其强大的种群，独臂老人见到它后，神情顿时变得凝重起来。

石昊曾听闻，能到达城楼前的多为不朽者，这是一个真正的不朽生灵吗？庆幸的是，三藏与神冥不在这个城门方向，不然的话危矣。

"还好只是尸体，有人借其躯体再次试探我们。"独臂老人长出了一口气。

这只是一头凶兽的躯体，不朽的生灵借尸显灵，针对古城，而且最近这种行为愈加频繁。

依照独臂老人的猜测，大决战马上就要开始了！

独臂老人一挥手，让孩子们动手，他们之间的交流很简单，几乎都不用语言。

这虽然不是真正的不朽大敌，但是也很可怕，独臂老人居然把对付它的任务交给了孩子们。

一群孩子都很果敢，早已站在城楼上一些特别的区域，手持法器，祭出符文，催动神圣的力量。

"轰！"

城墙像是复活了一样，发出微光，而后一道巨大的剑光浮现出来，迅速斩向那头凶兽。

秘宝！

那些孩子所动用都是特殊的秘宝，可以与墙体共鸣，催生防御符文与攻伐大术等。

不过，他们的小脸一个个都缺少血色，很快就有人盘坐下来，默念祭祀文，沟通城内的一些火堆。

那些火堆很特殊，都是骨架，有不朽的力量弥漫。孩子们在借用一缕缕的神光，通过法器将其传导出去。

"这么小就让他们做这么危险的事？"石昊蹙眉，这看着简单，但是却蕴含着大危机。

那不朽的骨架虽然被符文法阵锁着，他们每次都是从中借出一点力量，但是，万一爆发出小团不朽之火，足以让他们殒命一万次。

此外，那法器在传导过程中若发生意外，将是大厄难。

当然，石昊也很佩服城中的人，他们创出秘法，让孩子们都能参战，面对强敌毫不畏缩。

"这还算危险吗？他们的父辈、祖辈，数十上百人甚至数千人一同抱着不朽的骨骼火焰冲出去，跟王一起并肩战斗。"独臂老人说道。这种事很残酷，他却说得那么平淡。

"呼唤天渊之力，付出的代价更大。"独臂老人叹了口气，道。

"噗！"

有的孩子小脸煞白，虽然实力远胜同龄人，但是年岁终究太小，吐出一口血，栽倒在地上。

有人上前将倒下的孩子抬走，细心地照料着。

"生在这里，能怎样？"独臂老人简单的一句话，道出了所有。

现实就是这么残酷，这里的孩子想跟外界的孩子一样那么自由自在、无忧无虑，带着灿烂的笑长大，那是不可能的。

在这里，活着就是幸福。

"锵锵锵！"

城墙不断发光，剑气劈出，将那头古兽逼得倒退。

但这终究是一群孩子，哪怕借助各种力量，所启动的攻伐术也威力不足。

到头来，还是得几位老人出手，他们合力让城墙爆发出无量光，形成一柄战戟，向前劈去。

"噗！"

古兽被斩，一缕意志之光遁走。

最后，这头古兽被拖入了城中。当然，它已经经过城门口的符光照耀，被净化了一遍，避免意外发生。

傍晚，城中有火光在跳动，那是兽骨在燃烧。石昊坐在一旁，看着那些安静地坐着等待食物的孩子们，心中难以平静。

"尝一块吧，味道还不错。"独臂老人递给石昊一块肉，正是今日的战利品。

这种肉食蕴含着惊人的精气，是血脉恐怖的古兽才拥有的，孩子们想要吃，需要老人们先帮他们反复炼化。

石昊终于明白，为何这些孩子年岁不大，却一个个力大无穷，实力远超同龄人了，常年以来，他们都是以凶兽为食。若是将他们带出去，悉心培养，肯定会形成一股强大的力量。

"异域的凶兽体内有一些不祥的物质，吃多了会生怪病，不然的话，仓库中那些古代大战所留下的一些凶兽尸体蕴含的神力更充沛。"独臂老人说道。

"不祥？"石昊吃惊地道。

"嗯，若是常年食用，不找机会化解的话，人就会迷失。"独臂老人点了点头，道。

"孩子们，今夜去跟你们的母亲、祖母告个别吧，将你们想说的所有话都告诉她们。"

这个时候，独臂老人站起身来，对那些围坐在篝火堆旁的孩子说道。

"明天，当太阳升起来的时候，你们就要上路了，去一个地方学习更强大的本领。等你们足够强了再回来，接你们的亲人，跟我们这些老头子一起并肩战斗！"独臂老人高声说道。

石昊听出了他声音中的颤抖，那是带着感情的话，触动心灵，这是即将永别啊！

那些年纪稍大的孩子全都站了起来，喊道："不，我们要留下来战斗，城在人在，城亡人亡！我们跟祖先一起战斗，血要留在这里！"

"我们要留下！"

"我们不走！"

"这里才是我们的归宿，哪怕战死，血与骨也要留在这里！"

一群十几岁的少年情绪激动地喊道。他们知道独臂老人是想让他们活着离开，不要再回来。

"都给我闭嘴！现在马上回去！好好地陪你们的母亲、祖母多说一些话，清晨来这里集合！"独臂老人喝道。

篝火熄灭了，城中昏暗。

这一刻，对于很多孩子来说冲击巨大，如同天塌地陷一般，他们真的要离开这里了吗？

可是，他们从出生以来一直在这里，他们舍不得走。

清晨，第一缕霞光出现了。

独臂老人带着一些老伙计，一个一个地亲自将那些孩子拎了出来，并集中到广场上。

"走吧，等到你们的本领能像你们的祖辈那样，最差劲也要能一箭射下一颗大星来，再给我回来！"一位老人吼道。

那些孩子的母亲和祖母等站在一旁，她们而今也是战斗的主力，不能离去。

这一刻，孩子们哭了，那些妇女也哭了。

平日他们都不怎么说话，现在却都喊着、叫着，不愿分开。

孩子们冲向自己的亲人，像是有说不完的话，且放声大哭。此时，他们说的话，比平日加起来都要多很多。

当太阳升起时，石昊带着一群孩子离开，金色的朝霞将他们的身影拉得很长。

第1374章 重回帝关
WANMEI SHIJIE

朝霞普照，一群少言寡语的孩子，在离开时全都大哭着，脏兮兮的脸上挂着晶莹的泪珠。

石昊带着他们离开了帝关。他的手中持有一块骨牌，正是因为如此，他才能出入此地。

神冥、三藏很是震惊，从远方快速奔来，万万没有想到石昊会带着一大群孩子出现，足有数百人。

"你去认亲了？"神冥打趣道。

"是！"石昊很严肃地回答，这的确是一个事实。

两名黄金葬士顿时愣住了，还真是去认亲了，荒到底是什么来头？他与原始帝关中的那些生灵同族，到现在血缘关系还很近吗？

"怎么离开这里？我们尝试了很多次，还是无法破开结界。"三藏说道。

这块飘浮的陆地外面有一层结界，阻挡生灵出入，牢不可破，以两名黄金葬士的手段都无可奈何。

"走吧。"石昊没有多说什么。他身上有一块骨牌，可以通行，带着一群孩子顺利穿过了结界。

"哧！"

云雾卷起，包裹着数百个孩童，向着大漠降落，平稳地落在地上。

这些孩子脸上带着泪痕，终是离开了生养他们的古城，来到了陌生的土地上。

这片土地，他们张望过，渴望过，幻想着有朝一日可以来到这里，过上平静、安宁的生活。今日他们的双脚落在了上面，可是未来会怎样呢？

"真不容易啊，又回来了，兜了一大圈！"神冥慵懒地伸了伸腰，眺望远方。

这一次，他们的经历太奇异了，从异域的海瀑逃出，一路上所遇所见，千奇百怪，最后终于回到了边荒。

"荒小子，跟我们去古葬区如何？让你感受一下什么才是净土，比仙域还要圣洁。"神冥这般道。

"你真当我没去过古葬区吗？那里除了黑暗，经年累月深埋的古棺，还有什么？"石昊说道。

神冥翻了个白眼，道："那是你没见识，真正的黄金葬士居地怎会如此。葬王住所与那更是有天地之差，那里栽种长生仙药，圣洁远超仙域，就是真凰都当作鸡散养在门口。"

石昊自然听闻过，古葬区很特别，有神圣无瑕的净土。

"算了，我还是先回帝关吧，我得先将这些族人带回去。"石昊怕出意外，他想回帝关告诉那里的人，异域要有大动作了。

或许，天渊挡不住了，原始帝关要被毁掉。那么，如今的帝关呢，多半也要被攻破了吧？

想到这些，石昊心情沉重，时间紧迫，容不得耽搁。

"我们先回古葬区，可能有什么事情要发生，我们先去了解一些情况。"三藏说道。

朝霞初绽，格外灿烂，整片大漠都染上了一层淡金色。

这是一个明媚的早晨。

帝关的城楼上，有一块区域可以眺望外面，俯视大漠，每天都有很多身着甲胄的高手在此巡视。

"敌人来犯！"

很快，有人警觉地大喝道，因为他看到了地平线上有一队人马。

虽然与动辄以万为单位出动的大军相比，这点人马算不得什么，但是这意义非凡，有人攻打帝关！

"呜——"

牛角号被吹响，这片区域的所有人都神色肃穆，穿戴甲胄，手持兵器，严阵以待，冷冷地看向大漠。

帝关内的人也感觉到了，最近气氛不对劲，仿佛暴风雨前的宁静，随时要爆发恐怖的大事件。

"只有几百人，那是……一群孩子？！"有人睁开天目后，第一时间发现了异常。

"等一等，我看到了谁？荒，我竟然看到了荒，他跟他们走在一起！"有人失声惊呼。

城楼上，一群人瞬间愣住了，如同泥塑木雕一般。身陷异域，成为阶下囚的荒怎么回来了？

最近，一直都有他的传闻，什么在异域扬威，更是有传言称他飞天而去，逃出了异域。

荒被送往异域的事，掀起了巨大的波澜，现在他竟然又出现了！

一个被认为再也回不来的人怎么回来了？

"荒回来了！"有人大喊道。

消息传开，如同飓风一般，席卷这片区域，快速向城中传播开去。

一群修士瞠目结舌，那个少年，他居然回来了？

"注意，不得放他进来，将他拦住！"就在此时，有人高声呼喊，怕有人直接放石昊进来。

"不得放行，严阵以待，警戒！"还有人喝道。

这片区域一片大乱。

"谁想阻止荒回归？"另一边，亦有人大喝。

"谁知是真是假，他都被押走了，怎么可能还逃得回来？若是他被异域强者附体，将是一场大祸！"有人冷冷地说道。

这片区域一下子变得嘈杂起来。

的确，荒之前明明已经被异域的大军带走了，他是如何逃出来的？这是一个谜，令许多人不解。而且，他还带着一大群孩子回来了，这更加让人惊诧。

那些孩子都穿着简陋，且衣服上带着血迹，荒这是从哪里带回来的？该不会是异域吧？

石昊到了城楼下，抬头仰望，城墙高耸入云。

"你是荒？"上方，有人问道。

"是！"石昊的回答很简洁，请他们开城门。

"不能开，现在根本不能确认他的身份。"有人阻止道。

石昊没有动怒，因为这很正常，万一真是异域派来的奸细，随便放进去，未免太儿戏了。

"可以探察我的一切。"石昊说道。

在进帝关前，会有神光洒落，照耀生灵的全身，石昊请求守门的人那样做。

"探察！"城楼上有人下达命令，并且飞快去报信。这件事注定要惊动孟天正等顶级人物。

"什么，石昊……他活着回来了？！哎哟！"听到消息后，太阴玉兔撞翻了炼丹炉，急匆匆地赶向城门处。

"你还活着？回来了？"清漪自语道，快速动身，也赶向城门处。

"我不会听错了吧，石昊自己回来了？我可是叫醒了我师父，准备找金太君算账呢。"曹雨生大笑道，同时也有些傻眼，他觉得太不可思议了。

"荒回来了？"齐宏、谪仙、石毅、卫家四凤等一群年轻英杰以及老辈人物都愣住了。

因为这个消息太惊人了，荒被送出去，在异域沦为阶下囚，居然还能逃出生天，还能回来！

一群人浩浩荡荡，全都冲向城门处。

城楼下，石昊被一团光笼罩着，城内的人在检查他的根脚，看是否有强大的灵魂附在他身上。

任何出入帝关的人，都会留下生命印记，石昊曾不止一次出入帝关，现在已经确认，他是本人。

他活着回来了！

"石昊，是你吗？想不到还能见到活的你！"太阴玉兔大叫道。

"哈哈，兄弟，真要是你的话，一会儿进城，我请你喝酒！"年轻一代的强者拓古驭龙大笑道。

对于石昊，许多人都是同情的，他立下大功，却被送到异域，曾让很多人不忿，现在……这真是出乎他们的意料！

城楼上，许多人热情地跟石昊打招呼，真心庆幸他安然无恙地归来。

当然，也有小部分人，比如王家、金家的人变了脸色，尤其是金家的人，脸色更是阴晴不定，当初可是他们主张送走石昊的。

"没有异常，可以让他入关！"

很快，石昊已经被检查完毕，在法阵的笼罩下，他一切正常。

"还要带上他们。"石昊指向一群孩子，这些衣衫褴褛的孩子都很沉默，一直静静地跟在他的身后。

"他们是谁？来自异域吗？这恐怕不行！"有人摇头道。

"他们的父辈英雄了得，他们都是战者的后代，来自天空中的那座城，这么多年以来一直阻挡着异域的铁蹄……"

石昊将原始帝关的事娓娓道来，饱含感情。

"那座城还在？"

"里面还有生灵活着？"

显然，帝关中也有不少人知道那座城。

"有何为证？"有人急促地问道。

"他们中的许多人跟我一样，额头有独特的印记，血脉传承一致。"石昊说着，让孩子们施展法力，展现额头上的印记。

"轰！"

这一刻，不少孩子的额头上浮现出灿烂的纹路，如同火焰在燃烧。

"罪血一脉！"有人惊呼出声。

"闭嘴！他们的祖辈守在前方，死战不退，保护着九天，如果这也算罪血，那其他人，你们，算什么？！"石昊怒道。

石昊想到了这些孩子的父母、祖先等，太可悲了。他们守在前方，立下了大功，却不被人知，族人还被定义为罪血后人。

"我可以负责任地说，他们都是功绩盖世者的后人，什么罪血，当初是谁定的？这笔账一定要算清楚！"石昊说道。他很直接，快速而简单地介绍了一下原始帝关中的事。

"如今，原始帝关只剩下老弱病残了，可他们还在坚守，谁敢称他们为罪血后人？谁敢再说一句？！"石昊喝问道。

城楼上，许多人震惊得说不出话来。

"可是，这有什么证据？"有人低语道，表示质疑。

"我相信。"就在这时，孟天正出现了。他站在那里，巍峨如山。

"开启骨镜，以神光照耀，若无异常，将他们都请进来！"孟天正命令道。

第1375章 再聚首

大漠上空，蛇夜叉在盘旋，由于距离太遥远，仿佛一个银色的光点，它在盯着帝关那片区域。

石昊何其敏锐，他心中一沉，感觉到了一股杀意。那是异域的王族，是具有超强飞行能力的生灵，在监视帝关。

天穹上，蛇夜叉心中一震，它竟看到了荒——那个从异域逃走的少年！

蛇夜叉拥有人族的躯干，银色的蛇头，脊椎尾部有一条粗大的蛇尾，此外，还有一对银白的夜叉翅。

它要第一时间将消息传回去，因为大人物就在不远处，尝试闯天渊。

这绝对是大功劳，若是能第一时间禀报，它肯定会被重赏。

"荒，希望你没那么快进关，被那烦琐的入关过程耽搁。"蛇夜叉冷笑道，"嗖"的一声，展开翅膀，冲向大漠的另一边。

"锵！"

破空之声传来，爆发风雷之响，一件武器居然袭到了蛇夜叉的近前，太快了，超出了它的意料。

那是一杆金色的长矛，由雷电构成，"噗"的一声，刺中了它的身体。

蛇夜叉最后看了一眼那个少年，发现他一脸冷漠之色，站在大漠中，正好收手，掌中雷光消失。

"嗷——"

这是蛇夜叉最后的残破意识发出的，震动了这片天穹。

"嗖嗖嗖……"

一道又一道身影出现，有红色的巨鹰，有浑身燃烧着黑色火焰的魔禽，有环绕着蓝色火光的神鸟，还有三足飞龙……

总共有十几个具有超强飞行能力的强者出现，都是遁一境的大修士。

这个层次的生灵，居然被派来监视帝关，足以说明异域要有大动作。在过去，这些强者是作为各族统领出现的。

"嗷——"

长嚎声响彻四方，震动大漠。异域这群斥候发现了石昊，第一时间发出警报声，告知大漠深处的大人物。

"轰隆！"

不朽气息弥漫，威压天宇，席卷大漠，扑面而来，不过被天渊挡住了。

"请他们入城！"孟天正喝道。

神光普照，早已照过这些孩子，并未发现异常。

"哧！"

天空中飞来一根又一根骨矛，粗大无比，这骨矛可以洞穿天地，轻易地让成片的神山崩塌。

骨矛的目标正是石昊，还有那些孩子。

石昊目光冷厉，在他的掌指间，秩序交织，雷电轰鸣，猛然化成一面雷霆大印，"轰"的一声砸向高空，粉碎所有的符文与光华。

那里发生了剧烈的大爆炸。

"好！"

城楼上，许多人大声叫好，荒的实力又突飞猛进了。

"哧！"

石昊抬手间，掌中出现了一把大刀。大刀由闪电所化，猛然挥出，直通天际。

"噗！"

在刺目的电光中，那把雷霆大刀竟将一只黑色的魔禽劈了下来。

这么强？所有人都不禁倒吸一口凉气，那可是遁一境的飞行强者，居然直接被站在地面上的荒劈杀了！

天空中，那十几名遁一境的强大斥候纷纷后退，不敢靠近了。

在后方，有更为恐怖的波动传来，异域的至尊出现了。

同一时间，石昊身旁的人影一闪，孟天正站在那里，看着对面。

"砰！"

孟天正向虚空按了一掌，像是在警告，也像是在隔绝某种气息，震慑大漠。

"先回去！"他这样说道。

孩子们已经入城，孟天正与石昊殿后，从容而镇定地退回了帝关。

很快，大漠尽头，一道又一道身影出现，如顶天立地的巨人，目光冷厉，盯着帝关。

听说石昊出现之后，异域的至尊就来了，而且一下子就来了六位！

可见他们有多么重视石昊，想抓他回去。

石昊从异域逃走，被他们视为不可饶恕的过错，是一种耻辱。一个小修士，居然靠自己逃出生天了！

"交出荒，不然帝关覆灭在即！"

沉闷的声音如同雷声一般震荡天地，连大漠都在隆隆作响，这是至尊的低吼声，若是没有帝关保护，很多人都会被震晕。

"滚！"孟天正只有一个字作为回应。

此时，帝关内响起一片欢呼声，一群年轻人冲了过去，围住了石昊，对他安然归来感到欣喜。

太阴玉兔跟石昊勾肩搭背，如同兄弟一般，道："哥们，害得我白为你担心了！"

长弓衍走上前来，用力拍了拍石昊的肩膀，激动地说道："回来就好！"

"唉，可惜了，我还为你烧了很多纸呢，太浪费了。"曹雨生咕哝道。

"你可以的！"就连不怎么爱说话的十冠王天子也走上前，轻轻捶了一下石昊的胸口。

一大群人用不同的方式表达喜悦，石昊能活着回来可以说是一个奇迹，让人难以置信。

"一会儿我们痛饮一番，我那里有我家老头子藏了好几万年的神酿。"拓古驭龙说道。帝关本土家族中的年轻人也都围了上来，很是热情。

石昊一一回应，跟一些年轻人猛力抱了抱，面对清漪时，也是直接一个熊抱。

"哈哈——"一群人大笑。

与清漪有感应的月婵也在不远处，此时她不禁浑身起鸡皮疙瘩，很不自在，因为她与清漪感同身受。

一群孩子跟在石昊的后面，有些不知所措，他们从来没有见过这种场面，更没有见过这么多人说笑。

对于他们来说，这很陌生，是截然不同的体验。其实，在这欢笑声中，也有紧张，还有些许压抑。

城外，一道又一道高大的身影伫立着，如同一座又一座黑色的大山，遮住了太阳，慑人至极。

人们预感到，这一次异域多半真的要有大动作了，惊世大战即将到来。

生在这个时代，避无可避，只能主动迎击。

所有人都握紧了拳头。

"帝关注定要破了，就在今日！"一名异域的至尊开口道，冷漠的声音像是从九幽深处传来的。

事情不同寻常，他说得这么肯定，必然有强大的倚仗，难道异域真的要开始攻打帝关了吗？

帝关的所有人心头一震。

此时，城楼上有人开口了，是王家的人，而且是王家的"九条龙"中的王二，他面对石昊，问道："我想知道你是怎么回来的。异域的囚牢远非铜墙铁壁可比，你是如何脱困的？"

"王二，你什么意思？"

这种称呼没有几人敢叫，此时帝关中有辈分极高的名宿开口，虽然其修为不见得是独步天下，但是毕竟地位摆在那里。

"没什么，我很好奇，怕给帝关惹来祸患罢了。"王二说道。

刹那间，部分人沉默不语，因为哪怕他们同情石昊，也对他如何逃出生天感到不解。

要知道，异域可是有不朽的生灵，如果真有问题的话，祸患肯定不小。

在许多人看来，自从石昊被送走，坐上那辆囚车，就已经不可能再回来了。可是，这才多久，他居然平安回归了！

许多人都有疑惑。

"不用问我也会说，并且，我要告知各位，异域可能要大举进攻了，真正的大决战要开始了！"石昊沉声道。

人们变了脸色，认为石昊不是危言耸听，因为最近种种迹象表明，边荒另一边的生灵要有大动作了。

由于事关重大，非常紧急，石昊直接先将原始帝关中独臂老人所说的话讲述了一遍。

"真的要开始了……"

有人喃喃自语，感觉帝关内的气氛越发压抑了。

同时，他们也对原始帝关的那些人敬佩不已，居然有那样一群人挡在前方，抱着坚定的信念，城在人在，城亡人亡。

不过，也有部分人将信将疑，不以为然，毕竟这些话都只是石昊的一面之词。

随后，石昊开始说自己的经历。

"什么，进仙域?！"一群人难以置信。

异域已沉寂多年，属于不朽之王闭关地的几片净土，今日全都光芒大放。

许多人都听到了隆隆的响声，那是战车的声音；看到了巨大的古兽从沉眠中醒来，那是拉车的凶兽。

不朽之王早已从古葬区归来，他沉寂万古，如今要出山了！

第1376章 凶兵千百万

"关于仙域，莫要多想。如今背水一战，要靠我们自己。"石昊知道一些人在想什么，直接说道。

到底怎么回事？他如何进了仙域？这引起了帝关所有人的关注，一双又一双眼睛向石昊望来。

"进那边的大殿宇，慢慢细说。"有人建议道。

同一时间，帝关上下严阵以待，所有修士都知道，绝世大战可能要爆发了。

石昊用最简洁的语言，将所见所闻告知了帝关的高层，让他们有所准备，不要心存幻想。

能说的他都说了，如何取舍，如何防御，就看接下来的安排了。

当从殿宇中走出时，清漪跟在石昊的身边，问道："你就这样如实讲出了？"

"是的，道出事实。"石昊轻叹道。

随后，石昊带着一群孩子向石族部落赶去，准备安置他们。现在城内城外气氛都非常紧张，所幸没有人阻拦、为难他们。

各族都被石昊带回来的消息震惊了，还在慢慢消化。

"一个纪元要结束了，缘起缘落，就此散开。"一位宿老叹息道，道出了许多人心中的忐忑、不安。

黑暗将笼罩大地，战斗将无休无止。这在许多人看来，已经无法阻挡，大势碾压而至，谁也挡不住。

"我看到了天裂，我看到了血与火，为何我也看到了朝气蓬勃……噗！"

帝关中，一个活了很多万年的占卜宗师话还没说完，便"噗"的一声，吐血而亡了。

由于反噬之力太严重，近年来，任何占卜都很难进行。尤其是这种大事件，更无法看清，最多也只是窥得一角，若是透露天机，结局注定凄惨。

她想告诉其他人一些消息，但到头来却是自身衰败，当场殒命。

占卜宗师殒命之后，她所居住的铜殿化成金属粉末，纷纷扬扬，洒落一地。

这一天，注定不平静。

在如此紧张的氛围下，石昊安排好这些孩子，将他们送进帝关石族的栖居地后，还是迎来了许多拜访者。

随后，有人拉着他，泛舟大湖中。

帝关很大，有山川林地，有大江大河。一群年轻人拉着石昊，在巨大的宝船上聚会，饮酒畅叙。

"或许，今日一别就是永远，这样的机会不多了，让我们共饮这杯酒！"拓古驭龙举起酒杯，道。

在这紧张的时刻，各族都在准备迎接大战，能偷闲跑出来很不容易。

正如拓古驭龙所说的那般，过了今日，或许彼此就再也见不到了！

一战过后，还能剩下什么，谁也不知道。是各族被斩灭殆尽，还是有些族群会投敌？

"暂时忘了其他，今朝有酒今朝醉！"大须陀道。

异域要大举进攻，大决战要开始了，这对一群年轻人来说冲击太大了！

五百年后，有至高强者会救援九天十地，仙域之门将大开？现在看来，一切都成了泡影。

原本石昊回来值得庆贺，众人肯定会不醉不归，可是现在压抑的气氛笼罩着帝关，所有人都难以露出笑颜。

这一次的聚首，或许真的是彼此最后一次相见了。

"荒，你生错了年代。若早一万年出世，足以崛起，而现在，你和我们一样，没有机会了。"戚顾道人是圣院最强传人之一，平日不苟言笑，现在却手持酒杯，与石昊用力碰了一杯，大声说道。

出乎意料的是，金展也来了，他也是圣院的天纵奇才，还是金家年轻一代的领军人，结果惨败给了石昊。

今日，他一言不发，只是默默地饮酒。

石昊就是被金家送出帝关，才身陷异域的，金展能来，许多人都很惊讶。

事实上，王曦也在场，她是王家年轻一代的翘楚，此时白衣无尘，如一朵洁白的莲花，坐在一个角落。

不管是对头还是朋友，此时此刻都聚集在一起，所幸宝船巨大，足够容纳这么多人。

"族人剩下多少？"石毅天生重瞳，号称不败的神话，向石昊举杯，问道。这两人关系复杂，曾大打出手。

石昊知道石毅说的是原始帝关的族人，便如实告知，没有多少人了。

"我曾经想，是否会有那么一天，你、我、秦昊三人联手大战异域不朽的生灵，看来时间不允许，没有那个机会了。"石昊轻轻一叹，道。

石毅跟石昊轻轻碰杯，"当"的一声脆响，饮完酒便离去了。

"我来了。你还活着，太好了！"小蚂蚁大叫道，冲了过来。早先它在埋头苦修，直到现在才知道石昊活着回来了。

石昊跟小蚂蚁一照面，直接就是三大碗酒下肚。

"还怕它什么末日！大不了就是战死，小爷我早就想跟亲人团聚了。"小蚂蚁红着眼睛说道。

"哈哈，到时候打个痛快。纵是死，也要打得他们肉痛，打得他们胆寒！"十冠王大笑道。他龙行虎步，得到过真龙的传承，拥有一种大气势。

谪仙一个人坐在边上，安静地吹笛，笛声悠扬，不禁让人思绪万千。

卫家四凰在翩翩起舞，邀月公主亦是如此。

许多人都在这里举杯畅谈，将一些过去不愿说的事都说了出来。

这个时代的一群奇才聚在一起，他们不知道前路，不知道接下来的命运，大战过后，还有几人能活下来？

石昊思绪起伏，这一幕让他想到了曾经一段奇异的经历，梦回仙古，那个时候见到的一群天纵奇才，不也像现在这样吗？

那一张又一张鲜活而生动的面庞，到头来却都倒在血泊中，现在又要重复相同的悲剧吗？

曾经的那段经历让石昊怅然、悲伤，因为如同真实的经历一般，分辨不出实与虚。而且，事后他通过各种蛛丝马迹证实，的确有那么一群仙古时代的年轻人殒命在上一纪元末年。

"咚！"

一声鼓响，震动全城。紧接着，号角连天，真龙号角被吹响了，这说明大战真的要开始了。

众人分别接到了各自族人的传音，纷纷起身，疾速离去。

是末日到了，还是一个新时代要开始了？人们忐忑不安。

"唯有一战！"不久后，震天的吼声响起。

城楼上站满了人，石昊第一时间赶到，登上去后向外眺望。

可以看到，异域的大军密密麻麻，带着磅礴的气息，从地平线尽头而来，黑压压的，仿佛一片黑色的汪洋。

凶兵千百万！

"这一天真的来了。"城中，一位老至尊开口道。

"轰！"一杆天戈划破苍穹，欲割裂天渊，声势浩大。

"不朽生灵的兵器！"帝关的城楼上，人们震惊不已，看到了不朽之气爆发，无与伦比。

所有人都知道，麻烦大了！不朽生灵居然在对天渊出手，他不怕被压制吗？

銮铃声响，哪怕大漠广袤无垠，哪怕有帝关守护，所有生灵也还是听到了这响彻天地间的铜铃声。

就在此时，哪怕相距极为遥远，哪怕没有天眼通，边荒的生灵也都看到了地平线尽头的景象。

一辆战车慢慢驶来，它带着各种痕迹，都是兵器攻击留下的，如斧痕、剑痕、刀痕等，战车表面的斑驳，彰显了曾经一场又一场大战的辉煌。

这是不朽之王的战车，由一头老牛拉着，缓缓而行，接近天渊，要横跨过来。

那头牛体形庞大，皮毛呈暗红色，背部却是金色的，两根犄角也是如此，如同由黄金铸成的一般。

"安澜战车，不朽之王要过关了！"帝关的城楼上，一些老古董如坠冰窖，颤抖着道。

第1377章 玉石俱焚
WANMEI SHIJIE

大漠中，铃声清脆悦耳，从地平线的尽头传来。在帝关的人听来，那铃声如同来自九幽的夺命曲。

帝关的城楼上，每一个人都头皮发麻，从头凉到脚。

不朽之王过关，谁人可敌？

那声音是从战车上传出的，铃声不大，但是却清晰地传遍大漠，透过帝关，传到每一个人的耳中。

安澜名震天下，世间修士，谁与争锋？

这不是说说而已，安澜是踩着无数强者的尸骸成就的威名，横扫九天十地。

当年，的确有人能跟他一战，但是到头来怎样？还不是陨灭了，埋骨于上一纪元。

安澜纵横万古，横扫各路敌手。

"可惜当年我九天的仙王寡不敌众，没有机会跟他单独一战，不然的话这辆战车也许不会出现在这一纪元。"帝关的一位老人低语道，但他的底气明显不足。

大漠无垠，那辆古战车还在沙漠的另一端，不在天渊下，原本应该看不到，现在却映入了帝关每一个人的眼帘。

金背莽牛体形健壮，十分威猛，周身弥散着混沌之气，它拉着的古战车带着斑驳的战争痕迹，如同一部活着的史书，记述着曾经的绝世大战。

牛蹄落在地上，如同踏在帝关众人的心中。

大漠中，銮铃声悠扬，安澜出山，要越过边荒。

"不朽之王！"

大漠中，声音震动天地。千百万大军密密麻麻，如同黑色的洪流，一眼望不到边。

整片大漠都在抖动！

这一刻，谁能挡得住安澜？

帝关的众人胆战心惊，安澜战车一出，那股气势就压得他们心中悸动，谁会是不朽之王的对手？

"血誓呢?!"帝关的城楼上,有人喝问道。

当初将石昊交出去,对方可是立下了血誓的,为何他们现在直接要过关,就不怕那天大的因果吗?

"还谈什么血誓?金家的人不过是为了铲除异己,私心坏事,现在不用想也知道,异域根本就没有立过真正的血誓!"有人愤怒地吼道。

对面有大神通者回应,打击帝关的众人。一个三头六臂的银色生灵开口道:"吾王岂会随意立誓?尔等皆蝼蚁,哪里值得吾王关注与回应?"

这无情的话,让金家不少人的脸色顿时变得惨白。

"一位逝去的准王,所遗留的精血燃烧了一些,也算是挥霍与浪费。"另一位大神通者开口道。

不用细想,那位准王生前一定接近不朽之王的境界了,不然的话也不可能造成那么惊人的天地异象。

但是,这种话何尝不是羞辱人,原来对方连一滴真正的不朽之王的精血都没有祭出!

"欺人太甚!"帝关有人咬牙切齿地道。

终究是实力不如人,哪怕有一位真仙在此,也能判定那血誓是真是假,结果他们都被蒙蔽了。

"蝼蚁而已,何须欺,斩了便是!"对面,一个通体银白的不朽生灵冷冷地道。

虽然他站在大漠的另一端,相隔很远,但是那种气势,那种小觑九天的威风,却不容忽视,让人倍感屈辱。

銮铃悠悠,金背莽牛拉着古战车缓缓驶来,逐渐接近,令人窒息。

自始至终,车中都没有动静,仿佛这世间一切,亿万生灵,诸天辉煌,无尽红尘,都不在他的眼中。

终于,近了,真正接近天渊中心的下方了!

到了这里,金背莽牛放缓速度,抬蹄时,感受到了莫大的压力。

"纵天一战,就在今日!"天渊上,传来大吼声。那虽是一群老人,但声音动山河,贯日月,十分悲壮。

接着,一座城浮现,悬在天空中,投下大片的阴影,镇压而下,发出无量光。

"是那座城,传说中的原始帝关!"帝关的城楼上,一些老人激动地说道。

那座城发出的光都是仙光,也是仙道符号,恐怖无边,震动古今,照亮了整个世间！

安澜动了，这一刻他不得不出手了。

战车内伸出了一只手，很缓慢，却很有力，向着高天而去。

"轰！"

无量仙道符号落下，混沌之气炸开，却都不能击伤那只手掌分毫。

那只手掌拥有擎天之力。

安澜很稳，一只手而已，就托住了天渊上方的原始帝关，任无量仙光爆发，都难以震退他。

原始帝关镇压不了安澜，被稳稳地挡住了。

怎么办？帝关的群雄震惊不已，传说中的那座古城出现了，却也挡不住不朽之王安澜的步伐！

"城在人在，城亡人亡！"

就在此时，古城中出现了几位老者，他们悲壮地大吼，抱着一团火，那是不朽生灵的骨骸。

骨骸燃烧，被法阵锁着，释放出不朽的精气。

他们要玉石俱焚！

"轰！"

古城发光，尤其是中心，有一道冲天的光束直刺天渊之心，带动无量法力，威力盖世。

帝关的城楼上，石昊表面上很平静，心却狠狠地抽动着，一阵剧痛，他知道，城中唯一的王出手了。

七王中唯一还活着的王催动残躯，驾驭古城，调动天渊最强的规则之力，阻挡安澜。

"轰隆！"

整个天渊都在焚烧，散发出漫天仙气，化成火焰，化作符文，与天渊烙印结合在一起。

一条又一条仙道法则从天渊降落，如同惊世神虹，万世不朽，灭度万灵！

这一刻，安澜的后方接连浮现五张法旨，光芒闪烁，迎向高天，带着万世无敌的气息，锁住乾坤，封印天地！

整个世界都仿佛在被重新炼化，五张法旨都带着不朽之王的气息，睥睨古今。五张法旨，化成五只大手，跟安澜的手一起，拍向天渊。

这一刻，天地不断发光，天渊发生了最可怕的事。那种战斗外人无法想象，足以震动古今，在史书中留下最浓重的一笔！

常人不可理解，那是最高层次的对抗。

最后，那里什么都看不到了，一片混沌。

也不知道过了多久，所有人的神魂都僵硬了，此时天地才清净，景物渐渐清晰可辨。

大漠依旧在，没有被毁。

只能说，安澜威力盖世，发出的所有攻击都在上方，没有造成误伤，异域千百万大军毫发未损。

九天这一边，众人不禁战栗，心中胆怯。

因为，不止安澜，那五张法旨代表了另外的五位不朽之王，他们合力出手，对抗天渊上的最高仙道法则。

一时间，天渊寂静，一切好像都静止了。

五张法旨封在天渊上，沉寂不动。

安澜的手托着原始帝关，没有动作，时间仿佛定格在这一瞬间。

古老的城池中心，有一道巨大的光束，仿佛照亮永恒，与天渊之心结合在一起，也静止了。

一切都静止了。

但是，人们知道，僵局终究会被打破，到了那时，就是天崩地裂，一世尽头！

帝关，城楼上。

一群孩子出现了，他们在默默地流泪，看着空中的那座城。

这些孩子不久前感应到了他们曾经生活过的那座城的波动，大声哭嚷着，请求城中的高手带他们来到最前方。

最后，他们被送到了这里。

所有孩子都在流泪，口中喃喃道："族人……"

他们虽然年纪不大，但是什么都懂，今日他们将与长辈们永别！

"啊——"

半空中，古老的城池中，一位独臂老人嘶吼着。他的身体很瘦小，但是，此时在人们眼中他无疑是高大的。

他跟一些老人抱着正在焚烧的骨骼，抱着那些不朽的火团，如飞蛾扑火，俯冲向安澜的那只手。

他们想打破平衡，于是用自己的生命点燃不朽生灵的骨骼，化作熊熊大火，冲向安澜之手。

"爷爷！"

"独臂爷爷！"

帝关的城楼上，一群孩子大哭起来，泪水模糊了双眼。

那不是他们的亲爷爷，若论辈分，不知比他们高出了多少辈，但是他却如亲爷爷一般对待他们。

独臂爷爷虽然表面严苛，但是让他们感受到了他内心的慈祥与疼爱。

那是一群早已残废了的老人，身中规则之力，不可化解，但是意志坚定，从未忘记祖先的遗训。

他们坚守着，哪怕战死到只剩最后一个人，也不退缩，直至生命之血流尽。

帝关，无人不动容。石昊的双眼也模糊了，那些老人白发苍苍，全都带着伤，无法撼动那只大手。

还有不朽生灵的骨骼，虽然焚烧着，但是也在一瞬间散掉了。

他们以血明志，尽了最后一份力。

"爷爷！"

"不，爷爷！"

帝关的城楼上，一群孩子放声大哭。

第1378章 震古烁今

生命怒放，独臂老人等人身死道消。

大漠寂静，帝关的城楼上，一群孩子跌坐在地上，肝肠寸断，泪水长流。

只是，这一切都不以他们的意志为转移，殒命了，终究是殒命了，再也回不来了。

"爷爷！"

听着孩子们的哭声，其他人的眼角也有些湿润，看着那些老人悲惨地殒身，他们心中震动。

悠悠铃声响起，金背莽牛又动了，它迈开蹄子，拉着古战车向前奔来。

战车中，只有一只手探出，依旧托着原始帝关。

安澜就这样托着那座城，掌指发光，要越过天渊。

帝关的城楼上，所有人都从头凉到脚，谁还能挡住他？

"不朽之王！"

异域的千百万大军发出大吼声，引得大漠都在剧烈摇动，天地都在战栗。

大军分开，为战车让路。

"他们略占优势，要打破平衡、强渡天渊了！"城楼上，一位名宿开口道。

这该怎么办？

此时，一切好像都无用了，实力差距摆在那里，他们这一边没有真仙，没有至高强者，根本就不可能阻击异域的不朽之王。

这让人绝望，是绝望之局！

"该我们出手了，原始帝关内的人能舍生忘死，我等又岂是贪生怕死之辈！"城楼上，有人大吼道。

可是，他们不是真仙，也不是不朽者，能挡得住吗？

有心驱敌却无力！

"我不想死后被后世人说是懦夫，哪怕不敌也要一战，以我血溅青天，明我志！"一些统领纷纷大喝道。

城中，原本萎靡的气氛发生了变化，生死见惯，还有什么可怕的！

"拼了，就是现在，就是此时！"各族高手纷纷大吼。

所有人都不再低迷，斗志昂扬。

就在此时，一位老人走了出来，叹了一口气，制止了众人："你们都退后，让我去。"

"师尊！"齐宏叫道。

这位老人是五灵战车原本的主人，也是齐宏的师尊，被称作青木老人。

城中的几位无敌者守护帝关，这么多年来一直跟异域的至尊对峙，在这座城中待了大半生。

青木老人壮年时驾驭五灵战车，威震天下，所向披靡，在至尊中都是佼佼者，难逢敌手。

如今，青木老人虽然血气不及壮年时那么旺盛，但依旧是至尊，是城中的无敌者。

他要出关，一个人去战斗。

齐宏赶忙冲了过去，很不放心，他的师尊虽然强，但是怎么挡得住不朽之王的脚步？

"迫不得已，我们得提前动用那块碑了。因为，机会稍纵即逝，等他真正越过天渊，就什么都晚了。"青木老人说道。他白发披散，有些清瘦，早已有了决断，要出关去一战。

安澜现在以大法力托住了原始帝关，正在一点一点地走过来，现在或许是最后的出击机会了。

若是等安澜过来了，就再也没有一点办法了！

孟天正站了出来，刚要开口，就被青木老人阻止了："不要争，不要多说，让我去，这里由你坐镇！"

城楼上顿时变得安静了，其他几位至尊也都沉默了。

最后，他们一起搬来一块古碑，送青木老人出关。

帝关前，霞光一闪，青木老人出现了，他背着一块碑，一步一步向前走去。

那块碑起初不大，只有一人多高，但是青木老人却背得相当吃力，随着他迈步向前，石碑变得高大起来。

青木老人看起来很吃力，这里距离天渊的中心还有很远，但是他的脊背都快被压断了。

随着他的一声大吼，"轰隆"一声，石碑离开了他的身体，巍峨如山。

这块碑越发雄伟，高耸入云。

青木老人的腰背挺得笔直，他转过身，最后看了一眼帝关，而后蓦地回头，再也不肯向后看一眼。

他浑身发光，符号万千，仿佛跟那块碑绑在了一起，带着它一起向前进。

"师尊！"齐宏大呼，眼中带着泪。他知道，这可能是他最后一次见到师尊了。

城楼上，所有人都沉默着，心中压抑。

风已起，大漠中沙尘飞扬，青木老人挺直脊梁，迈开大步，朝前奔跑。人们知道，他此去将不复还！

"镇仙碑，随我去镇压那个不朽的生灵，斩了那个王！"

青木老人低语道，先是吟诵古老的咒语，而后大吼了起来。他浑身爆发无量光，血气燃烧，冲向那辆古战车。

同一时间，那块碑发光，上面有各种符号，都是仙道规则，带着肃杀之气，向前飞去。

"冲啊！"青木老人大吼道。

传闻，这块碑很特别，一旦催动，就可以镇压真仙，斩灭不朽的生灵，但是，用过之后就会耗尽法力。

这是当年仙古遗留的禁忌古碑！

迫不得已，帝关提前亮出了底牌。

"拦住他！"异域的千百万大军中有生灵喝道。

异域有至尊出列，甚至有一个银色的不朽生灵跟在战车旁边，也要出手。

"蝼蚁而已，一块旧碑，何足道哉！"战车中，无人说话，安澜用一只手托着天空中的城池，是拉车的金背莽牛开口了。

金背莽牛体形庞大，声音沉闷，如同惊雷一般，响彻大漠。

异域所有人都止步了。

能够给安澜拉车的古兽，岂是凡种？

天空中，那块碑放大了，漆黑如墨，所有符号发光，压盖世间，释放仙道规则力量。

这是镇仙碑，只要祭出，连仙都可斩灭。

如今，安澜正在攻击天渊，这镇仙碑或许是唯一的希望了。

帝关的城楼上，所有人都屏住了呼吸，紧张、不安、压抑，各种情绪都有。各族强者都在等待，心脏跳动得厉害。

就等那一刹那！

帝关的所有人都希望这块碑可以起作用，甚至扭转战局。

"轰隆！"

镇仙碑发光，镇压而下，还有一位老人跟随着它，并催动它。

"师尊！"

后方，城楼上，齐宏大吼一声，热泪滚落。

很多人都心痛不已，又一位可敬的老者要逝去了，他能击退不朽之王吗？

战车内，安澜纹丝不动。

这辆战车饱经战火的洗礼，刻上了太多的痕迹，有刀痕，有箭孔……此时，这些痕迹迸发出不朽之光。

这辆战车自动发光，纹路等交织而出，斩中那块石碑。

"咔嚓！"

镇仙碑断成数截，崩开了，从战车四周坠落在地，让人根本就没有办法靠近。

"噗！"

青木老人的身体也被斩中，当场就逝去了。

至尊殒命，天地有感，会显化异象。

然而，战车上的那些斧痕、箭孔等发着光，道纹流转，磨灭一切，刚要显化的天哭等景象直接消散了。

"区区一只蝼蚁，也敢在不朽之王面前动刀兵，死不足惜！"金背莽牛开口道，语气张狂，震动天地。

这深深刺痛了帝关很多人的心，一位至尊舍生忘死，以血气催动镇仙碑，却就这么殒命了。

然而，金背莽牛虽然嚣张，却让人无力反驳。

人们绝望了，帝关的底牌都出动了，还是没用。若是让安澜顺利过来，天地都要逆转，这一纪元注定要覆灭。

绝望之境！

"愚昧的生灵，螳臂当车，自不量力！"金背莽牛冷笑道。

被一头牛嘲讽，而且是被一头拉车的坐骑讽刺，让人愤怒。众人很想除掉它，斩尽来犯的群敌。

可是，不朽之王叩关，无人可敌！

"只剩下最后一张牌了，祭出第一杀阵！"帝关的城楼上，出现了一位老者，他年岁很大，身上满是尘土，足有几寸厚，像是被尘封过一段岁月。

这是帝关中年岁最大的至尊，他带着无奈，还有一丝悲凉，要祭出第一杀阵。

"没有补齐，法阵不完整。"孟天正叹息道。

到了这一步，不成王，谁也挡不住安澜的战车！

世间相传，有杀阵号称第一，可是从来没有人见到过，都说杀阵可能不存在于世间。

那满身都是尘土的老人祭出一张残图，伴着海量的阵旗和阵台，从帝关内冲了出去。

"嗯？"金背莽牛浑身牛毛竖起，感觉到了危险。

帝关的城楼上，曹雨生的嘴巴张得很大，他有第三杀阵，但是他师父说过，和第一杀阵比较起来，第三杀阵根本不值一提。

因为，第一杀阵是多个纪元以前就存在的。

一角残图出现，带着法旗、阵台等，轰向安澜。

其中，数百面大旗后方都分别站着一位老者，都是城中的名宿，他们在催动精血，尽一份力量。

而那年岁最大的老至尊则盘坐在残破的阵图上。

"轰！"

盖世神威压落，攻向安澜。

这一刻，战车中的那个人终于动了，不再寂静无声，他伸出一根手指，点在虚空中。

接着，这里发生了大爆炸。

"轰隆隆！"

天崩地裂，所有阵台、大旗都崩裂了，那些名宿当场殒命。帝关年岁最大的至尊长叹一声，在残图上化成光雨，直接身死道消。

"蝼蚁，全灭！"金背莽牛大笑道。

帝关，没有了希望，看不到生路。

不过，也正是因为安澜这一次动用了另一只手，他托着的古城似乎不稳，剧烈地摇动起来。

同一时间，原始帝关的中心，七王中唯一还活着的王抓住了喘息的机会，猛力发起攻击，天宇浩瀚，剧烈震荡。

天渊震动，至高的仙道规则之力降落，轰向安澜。

安澜的那只手发光，托着古城。同一时间，那五张法旨也再次震动起来，爆发出万古不朽之力。

恍惚间，五位不朽之王大吼着，一起合力，要毁掉天渊。

"咚！"

天渊颤抖，被撕裂了，出现了一道巨大的缝隙。

那种层次的战斗超越了想象，连仙道的最高规则都被撕扯出了缝隙，足以震撼古今。

"咻"的一声，仙光闪烁，接着一条大河奔涌而出，力量太强大了，引得大道规则混乱，秩序不稳。

"撕裂了时空！"就是异域，也有不朽的生灵发出惊呼声。

那种力量太可怕了，造成天地秩序不稳，干扰了古界的生死存亡，连时间长河都出现了。

"谁与争锋？一群蝼蚁罢了！"金背莽牛大笑道。

天地战栗，时间长河奔腾，金背莽牛很快闭上了嘴，因为它觉得这个地方太危险了，仿佛贯穿了时间之门。

金背莽牛听闻过，这种最高级别的战斗，可能会引发一些不好的事，超出不朽之王的意料。

"轰隆！"

恐怖的气息弥漫，沿着天渊裂缝，一口巨大的鼎突然浮现，一下子压盖了边荒。

这太突然了，惊呆了每一个人。

这口鼎是从哪里来的？它的气息太恐怖了，震动了天地。

谁都没有料到，大战时会浮现出一口鼎，它竟然渡过时间长河，从时间之门内飞出，降临边荒！

一颗又一颗巨大的星星跟着鼎一起浮现，在其周围转动，鼎内喷薄万物母气，而仙金炼成的鼎壁居然染着血！

至于鼎口的诸天星辰，全部要被吞进鼎内了。

"怎么可能，从时间长河中震出一口鼎？！"就是不朽的生灵都震惊不已。

大鼎压落，万物母气流转，大漠震荡。金背莽牛当即惨叫了一声，腿骨折断，跪在大漠中。

"鼎上还有一个人！"有人大叫道，看到了鼎口上方的景象。

那里有一个人，他背对众生，像是在另一片时空经历过血战，站在那里，如天帝临尘一般。

什么人，渡过时间长河而来，直接压得安澜的拉车凶兽都跪伏在地？！

第1379章 异时空绝世大战

WANMEI SHIJIE

天渊裂开，时间长河浮现。

时光之门打开，从中冲出来一口鼎，那鼎悬在金色大漠上方，遮盖天地。

那个人是谁？所有人都很震惊！

即便是不朽的生灵，脸色也都变了，这片战场中怎么会突然闯进外来者，气势还如此惊人？

"噗！"

血液从天渊缝隙中洒落。

这个场面相当惊人，那口鼎气吞日月，鼎口有诸多大星转动，可无论是鼎壁还是一颗又一颗大星，都被染红了。

那是怎样的一场旷世大战？所有人都很震惊，虽然边荒这里形势危急，但是天渊裂缝中突然出现的战况一样让人惊悚。

"啊！"

一声大吼响起。有人搏命，血气压盖日月，诸天星斗发光，与之产生共鸣，从裂缝探出一只大爪子，遮盖了日月。

"轰"的一声，那只爪子抓向鼎口上方的那个人。

所有人都惊呆了，不仅是一鼎一人浮现，还有另一个盖世生灵随之而来。

那个人背对众生，独自面对敌手，很平静。他仿佛经历了一场最为惨烈的大战，在千军万马中冲击而过，而今又遇到了一位强敌。

"轰！"

他的身体发光，璀璨夺目，一刹那而已，满头黑发都变成了淡金色的，整个人的气息变得十分恐怖。

"哞——"下方，帝关前的战场中，金背莽牛长嚎，声音中带着惊恐。那口鼎并没有落下，而是托着那个人在上方战斗，喷薄无量光，可是这种气势依旧让金背莽牛悚然。

"咚"的一声，那个人挥拳，神威盖世，一拳击向苍宇，直接面对那只遮挡天穹的大爪子。

"砰！"那只大爪子遭受创伤，略微痉挛，向后退去。

突然，那只爪子收缩，而后猛地扑下。一头庞大的凶兽鳞甲如金，个头比诸天星斗都要巨大，只是还未看清，它便缩小，化成了一个人形生灵。

"锵！"

仙金甲胄碰撞的声音响起。那头巨兽化成了一个人，他身披青金甲胄，连面部都被遮住了，只露出一双青色的眸子，盯着鼎上的人。

这两大强者根本都没有向下看一眼，而是全神贯注地盯着对方，眼中有无尽的杀机。

"哧！"

他们的速度太快了，"砰"的一声，那口鼎略微缩小，如同电光一般向前撞去。

"当！"

青金甲胄发光，那个由凶兽化成的人形生灵施展大神通，法力无边，规则符号裂天，攻击由仙金与万物母气混铸的鼎。

这种重击，不可想象，震得时间长河都要断开了。

这个变故，让下方的不朽生灵都变了脸色，心中担忧。

所有人都傻眼了，谁也没有想到会在这种关头惹出这样两个强者，两人于此激烈厮杀。

他们是谁？来自哪里？究竟属于哪一个时代？

所有人都知道他们不属于这一时空，因为他们是从时光之门内冲出来的。

这太震撼了，古书中曾有记载，昔年发生过一件类似的事，但那是千古少见的事。

而今，他们都目睹了，不止一个人，包括异域的千百万大军，包括帝关的众人。从修士，到不朽的生灵，都见证了这一切。

尤其是，这两个人在进行巅峰对决！

一些人明白了，之所以发生这种事，是因为边荒正在进行最高等级的战斗，几位不朽之王要越过天渊。

而另一时空也在进行大战，那里必然有一个浩大的战场，双方正在激烈比拼，到了白热化。

最高级的人物交手，分别在两个时空对击，恰巧击穿了某种时光界壁，时间长河奔涌，带着那两人来到了这里。

这是神话中的神话！

所有人一同见证了万古奇迹！

"流光岁月！"有人低呼，是异域不朽的生灵。连他都吃惊，可见那两人有多么强大。

那两人的一举一动都强到极致，挥手间毁灭万物，现在两人纠缠在一起，如同融合为一个人般，激烈地对战。

"轰！"

这时，那个如天帝般的身影祭出大鼎，砸在那个有青金甲胄保护的男子身前，发出剧烈的响声。

那个身穿青金甲胄的男子横飞而起，直接向着天渊大裂缝冲去。这口鼎的威力让他受了不轻的创伤，胸口都凹陷了，就是有甲胄保护都不行。

地面，许多人都不由得倒吸一口凉气，无论是异域的霸主还是帝关城楼上的豪雄，都觉得头皮发麻。

那口鼎的鼎口吞吐万物母气，诸多星斗都在其中沉浮，威压盖世。其他人若是被它击中，还能剩下什么？

可是，那个身穿青金甲胄的男子居然能撼动那口鼎，哪怕负伤了，也有绝世无敌之资。

"轰隆！"

虚空中，那个人踏鼎而行，疾速追赶，超越时光，一切仿佛都在倒转，恐怖至极。

这一刻，他看起来真的宛如天帝，长发披散，神威盖世。

大鼎压盖日月，横空而起，追击那个穿戴青金甲胄的男子。

很快，那个宛如天帝的人探出一只手，向前抓去。

"王，要出手吗？"

此时，异域方向有不朽的生灵传音，暗中请示安澜。

这是绝佳的出手机会，若是发出致命一击，那个踏鼎而行的人多半会被击中，也许会陨灭在此。

因为，不朽的生灵也感觉到了威胁，觉得有必要先下手为强。

现在他们虽然弄不清状况，但若是有威胁的话，提前出手，总比被动接招要强，这是异域的行事风格。

此刻，战车中终于传来了安澜的回应，有波动传出。

要知道，无论是托着原始帝关而行，遭遇天渊攻击，还是被帝关的镇仙碑、第一杀阵攻伐，安澜都没有回应。

　　而现在，安澜有了反应！

　　"他与我不属于同一时空，因天机而现，任他来，任他去。我若与他交手，时间长河震动，造成的后果不可想象。"

　　这是安澜的话，他只说给那个不朽的生灵听，声音很平静，像是在说一件与己无关的事。

　　踏鼎而行的人伸出手，一把就要将那个身穿青金甲胄的人形生灵抓回来。

　　"忍你很久了！"

　　身穿青金甲胄，连面部都覆盖着甲胄，只露出眼睛的人形生灵，此时蓦地转身，大吼一声。

　　"轰隆"一声，天崩地裂，时间长河要改道！

　　"咚！"

　　那口鼎飞起，悬在天渊上方，堵住大裂缝，镇压时间长河，不让它改道，依旧要在这里战斗。

　　这让古战车中的安澜眸子发光，因为那两人本可离去，在其他地方继续大战，可是，那个踏鼎而行的人却选择留在这里战斗。

　　青金甲胄燃烧，比星月聚在一起还要璀璨无数倍，气息强到了极点，震动古今。

　　这让许多人都为之心颤。

　　虽然他们不属于这一时空，被神秘的力量隔绝，但是依旧让地面的人忍不住战栗，那种威压太强了。

　　就在这时，踏鼎而行的人开口了，那种语言同样让人听不懂，根本不属于这一时空。

　　但是，所有人却能透过那无上道则感知其语意，知道他喝出了什么。

　　这一刻，声音震动了天地，仿佛天帝降临，威严无比，降下法旨。

　　"临，兵，斗，者，皆，数，组，前，行！"

　　九字一出，化成九团光，而后爆发出无量威能，九个字符合一，演化至高秘术，刹那间击穿一切阻碍。

　　"噗！"那个身穿青金甲胄的人形生灵吐出一口血，踉跄倒退。

　　踏鼎而行的人跟进，抓住对手，而后猛力一摔。

"砰"的一声，对手瞬间殒命了。

"哧！"

鼎口发光，吞吐星河，将尸体和元神都收了进去。

第1380章 盖世强者

WANMEI SHIJIE

绝世大战落幕，可众人心中还是无法平静，这是什么人？来自哪里？属于什么年代？

太震撼了！

天空中飘洒下红雨，每一滴落下，都可毁灭大星，截断星河，威力恐怖至极。不过，那条星河也是跟着他们涌进来的，不属于这一时空。

那口大鼎吞吐神光，万物母气浮现，将散落的血都吸收了。

那个人踏鼎而行，缓缓降落。

这一刻的景象是壮阔的，也是举世无双的！

一口鼎横空，一个人踏在上面，俯视天下，绝世无双。他的身子修长挺拔，满头黑发披散，眼睛深邃，英气盖世，仿佛主宰世间。

大鼎由多种仙金混合万物母气铸成，在它吞吐间，一颗又一颗大星在周围转动，而在鼎口上方更是有一片星河，璀璨无比，随着它起伏。

那个人踏鼎而来，身上沾着血，有敌人的，也有他自己的。

这么强大的一个人却也负伤了，可见经历的战斗多么可怕。显然，他的伤不是一人所为。

因为，那口鼎上还有其他的痕迹，有刀痕，有箭孔，各种兵器都留有印记，曾经历过惊世之战。

而且，那大战应该就是在不久之前发生的。

那口鼎很惊人，能自主复原，有些痕迹现在就在变淡，逐渐消失。

异域的千百万大军如临大敌！

对于他们来说，这个生灵是个变数，突然横空而来，让他们忌惮。

原本，他们就要破开天渊了，如今这么强大的一个生灵出现在此，究竟是好还是坏？

最起码，若他没有出现会更好。

帝关的城楼上，人们都在看着，许多人心中发颤。

一位名宿轻叹道："我们的命运无法寄托在他人身上，就是他有心出手也无力，我们不属于同一个时空，真要碰撞，后果难料！"

这是古书上的记载，帝关内的修士还不可能触摸到那等境界。

"你该离去了。"

大漠中，一辆古老的战车中传出平静的话语，声音很年轻，如同一个身在黄金岁月的青年在开口。

那是安澜，他第一次当众说话！

一路面对各种阻击，他都无视了，但是在面对这个神秘强者时，他认真了。

鼎上的人不说话，依旧在降落。

谁都看不清他的真容，那里有迷雾，但是能感觉到他也处在黄金岁月，因为有一股蓬勃的生命力量。

他的一双眼睛是那么深邃，像是要洞穿万世，看破天机。

"哞——"

金背莽牛发出闷雷般的声响，内心十分惊恐。随着那个人踏着鼎降落，它浑身的骨骼响个不停，要裂开了。

"咔嚓！"

它的四条腿骨都断了，早先是跪下，现在则伏在地上，身体颤抖。

这个场面很惊人，那可是不朽之王的拉车古兽，谁敢触之？

可是，这个神秘强者就是这么无所顾忌，散发的盖世气息让金背莽牛不禁瑟瑟发抖。

随着噼里啪啦一阵脆响，金背莽牛瘫倒在地。

要知道，此前，这头金背莽牛睥睨天下，轻视九天，小觑帝关的所有人，嚣张得不得了。

可是现在，它居然在发抖，不断发出叫声。

人们震惊不已，这个神秘强者太可怕了，这是在挑衅不朽之王安澜吗？当着他的面，压制他的坐骑，这是何等强势！

有谁敢找不朽之王的麻烦？眼前这个人就敢！

帝关的城楼上，一些人握紧了拳头，心潮澎湃，恨不能过去，以身代之，一脚将战车踢翻。

"你知道，我们是无法交手的。真要那么做，这个时空，你身后的世界，都会发生巨变。"安澜说道，依旧冷静！

在安澜身后，异域的一群强者握紧了拳头，他们不服，安澜古祖为何不出手将那人除掉？

就是不朽的生灵，也难以保持平静，憋了一口气，那可是不朽之王啊，居然被人挑衅了！

坐骑被压制了，安澜古祖为何不出手？

"天渊被撕裂，你我两个不同的时空恰好都在大战。巅峰级强者的冲击，开启了时间之门，你顺势而下，伤了我的坐骑，还不算风波与骤变。可若是再进一步，将是天翻地覆！"

"轰！"

这一刻，那辆战车发光，混沌之气汹涌。

一刹那，整个世界都被照亮了。

安澜出来了！

许多人都睁不开眼睛，那里太璀璨了，一个人形生灵迈步走出战车，依旧以一只手托着原始帝关，另一只手则持着一杆黄金长枪。

那杆枪太刺目了，金色的光芒照耀古今，仿佛万世归一，永恒长在。

安澜的身上带着光彩，让人无法直视，十分绚烂与刺目，就如同他手中的黄金长枪一般，锋芒毕露。

"真想斩了你再回去。"踏鼎而行的人说道，带着遗憾，还有些许无奈。

这样的话，顿时震惊了四野。

帝关的城楼上，一群人很是激动，那是何等的强势！

金背莽牛的张狂，是基于安澜的威名，让人愤怒。而这个人的轻慢话语，是源自那无敌的气概，令人敬畏。

这个人在动念头，想除掉安澜！

异域的千百万大军都很震撼，简直不敢相信听到的这一切，那个人太嚣张了，居然敢如此说话。

"你尽管可以试试看，哪怕背负天渊，且一只手托着原始帝关，我安澜也一样无敌于世间！"

安澜笑道，极度自负。

地面上，金背莽牛虽然骨骼断裂了数十根，但是依旧在飞快后退，那个级别的生灵让它胆寒。

还好，那口鼎还有那个人没有在意它，而且，此时万物母气不再涌下。

"两难，打还是不打？"那个人自语道，像是在考虑。

这一下子牵动了所有人的神经，他是认真的吗？

"如果真想对战，你便不会迟疑。你所剩的时间不多，还是回去吧。我有预感，我们未来会相见。"安澜说道。

"为什么？"后方，异域的生灵不解，很希望安澜现在出手。

一团光浮现，俞陀出现了，他轻声道："不在同一个时空，真要开战，将会天塌地陷，岁月混乱，或许一切都将不复存在。"

"看来，你在那个时空的敌人不算少。"安澜又一次开口道，看着对面的那个人。那个人身上血迹斑斑，有些是敌人的，有些是属于他自己的。

的确，这名神秘强者身上有伤，他那么强大，可还是负伤了，可以想象他所在的时代是何其残酷。

"唯有如此，才能磨砺出无敌身，纵横时间长河中。"那个神秘强者笑道，无比洒脱。

此时，在帝关的城楼上，有一个女子在落泪，她既激动又悲伤，脸上带着担忧之色。

那是叶倾仙，她很神秘，众人都知道她在帝关，只是平日极少出现，不知道在做什么。

有人说，她一直在闭关，就连上一次石昊被交出，押往异域，她都错过了。

可是今日，她却出现了。看着虚空中那个踏鼎而立的男子，她情绪激动，一双美目中不断有眼泪淌落。

叶倾仙的身体有些不稳，双眼有点儿模糊，但是身上的仙钟印记轻轻一震后，她终于又平静了。

"我跟你属于不同的岁月、空间，的确无法改变什么，也做不了什么。"神秘男子轻叹道。

时间不可逆！

他转过身，踏鼎而立，道："这不是我第一次渡过时间长河，很不巧，还有过一次经历。只是，很可惜，同这次一般，都不是我想见证的年代。

"不过，让我觉得奇怪的是，我发现有一滴血，与我的血相近，属于这一纪元，曾随我而行，可又莫名回转，归于此世。"

一滴血？

他为何说这些话，是给予提示吗？

帝关的城楼上，魔女心头一震，她犹记得，三千道州天才争霸战时，石昊曾在仙古遗地的万物土中发现并得到了一滴血。

那个时候，魔女还亲眼看到一口鼎，就跟帝关前的这个神秘强者踏着的鼎一模一样。

那滴血是鼎遗落的。

第1381章 一滴血的轮回
WANMEI SHIJIE

魔女肤色莹白，秀发垂落在天鹅般的颈项周围，脸微微扬起，大眼闪烁，向着石昊那个方向看去。

她一脸凝重之色，因为她的猜测太惊人了。

那一滴血，在石昊的身上？她的心在剧烈地跳动。

帝关的城楼上，石昊的状态很特别，他也在看着大漠，盯着战场，可是双眸有些空洞，像是失神了。

但是，若是仔细盯着，就会发现他空洞的眸子很深邃，像是能将人的灵魂吸进去。

他是灵魂出窍了吗？魔女惊诧，这家伙得有多大的心，才能在这种境地下神魂仿若不在体内？

梦回仙古，神游太虚！

石昊自己都不知道为何，灵魂仿佛离体，在一段又一段岁月中飞渡，徜徉在万古诸天间。

在他的头上，仙气蒸腾，化作花朵，其中左侧一朵没有变化，盘坐着一个小人，如同坐在过去的岁月中。

而中间一朵，有一个小人盘坐在当世，被一道始气锁着，难以挣脱。

除此之外，右侧所结成的大道之花绽放后，居然出现了一道模糊的身影，明灭不定。

这是从未有过的！

道行分明没有精进，境界也没有大幅度上升，不知道为何突然出现了一道模糊的身影。

那道身影不像是大道之花成熟后结出的小人，仿佛只是临时显化的。那个小人很模糊，盘坐在大道之花上，仿佛是从未来来的。

城楼上，神色异样的除了魔女、石昊外，还有叶倾仙，她精致的面孔上不断有泪水滑落。

周围，一群人都不解，她这般哭泣是为什么？

叶倾仙平日如同精灵一般，从来没有露出过这种神态，她张了张嘴，仿佛要说什么，但又闭上了。

她盯着虚空中的神秘强者。那个男子踏鼎而立，显然，他也看到了叶倾仙。

"别说仅一滴血，十滴、百滴又如何？"安澜淡淡地道。他一只手托着原始帝关，一只手持黄金长枪，神威盖世。

"走吧，久留在这个时空对你没有好处，就算我不留你，你自身也要折损。"安澜冷冷地道。

"轰隆！"

这个时候，安澜的手掌向上一推，那座城池剧烈地震动，险些被掀起来。

天空中，那个神秘强者霍地转身，看向安澜。

大鼎震动，横空而来。

鼎口，万物母气弥漫，诸多星体缓缓转动，鼎壁上带着血，预示着大战的惨烈，也代表着战绩的辉煌。

神秘强者踏鼎而来，逼向安澜。

安澜表情不变，纹丝未动。

"咻！"

大鼎飞了过去，险些就要撞在安澜身上，带动着他的头发都扬了起来。

"哈哈——"神秘强者大笑起来。

后方，大漠中，异域的千百万大军震惊不已，这个人居然在挑衅他们的信仰，他们心中的至高存在！

"锵！"

安澜将黄金长枪向前刺出，只差一点儿就与鼎撞在一起，而后又滑过鼎，指向那个神秘强者的胸膛。

"你大可试试看！"

气氛一下子变得紧张了，一场波及时间长河的大战将要爆发。

"真是让人无奈。"神秘强者头顶冲出浓郁的血气，映照诸天，让上方的时间长河都战栗起来。

安澜瞳孔收缩，这个人真要动手不成？

"退后！"

安澜大喝一声，命令千百万大军后退。一旦两人有冲突，将会造成灾难性的后果，也许什么都将不复存在。

不同时空的人碰撞，会毁掉原有的世界轨迹。

"轰隆！"

万物母气流转，鼎内宛若一方宇宙，混沌汹涌，仙气滚滚，释放出最为恐怖的力量。

神秘强者踏在鼎上，右臂伸展，拳头发光，慢慢向下压落。

"哞！"

下方，早已逃得很远的金背莽牛吓得瑟瑟发抖，加速逃走。

异域大军一阵大乱，全都在倒退，因为安澜下了命令。

此时，安澜释放出不朽之王的气息，守护着下方的各族强者，怕神秘强者突然发难。

神秘强者的拳头压落，安澜的黄金长枪则向上迎去，虽然速度都很缓慢，但是引发的天地异象，震惊了每一个生灵。

天地间出现了裂痕，大漠中的所有人都模糊了，帝关城楼上的人也是如此。

"停手！"

远处，俞陀断喝一声。

这两人虽然没有交手，但是这样的对峙也很可怕，这样下去，一旦发生惊世之战，可能会改变历史。

"当！"

大鼎震动，发出光芒，异常绚烂。

大漠和帝关的城楼上，那些生灵的身影越发模糊，仿佛要消失了。

不同时空的两位强者还没有真正开战，就已经影响了天地中的万物生灵。

"轰！"

突然，帝关的城楼上腾起一片刺目的光，石昊不由自主地发出一声低吼。

一滴血，耀眼而刺目，从他的体内浮现而出。

这一刻，那滴血开始蔓延，仿佛要化成一片海，释放出强大的力量，震动帝关和大漠。

石昊发生了异变！

谁都能看出，一切都是那滴血使然，它扩大后又疾速缩小，滴落在石昊头顶的大道之花上，从三朵大道之花间分别滑过。

第一朵，那个如同生在过去的小人倏地睁开了眼睛，越发神秘。

第二朵，那个被始气锁住的小人，猛力一挣，居然挣脱了枷锁，获得了自由。

第三朵大道之花，因那滴血滚过，那道盘坐在上面的模糊身影居然变得清晰了，震动天地。

"啊——"

石昊大吼一声，满头黑发飘舞。他猛地抬头，眼眸一下子变得空洞了，仿佛换了一个人。

"哧！"

此外，石昊身上出现的几道轮回印，全部转移到他的头顶上方，演化轮回之奥义。

"轰隆！"

几道轮回印猛地旋转，将三个小人包裹在一起，而后融为一体。

"哧！"

最后，那滴血没入了那个唯一的小人身上，接着冲进了石昊的体内。

神圣之光爆发，石昊的肌体熊熊燃烧，如同战神浴火重生，从无尽岁月前复活而归。

接着，神光震动，仿佛沟通了未来，凭借无上神威降临。

这是怎么了？所有人都愣住了。

"这滴血很妖邪！"安澜开口道。他的神色变得郑重起来，目露神光，这绝对是天大的事。

踏鼎而行的神秘强者御空而去，飞上苍穹，站在时间长河前的裂缝处静静遥望，不再出手。

"轰隆！"

石昊变了，那滴血融合三个小人，吸收轮回印，没入他的体内，令他变得完全不同了。

现在，谁都认不出那是石昊。他的气势太凌厉了，眼神不再空洞，眼中射出的光如仙剑，让人无法与他对视，体表符文流转，似要压塌这片乾坤。

他一纵身，没有经过传送阵，直接就这么出了帝关，惊呆了每一个人。帝关的绝世护城法阵居然都拦不住他！

"这已经不是荒了，是那滴血！"有人开口道。

"谁在称无敌？哪个敢言不败？帝落时代都不见！"石昊的话，带着凌厉的气势，还有一种沧桑感。他仿佛一位从遥远的古代走来的帝王，复苏后见证沧海桑田，喝问青天。

"那滴血被你所得！"安澜冷漠地看向对面那个年轻人。

"是！"石昊回应道。在回答这个问题时，他整个人都很清醒。

"一滴血也想作乱？"安澜目光冷厉，淡淡地道。

"不是作乱，而是镇压你！"石昊喝道。

第1382章 谁敢言不败

WANMEI SHIJIE

谁在称无敌？哪个敢言不败？帝落时代都不见。

这些话让人变了脸色，尤其是"帝落时代都不见"，更是深深触动了不朽的生灵，为何要提及那个年代？！

镇压安澜，从石昊的口中说出，令异域的千百万大军先是寂静，鸦雀无声，而后炸开了锅。

异域的各族修士都很愤怒，一个少年，竟敢言称压制安澜？那是古祖，是至高的存在，更是一种信仰！

谁敢小觑？谁能小觑？触动禁忌，必除之！

"斩了他！"

"冒犯吾王者，死！"

各族修士大喝起来，纷纷腾空，就要出手。因为，许多人都见过石昊，知道他是谁。

曾经的阶下囚，一个少年而已，竟敢冒犯不朽之王，实在是胆大包天！

当然，他们也看到了石昊的不同寻常，若非见过他，此时很难认出是他，因为他的气质太不一般了。

他虽然年轻，但是有种气吞山河、唯我独尊的气概，满头黑发飘舞，双目发出如闪电般的光，刺眼得让人难以跟他对视，更是让一些人战战兢兢。

"轰！"

石昊侧头，看向异域方向，瞬间长空龟裂，大漠沉陷，那目光比虚空大裂斩还恐怖。

"啊——"

一群人大叫，有人被光刺中，当即殒命，场面十分可怕。

"轰！"

安澜出手，黄金长枪轻轻一划，隔断长空，阻挡这一切。

"一滴血，不过是残痕而已，无论你是谁，也难逃宿命之劫。"安澜开口道，语气平缓。到现在为止，他都没有动摇本心。

"哧！"石昊单手扬起，粗大的神光冲霄而上，如同火山喷发的岩浆，照亮天宇，威势震动天地。

"轰隆！"

接着，他猛地横扫，一扫之下，乾坤震动，那璀璨的光芒化成了一把刀——斩道之刀！

那把刀切开诸天规则，分开大道纹路，破开一切阻挡。

突然，虚空中响起一声大吼。那是安澜的气势，他爆发出了无量杀气，如同一个盖世君主在长啸。

乾坤崩碎，虚空发出可怕的声音。

安澜以手中的黄金长枪迎击，刺向长刀。

所有人都露出震惊之色，尤其是异域的生灵，那可是他们的王，是他们的信仰，却被一个少年逼得出重手。

这么多年来，安澜何曾这么郑重地反击过？

早先，就是面对镇仙碑、古今第一杀阵残图，他都不屑出手，现在他竟直接扬起黄金长枪，展开对决。

安澜的神情几时这么凝重过？就是当年面对仙古的仙王，与死对头大战，也不过如此。

"当！"

火星四溅，黄金长枪爆发出汪洋般的波动，神光更是一下子淹没了天空，恐怖至极。

大漠中，千万生灵全部瘫倒在地上，战战兢兢，被无上威压禁锢，浑身仿佛都要崩裂了。

这还是安澜守护他们的结果，不然的话，两大强者一击之下，仅溢出的余波就足以毁掉各族强者。

天空中，五张法旨同时发光，不仅要对抗天渊，还要洒下千万光雨，守护异域大军。

不然的话，光靠安澜自己是防不住的。

因为，毁灭远比建设容易，强者对决，造成的破坏力太大，一个人难以全面防住。

待到光芒散尽时，众人从瑟瑟发抖中惊醒，发现两大强者对峙，散发的恐怖气息铺天盖地。

就在这时，俞陀及时赶到，身体发出无量光，亲自挡住了那些可怕的道则与纹路，庇护异域各族修士。

"那是……"

人们很是吃惊，安澜的黄金长枪的枪锋的一侧竟出现了一个豁口，这是何其可怕的事！

不朽之王的兵器居然破损了！

异域的修士们睁大了双目，虽然那个年轻人手中的斩道之刀已经不见了，化作了光雨，但那不是实体的，还可以再生。

"安澜古祖的兵器怎么会受损？！"异域的一群人全都愣住了，这是不能接受的事实。

那件兵器万古长存，怎能缺一块？

安澜没有任何怒色，反而越发平静，眸子深邃如海，盯着石昊，像是要看透他的灵魂。

那不就是荒吗？他只得到了一滴血，怎么会有如此战力？这是异域各族强者的疑问。

"这滴血不简单！"俞陀说道。他被混沌之气笼罩着，身影朦胧，震慑天地万灵。

被一位不朽之王这么评价，证明了那滴血的恐怖。那个熟悉而又陌生的年轻人如此强大，还是荒吗？

安澜忽然开口道："不过是一滴血而已，勉强发挥出了巅峰之力。你能持续到几时？能发出几击？"

这个时候，安澜的黄金长枪自动恢复，从天地中抽取精金之气。

造物！

这是无上伟力，黄金长枪变得更加璀璨，金光压盖高天，刺目至极。

石昊气势凌厉，如同无敌仙剑出鞘，眸子中光彩闪烁，如举世生灵飞仙，光雨璀璨，淹没天穹。

这只是他的眸光，就已经骇人至极。

"找打！"

石昊自信而超然，仿佛是面对一个寻常的生灵，这般呵斥道。

"呵呵，哈哈……"

后方，有不朽的生灵实在忍不住了，怒极反笑。这个荒，居然敢这么对他们的

125

信仰说话，这么对待不朽之王，真以为自己无敌了吗？

安澜的脸色越发冷峻，眸子仿若深邃星空，当中有天地毁灭的景象，也有万物复苏的盛况，他猛力一振黄金长枪，向前刺去。

"轰隆！"

此时，石昊也不一般了。只见光照亮了天宇，爆发出绝世气息，有一股无敌的大势。

他站在原地没动，头顶上方瞬间结出一座道台，从那道台中浮现出一个人，由盘坐到站起。

"轰！"

那个人走下来了，向着安澜压去。

这是……

所有人都愣住了。

那个人不仅有盖世之资、无敌之实力，还很熟悉，让人灵魂悸动。

就是安澜也是一怔，他第一次露出这种神色，因为此时发生的事不在他的掌控之中。

那个人头上出现了一件兵器，那兵器由九种仙金铸成，并有万物母气涌出，太熟悉了，不久前好像还见过。

"这……不是那个人吗？"异域的一群高手愣住了。从异时空而来的神秘强者，踏鼎而行，横空而立，跟此人神似。

只不过，这个人是头顶浮着一口鼎，而后便展现绝代风采，挥拳就向安澜砸去。

"轰！"

一拳之下，天崩地裂。

安澜变了脸色，举起黄金长枪刺向那人的拳头。

"当！"

万物母气流转，挡住枪锋，那人的拳头则继续向前砸，神勇无敌。

"咚！"

安澜仰头，满身都是符文，爆发出震动天地的力量，全面释放不朽之王的盖世力量，对抗此人。

"一滴血，还敢逆天？！"安澜大喝道。

"嗡"的一声，大鼎摇动，直接向安澜飞去，进行镇压。

同一时间，"轰隆"一声，在石昊的头顶上方，再次有一座道台浮现，上面依旧盘坐着一个人，一滴血闪现光华，轮回印记流转。

接着，这个人也从道台上走了下来，风姿潇洒，欲问天下，谁与争锋？

此人面容模糊，在他的头顶上方，出现了一座塔，塔分九层，散发出宇宙洪荒的气息。

"那座塔？"帝关的城楼上，月婵、魔女以及清漪都很惊诧，因为她们看到过这座塔，它曾跟石昊在一起，不过现在它是完整的。

是当年跟随石昊的小塔！

这个头顶上悬浮着九层古塔的人向前冲去，对安澜道："找打！"

无量气息弥漫，这个人仿佛从古老的时间长河中走来，顶天立地，天下无敌。

"轰隆！"

他向前镇压，欲攻击安澜。

"砰！"

安澜变了脸色，瞳孔收缩，这件事太妖异了。他的那只手不能再托着原始帝关了，因为感觉压力太大了。

"咚"的一声，仿佛一界破灭，可压制宇宙洪荒的塔震动起来，跟着那个人一起向前。

五张法旨发光，俞陀轻叱一声，对抗天渊，托起原始帝关。

安澜被逼得接连倒退。

"砰！"

安澜与一人碰撞后疾速向后飞，因为那两人实在太恐怖了。

怎么会如此？怎么会出现这两个人？他们是从哪里来的？

"我安澜当世无敌，谁能压制我？！"安澜长啸，天地崩裂。

"咚"的一声，那口鼎飞来，撞开安澜的黄金长枪。接着那座塔浮现，轰砸下来，让安澜踉跄后退。

"找打！"石昊再次大喝。虽然这一次他的头顶没有道台浮现，但是也冲出了一道朦胧的影子。

"轰！"

这道身影与石昊的真身契合，融在一起，有一种当世无敌、宇内独尊的气概。

"锵！"

石昊的手中出现了一柄璀璨至极的剑胎，他手持剑胎，猛地向前劈去，大喝道："找打！"

"砰"的一声，安澜横飞了出去。

异域的千百万大军简直要疯了，这到底是怎么了？那个少年为何会演绎出如此恐怖的景象？怎么成了三个人？而且都那么妖异，全都是盖世强者？

那里的景象很可怕，仿佛集过去、现在、未来于一体，三者结合，天下无敌。

那个少年真的要压制不朽之王安澜吗？

第1383章 他化自在法

所有人都愣住了，这是怎么了？荒怎么变成了三个？让人想不明白，另外两个是谁？

这是凭空出现的人，其身份与来历诡异得吓人，实力盖世，全都可与不朽之王抗衡。

苍穹上，天渊大裂缝前，那个神秘强者也是一怔，眼中露出异色。若是别人能看到他的表情的话，可以发现他的神色相当古怪。

这个人也相当惊诧，没有想到石昊竟弄出一个跟他神似，而且头上悬着仙鼎的生灵。

帝关的城楼上，众人皆难以置信，那还是荒吗？竟可与安澜抗衡！并且，荒怎么变成了三个人？那两大强者怎么回事？

头顶九色仙金鼎，周身万物母气缭绕的神秘人，不是站在不远处吗？荒怎么再塑了一个？

至于另一人，更是伴着时间长河之光，头上有九层古塔悬浮，神秘至极，他又是哪位神圣人物？

众人惊呆了！

"这是……安澜古祖失利了！"异域的各族强者心中大浪滔天，一个个觉得脊背发寒。

这是怎么回事？不败的不朽之王，高高在上的至高强者，各族心中的信仰，怎会处在下风？

那口大鼎以九种仙金还有万物母气混铸而成，为一至宝，天下仅有。鼎口内，诸多大星转动，带着威压，大鼎向下，镇压安澜。

"当！"

安澜神色严肃，单臂持黄金长枪，挑向大鼎，两相碰撞之下，光芒迸发，火星四溅。

安澜的确很强大，是巅峰强者，俯瞰万古，傲视天下，但是现在却也遇上了大麻烦。

刚跟大鼎碰撞，九层塔就压落下来，让安澜身体一滞，接着另一道身影持剑胎劈了下来。

"砰！"

安澜陷入险地，"轰隆"一声，再次横飞了出去。

这才开始而已，便已经是绝世争锋了。

石昊跟另外两大强者一同出手，攻击安澜。

这是绝世之战，安澜何曾陷入过这种危局中，一个不好就会被人镇压。

"古祖！"

"怎么会这样？"

异域许多人惊呼起来，很是担忧，无上的安澜古祖今日遇到了大麻烦，不败的神话会被打破吗？

"轰隆！"

一道高大的身影头上悬浮着九层古塔，那塔散发着岁月的气息，仿佛历史的长河滚滚而涌，铺天盖地。

这个生灵仿佛从过去而来，到了当世，身体与塔几乎要融合在一起了。他如同天帝，随意镇压臣子，臣子莫敢不从，谁与相抗？！

他整个人仿佛都化成了塔，抬手间气势磅礴，眼看就要将安澜定在那里、束缚住了。

"咚！"

大鼎飞来，趁此机会，撞歪黄金长枪，击在安澜的肩头，让他步履跟跄，踏碎虚空，快速后退。

此外，安澜的嘴角出现了一抹殷红。同级强者猛烈一击，大鼎撞在肉身上，谁能承受？

安澜只是流了一丝血而已，这是他极其强大的实力的体现，这个级别的一击，动辄毁灭星空，横断宇宙。

可以说，这是无量神能，而安澜居然硬扛了下来。

一群人很是震惊，不败的安澜居然负伤了，这是天大的事件！

后方，异域的众多生灵哀号起来，他们的不朽之王，他们的不败战神，居然在这里受伤了，这让他们难以接受。

万物母气弥散，仿佛从未来而至，跟那个人融合在一起，冲上前去。

紧接着，手持剑胎的石昊疾速而至，只听见"砰"的一声，剑胎劈落，将安澜堵住了。

"怎么会如此？"

异域的一些人为安澜担忧，同时还有无尽的疑问。

"到底怎么回事？他为何能招来两个人？难道真的有轮回不成？"

"那是荒的过去身以及未来身？"有人很敏感，大胆地提到了这个问题，心脏好像都要跳出来了。

这句话引起了其他人的注意，荒的三世身？

所有人都愣住了，看着石昊和那两个人，越发觉得他们很像。

"轰隆！"

石昊三身齐动，向前冲去，所向披靡。

安澜觉得很吃力，哪怕他再强大，面对这种局面也异常被动。

"他是否是一个轮回的生灵？"有人的声音都发颤了。

"轰！"

这个时候，安澜爆发了，他左手中出现了一面盾牌，坚固不朽，挡住大罗剑胎；右手中的黄金长枪刺出，金光闪烁。

他展开了凌厉的反击，左手持盾，右手持矛，神威惊世。

"轮回？我俯视万古，见惯生死，谁在轮回？仙王殒命都只能成尘土，谁敢在我面前轮回？轮回只是一个美丽的笑话，真正的强者，从不信轮回！"安澜大吼道，声音震天动地。

远方，俞陀神色漠然地道："没有轮回的人，只有轮回的事。"

两大强者都否定了轮回，根本不相信那两人是石昊的轮回身。

"都是那滴血在作怪吗？"异域有人问道。

"那滴血未免太强了吧？"一个人小声道。

"很强，那滴血能再现死前的辉煌和一生的道果，但它持续不了多长时间，只是生前烙印的凝聚，辉煌刹那的迸发。"俞陀说道。

人们明白了，虽然只是一滴血，却是辉煌再现，不能以数量而论。

"真的不是轮回吗？"

一些人还是不相信不是轮回，那究竟是怎样体现出来的？

"我在想，可能是……他化自在法再现！"俞陀神情凝重，说出这些话后，他自己都是心中一凛。

"帝落时代，他化自在法！"远处，安澜也道出了这句话，竟然是同一时间作出与俞陀一样的推断。

"那是什么法？"后方，一个不朽的生灵问俞陀。

"可以化他人身，借他人道果，他化自在，逆天至极，乃帝落时代的大法。"俞陀严肃地道。

他现在可以确定这是那种无上的诡异大法，想不到还能在世间见到。

"一滴血无法持续太久，片刻后便会散落，安澜只要坚持住，就能大胜。"俞陀说道。

"轰！"

然而，现在这滴血极尽辉煌，并未散落，三大高手爆发出无敌的威势。

"咚！"

大鼎落下，砸开了安澜的黄金长枪，并撞击在他的胸口上。

"轰！"

九层塔落下，震开安澜的盾牌，进一步压落。

接着，大罗剑胎扫来，抽在安澜的身上，将他抽得嘴里喷出一口血，身体倒退了几步。

"轰隆！"

三大高手追着安澜，直接出手。

这一刻，安澜陷入了险境。

安澜施展通天秘法，杀出一条路，闯出了三人的包围圈。结果九层塔发光，演化出无量空间，将他束缚了。

"砰！"

大鼎落下，要将安澜收进去。

"叮"的一声，安澜将手中的黄金长枪向前刺去，抵住鼎壁。

剑鸣震天，石昊挥动剑胎砸落下来，之所以名为剑胎，是因为无锋，抽在安澜的背上，将他震得横飞而起。

安澜负伤，被人追击，极其狼狈。

"他化自在法？！"

帝关的城楼上，人们终于明白为何出现了那样两个生灵，原来是一桩古法所致。

但即便如此，他们还是很震撼。

神秘强者站在天渊大裂缝前，轻轻一叹："他化自在法，竟然是它！"

显然，这功法有天大的来历，不然绝不至于被他这么评价。

"咚！"

安澜再次被追击，大鼎一撞，他横飞出去，大口咯血，负了重伤。

所有人都愣住了，他化自在法发威，三大生灵追击安澜！

不朽之王安澜今日尝到了败绩，被人追赶，受了不轻的创伤。

"哪里走！"

三大高手皆神通盖世，演绎无上法，截断前路。时光碎片飞舞，伴着一柄剑胎斩向安澜。

"叮！"

安澜用黄金长枪挡住剑胎，眼中光芒大盛。他虽然在躲避三大高手的锋芒，但是其实很不甘心。

他相信，那滴血只能拥有刹那的绚烂，焚烧出昔日的辉煌之力。

他一直在等，想待那滴血由盛转衰时强势出手，碾压对方。可惜，他失算了，一直没能如意。

"咚！"

九层古塔落下，击在安澜的后背上，让他大口咯血，这一击真的太重了。

"咚！"

半空中，万物母气垂落，如瀑布般倾泻在安澜的身上。伴着大道的镇压，安澜身体摇动，再次咯血。

安澜猛力一震，将万物母气还有那口鼎击退了。他气势凌厉，如同一个盖世魔王一般。

"我看你能作乱到几时！"安澜的语气根本不像是一个失利者，还是那么镇定。

"那你就不要逃！"石昊喝道。

这一战让人神驰目眩，各族生灵都战战兢兢，这个场面太可怕了，万古不朽的安澜居然处在下风。

"咚！"来自三个不同方位的三件兵器同时出击，鼎、剑胎、九层塔一起袭向安澜。

"开！"安澜大叫道，左手持着的盾牌如同一座大山般向外推，想要推开袭来的兵器，右手中的黄金长枪也在抵挡。

"当！"那种力量太强大了，震散了虚空中蔓延的大道纹路。

最为可怕的是，三大高手跟进时，还同时挥动拳头，向前攻击。

"砰砰砰！"

安澜激烈对抗，通体迸放光芒，眉心更是有自身独有的符号闪耀，释放出绝世之力。

只是，安澜处在劣势，吃了更多的苦头，那三人携三件兵器一起向前镇压，让他的身体剧烈地摇动起来。

"噗！"

安澜咯血，身子站立不稳。就这么一会儿，他遭到了不计其数的攻击，那是三大强者一起攻击所致。

再这么下去，安澜可能会殒命在这里。

安澜神情凝重，他感觉自己猜错了，那滴血怎么会持续这么长时间，一直在爆发无量神能？

"请俞陀古祖出手，镇压那个凶徒！"有人开口道。因为异域一些修士恐惧了，怕安澜殒命于此。

这是从未有过的事情，在异域，只要不朽之王出手，就意味着绝对能镇压对手。可是，今日他们却在为安澜古祖担忧，怕他陨灭在这里。

要知道，在仙古时代，安澜经历过各种大风大浪，什么险恶，什么强大的对手没有见过，而且还笑傲到了当世。

"安澜古祖不败！"有人大叫道。

此时，石昊催动剑胎，剑胎化成一道光芒，向前刺去。

这一次，绝对非同寻常，没有锋刃的剑胎寒光四射，瞬间就到了安澜眼前。

"噗！"

安澜手臂淌血，他虽避过了要害，但还是受了伤。要知道，前几次，他倚仗绝世神通，都硬扛过去了，没有被剑胎斩出血。

"古祖！"一些人大叫起来。

许多人都难以接受这个事实，因为安澜是他们心中的至高存在，而荒不久前还是他们的阶下囚，现在居然在压制安澜。

"俞陀古祖，还请出手啊！"有人再次大声喊道。

这一刻，俞陀托住了半空中的原始帝关，带动五张法旨，像是要封印此城，破开天渊。

"不朽的生灵只要过此关，就要付出代价，那种影响是持久的，会在很多年后体现出来。"这是俞陀的回应。

他告知众人，想要突破天渊，接近前方，注定要付出代价。

"联手都不行吗？"有人很是焦虑，安澜被围攻，有性命之忧，俞陀还不能出手吗？

"天渊不是自然形成的，而是诸多无上规则的体现，是大道痕迹的聚集地。只要是越过天渊，无论是一个人还是两个不朽之王，结果都一样，都要有所付出。"

俞陀解释，这天渊上的至高符文针对性极强，如同诅咒一般，就是在阻止不朽的生灵。

这么多年来，异域都没能突破天渊，有其深层次的原因。

"这么说，安澜古祖刚才一个人破关，就是因为如此。这就是我界要付出的代价吗？"有人颤声问道。

"不错！"俞陀点头道。

早先，只有安澜前行，其他人以法旨相助，却不露面触碰天渊。

"我相信安澜古祖终是会胜的，那只是一滴血而已，辉煌焚尽，便是一切结束之时。"一位名宿说道。

"咚！"

然而，话音刚落，安澜再次遭到重创。剑胎划破安澜的肌肤，他差点儿就被石昊斩首，剑道纹路擦着他的脖子而过。

"安澜，纳命来！"石昊喝道。

"我不信，看你能嚣张到几时！这滴血该燃尽了，属于他生前的极致辉煌早该落幕了！"安澜喝道。

哪怕有他化自在法，安澜也相信实力终究是有极限的，那种力量注定马上要消失了。

"砰！"大鼎砸落，将安澜震得倒飞出去也不知道多远，接着九层塔落下，将他压在下方。

"嗯？"许多人大吃一惊，安澜要被封印了吗？因为，九层塔落下后，将安澜笼罩，要将他收进塔中。

安澜吃了大亏，当着两界修士的面被人打得有些惨，身体多处出血，险些被吸进塔中。

"咚"的一声，安澜再次被击中，这是大鼎所为，他的胸部微微地凹陷下去，受损极其严重。

"怎么会如此？那滴血重现生前的辉煌只能维持一时片刻而已，为何还是那么凶猛？"安澜不解地道。他擦去嘴角的血，长啸一声，震动古今，仿佛要看向世界的尽头。

这时，鼎、九层塔以及剑胎一起震动，安澜整个人横飞出去，再次遭受重创。

"砰！"

三大高手一言不发，一心围追堵截，攻击安澜。

"打得好！什么古祖，不是要掀翻帝关吗？你的勇武呢？你所谓的无敌气概呢?！"帝关的城楼上，有人叫道。

许多人振奋不已，仿佛看到了胜利的曙光。

"除掉安澜，击毙异域所谓的古祖，还我帝关一片朗朗乾坤！"一些激进的强者喊道。

"轰！"

由于提到了"安澜"这个名字，惊天的异象出现了，一道巨大的身影浮现，在高空中睁开了眼睛，像是安澜。

不朽之王法力盖世，只要有人呼唤，哪怕远在天边，也能显现出一道虚影，威能惊人。

"斩！"

远处，石昊大喝一声，手中的剑胎释放出炽盛的光雨，向前斩去。"哧"的一声，剑胎切开虚空，斩中了那道虚影，如同真的除掉了一个无上的生灵。

那道显现在虚空中的虚影散开，就此不见。"砰"的一声，安澜横飞出去，又一次遭遇重击，被三大高手压着打，嘴角溢血。

第1385章 降伏

安澜被追击，这是天大的事件，让人如在梦中，回到了仙古大战最残酷的时期。异域生灵双股战战，心中震惊，觉得这太不同寻常了。

俞陀神情凝重，一言不发，盯着那里，为何那滴血还没有燃尽？

帝关，城楼上的修士们则振奋不已，心绪激荡。许多人忍不住大吼了出来，激动之情难以言表。

"除掉他！"

"真的可以击毙安澜吗？"

就是一些年岁很大的老头子都在颤抖着，嘴唇都哆嗦了，觉得热血冲上了头，恨不得长啸出来。

安澜是谁？一代不朽之王，曾纵横天地间，打得日月无光、天地失色，是当年毁灭九天十地的主宰之一。

昔日，安澜与仙王厮杀，争霸天地间，是九天十地这边最痛恨的恐怖人物。

现在，战场中的决战如同梦幻一般，让人不敢相信。

安澜神色漠然，看不出喜怒哀乐，哪怕负伤，身上带着血，也还是镇定得让人觉得害怕。

不过，他现在真的陷入了危局中，甚至生命都已经受到了威胁。

最后，他猛地一跃，居然进入了天渊，避过那座城，来到了上方。

出乎意料的是，原始帝关并未镇压安澜。

但是，所有人都看出了异常，天渊震动，一条又一条红色的秩序神链如同蛛网一般蔓延，覆盖整个天渊。

"这就是近似诅咒的天渊力量吗？"异域有人惊叫道。

因为，他们听俞陀说过，天渊很恐怖，是法则的聚集地，也是大道纹路的交织区域，镇压无上高手。

那是仙域的生灵昔日搞出来的。

"安澜古祖是想要借天渊的力量镇压对手吗？"某一王族的老族长叹息道。

这是在冒险，让自身沾上那股力量，从而拖着对手陷入不妙的境地中。

俞陀神情凝重，没有说话，因为，现在他不确定天渊是否也能镇压那滴血焚烧出的辉煌之力。

若是天渊真的"一视同仁"，那么安澜毫无疑问走了一步妙棋，拉上三大强者一起接受镇压。

"轰隆隆！"

红色的秩序神链交织，化作蛛网，演绎最高的大道之力，袭击不朽之王。

这是天渊，更是一片被截断的古宇宙，形状如同倒着的海眼，下方区域广袤无垠，上方越来越窄小。

在这里，自然有大星，也有诸多星体，一颗又一颗，宏大无边。

其实，这曾是一片古宇宙，只不过后来被诸多强者以大法力截断，镇压在此，隔断异域与帝关。

异域的人想要进入九天十地，破开界壁，必须要渡过天渊。

"轰！"

被逼到这一步，安澜终于发飙了。

时间长河宛如要改道了，汹涌澎湃，安澜抬手间，一把抓过来一颗巨大的星星，直接向前拍去。

"轰"的一声，那颗星星燃烧起来，释放出无量潜能，撞向三大高手。

"咻！"

这一刻，九层古塔发光，轻轻一震，大星爆碎，如同烟花一般灿烂，但是也很短暂，极致光辉后是黑暗。

"杀！"

安澜断喝一声，绝地反击。他一直在等待，希望那滴血焚尽最后的力量，结果一直不见它消亡，反倒让他连连受伤。

故此，他不再等待，动用了诸般手段，各种祖术层出不穷，无上神通相继施展。

安澜将手中黄金长枪一挑，接连数十颗星星随着枪锋而动，在残破宇宙中打着旋儿，而后到了金色枪锋的前端。

随着安澜将黄金长枪猛力刺出，大星发光，都被刻成了符文，一颗星星就是一座阵台，他一边厮杀，一边布阵。

只是，那三大高手太强大了。此时，万物母气从鼎中垂落，在"轰隆隆"的声响中，将一颗颗星星压得爆碎。

"起！"安澜大喝一声，左手盾牌扬起，将一片黑暗之地接引而来。那是黑洞，铭刻着无上符文，镇压三大高手。

石昊极其凶猛，手中剑胎扬起，猛力向前一刺，一下子击穿了那片黑暗之地，光华焚烧诸天。

大决战展开，结果安澜再次负了重伤。

三大生灵法力盖世，神勇无双，不可抗衡。

"咚"的一声，大鼎重重地压落，猛地砸在安澜的后背上，他大口咯血，身体踉跄后退。

这个时候，大罗剑胎发光，璀璨夺目，从前方逼来，让安澜避无可避。

剑光永恒，斩尽天下道则。

"噗！"

安澜的胸膛被刺穿，鲜血淹没星空，哪怕是一滴血，也可让成片的星辰灰飞烟灭。

这个景象相当恐怖，安澜长啸一声，天渊中，顿时有成片的星辰崩碎，彻底变得黑暗了。

下方，若非有帝关守护，俞陀拦阻，举世不知道会有多少生灵被毁灭。

"啊——"

安澜长啸起来。

"收！"

一声断喝传来，高大的身影催动九层塔，要将安澜收进去。

"开！"

安澜大吼一声，满头长发乱舞，眸光如同犀利的闪电，欲撕裂古宇宙。他手中的黄金长枪猛烈地击在塔上，"当"的一声，响声巨大，震动天渊。

"咚！"

一瞬间，安澜的左臂发光，祭出盾牌，堵住了九层塔的底部入口。

万物母气垂落，大鼎横击而来，撞在安澜的身上，想将他逼进九层塔中。

最后，大鼎也开始发光，鼎口内混沌弥漫，要收走安澜。

鼎与塔一同发力，想要在这里炼化不朽之王。

"怎么会如此？"

异域的各族修士震惊不已，安澜失利了，有危险！

异域的一些人如坠冰窖，噤若寒蝉。

曾经的手下败将，今世应该更为羸弱才对，怎么现在出了这么一个怪物，居然要镇压安澜古祖？

那是何人之血，居然让荒有了这等战力？

"可惜，我时间到了，没有见到我所要等待的那段时光，没有看到那个时代的你，以及那些……"

就在此时，天渊上，大裂缝前，那个踏鼎而立的神秘强者自言自语道。他要离开了。

因为，他不属于这里，无法久留，不然的话会出大问题。

唯有他这等盖世强者才能做到这一步，在这一世显化，不然的话，这种事想都不要想。

"当！"

大鼎一震，载着神秘强者冲出那道裂缝。时光流转，时间长河大浪拍天，推动大鼎而行，进入了另一个时空。

隐约间，可以看到，那里山河壮丽，仙气弥漫，是一片宏大的世界。

"我不会死，要更强！"那个人的声音很平静，也很自负与慑人，震动天渊，他就此消失不见。

裂缝闭合，时间长河消失。

帝关的城楼上，叶倾仙伸出手，颤抖着，哭泣着，想要抓住什么，却很无力，什么也抓不住。

随着那个人的消失，她一阵摇晃，险些栽倒。

"啊——"

安澜大吼起来，几乎要被收进塔中了。

虽然他竭尽所能，又挣脱出来，但是又被一剑刺透，手臂险些被斩落，这是何其可怕的事！

要知道，他肉身不灭，世间兵器很难伤到他才对，可是今日，他却遭遇了大劫。

"给我收！"

万物母气旋转，终于将安澜卷住，吞入鼎中，让他深陷当中。

"当！"

九层塔压落，轰在安澜的头上，生生将他向着鼎内砸去。

"哧！"

石昊松手，将大罗剑胎祭出，它化成一道仙光，没入鼎中，欲斩灭安澜。

"我是不灭的，万古不死，永恒长存，举世无人可杀我！"安澜冷冷地说道，依旧不惊慌。

第1386章 天渊崩
WANMEI SHIJIE

"不灭？都被人收进鼎中了，马上炼化你！"

帝关的城楼上，有人看安澜不顺眼，恨不得立刻除掉他，但是他们也明白，想除掉不朽之王是很难的。

哪怕石昊占据上风，多半也会有麻烦。

"嗡！"

大鼎摇动，当中万物母气流转，鼎壁晶莹，流光溢彩，开始炼化安澜。

"锵！"

同一时间，大罗剑胎发光，在鼎中纵横，斩出一道又一道仙光，真的要将安澜除掉。

在"当当"声中，安澜以盾牌阻挡，守护己身。

"轰隆"一声，九层塔压落，堵住鼎口，合力炼化安澜。

"古祖！"

异域的一群生灵大叫道。安澜一族的人更是震惊，堂堂一代不朽之王，号称不败的神话，怎么能被人镇压？

大鼎摇了三摇，天渊便震了三震，这片古宇宙仿佛都要崩开了。

"俞陀古祖！"

异域有人惊慌了，呼唤俞陀，希望他出手，不然的话安澜可能真的会发生意外。

俞陀皱着眉头，深感意外，一滴血而已，早该焚烧尽潜力了，怎么还能释放出这等神威？

"他化自在法不愧为震慑古今的绝学，这么厉害！"俞陀叹道。他托着原始帝关，准备出手。

同为不朽之王，俞陀知道彼此的能力，更了解他们这个级别的生灵的情况。虽然他们很难被打败，但是那滴血不焚烧干净，还是让人不放心，他不得不出手。

"轰隆！"

天渊震动，原始帝关发光。

俞陀托着那座古城，脸上露出凝重之色，因为他感受到了危机。

天空中，红色的秩序神链交织，笼罩四方，镇压天渊内的强大生灵。

不朽级的生灵在这里受到的影响太大了，仿佛被大山压着一般，一个个都觉得心情很沉重。

石昊感受到了一股危机，那是源自天渊的镇压，他身体一颤，浑身上下都是符文，那滴血的力量真的要消退了。

天渊的镇压是没有差别的，对他与安澜都在释放规则之力。

同时，那一滴非常神秘的血在石昊的体内化成霞光，仿佛要消散了，他的力量也在衰减。

这很糟糕！

"啊！"

石昊大吼一声，九层塔摇动，堵住鼎口，与大鼎共鸣，一同镇压安澜。

"噗！"

鼎内，安澜大口咯血，身上有裂痕出现，不知道多少万年没有发生这样的事情了。

安澜居然身受重伤，险些被两件兵器震碎！

最为可怕的是，鼎中还有一柄剑胎在劈他，与他手中的黄金长枪和盾牌撞击在一起。

其中，有一些剑光斩在安澜的身上，让他所谓的不坏金身遭遇了巨大的考验，他此时的状态很不好。

"咚！"

一股血气从鼎中冲起，安澜爆发了。他体内的血的颜色变了，化成五色，冲霄而上，震开了九层塔，他要从当中冲出来。

石昊的机会不多了，如果此时他不能斩灭安澜，等那滴血的力量耗尽时，他可能就会殒命在这里。

安澜探出半截身子，九层塔再次砸下来，法则笼罩，将安澜镇压得浑身都出现了裂痕。

大罗剑胎横扫，"噗"的一声，这一次真的险些将安澜的眉心刺透，抵在了额头前面。

安澜发光，竭尽所能，全力对抗。

不得不说，安澜真的太强大了，额头坚硬无比，大罗剑胎竟没有在第一时间将之刺透。

红色的秩序神链从天渊上方压落，震得安澜一个趔趄，险些倒在鼎中。他神色严肃，感觉事态严重。

这种秩序的镇压，他极为忌惮，比面对石昊的攻击还要谨慎。

因为，他是不朽之王，哪怕是同级的生灵想除掉他，也不可能一下子就成功。而天渊上的规则与秩序则不简单，如同诅咒一般，一旦沾身，危害可能要很多年才能完全消失。

"啊！"

安澜咆哮起来，吐出一口五色精血。这是可以焚烧不朽之王的无上力量，他奋力挣脱，要从鼎中脱困。

石昊的体内有些空虚，那滴血的力量真的要消退了。

"杀！"

三大高手一起发光，竭尽所能，攻击安澜。

三件兵器一起镇压不朽之王。

"轰！"

万物母气沸腾，那口鼎剧烈地震动，快将安澜炼化了。他身在鼎中，身上满是裂痕，哪怕他有盾牌和黄金长枪防护，也还是受了重创。

九层塔压落，将安澜打得一个趔趄，身体不稳。

最为关键的是，大罗剑胎被三大高手合力催动，一剑落下，"噗"的一声，这一次击中了安澜的颈项。

这极其糟糕！

"啊——"异域方向，所有人都在大吼，简直要发疯了。这是怎么了？安澜古祖居然落败了？

这一刻，俞陀终于出手了，哪怕沾染红色的秩序神链，付出巨大的代价，他也要救下安澜。

他不可能看着一位不朽之王发生意外！

"轰隆"一声，天崩地裂。俞陀探出一只大手，并祭出一件秘宝，震动天渊上方，要将安澜救出去。

石昊叹了口气，他知道，这下危险了。他的力量在衰减，他的强大时期快要结束了。

"咚！"果然，九层塔被撞开了。

俞陀的大手发光，将鼎中的安澜抓了出来。安澜虽然颈项被击中了，但是不至于殒命，伤口正在逐渐愈合。

俞陀带着安澜疾速后退。

这倒是出乎石昊的意料，因为对方并未发现他变得虚弱了。

石昊叹了口气，有些无奈，但还是想要继续攻击。

"速退！"就在这时，石昊听到了一道秘语，有人暗中对他传音。他心中一惊，是原始帝关中，七王中唯一活下来的王在警示他。

石昊没有耽搁，快速朝着帝关方向冲去，与此同时，另外两个生灵还有九层塔、鼎都跟着退去。

"难道是……那滴血要耗尽力量了？"异域有人猜测道。

同一时间，安澜、俞陀瞳孔收缩，并且同时出手，向着石昊的背影拍去，要下重手。

"轰隆！"

然而，天渊震动，红色的光芒迸发而出，镇压两位不朽之王。

"敢！"

安澜、俞陀断喝出声，快速出击，不希望那股力量出现。

"轰！"

天渊崩裂，最上方的苍穹居然炸开了，红色的秩序神链化成了瀑布，而后又化成了汪洋，浩浩荡荡，坠落而下。

刹那间，红色的汪洋将两大不朽之王淹没了。

"不好！"异域的生灵都大叫起来。

天渊居然毁掉了，但是他们并不欣喜，因为最后关头，两位不朽之王被淹埋在了下方。

"起！"俞陀大吼一声。

同一时间，安澜长啸，就要挣扎而出。

"轰！"天地震动，天渊尽毁。

这个场面太惊人了，一颗又一颗大星如同爆竹一般在这里爆炸，那股能量波动让人惊悚，让不朽的生灵都胆寒。

虽然是残破的，但是毕竟曾为宇宙，诸天星辰爆炸，那是何其可怕的事情！

"轰！"

最让人吃惊的是，原始帝关虽然解体，化成了碎片，但还是在镇压安澜与俞陀。

"完了，短时间过不去了，这法则之海决堤了！"异域有人惊讶地道。

远方，古葬区也有葬士看到了这一幕，极为震惊，他们知道出大事情了。天渊之内的法则之海倾泻，原始帝关居然将安澜和俞陀镇压在了下方。

"轰隆！"

原始帝关熊熊燃烧，而后开始崩裂。

原始帝关中的最后一位王本就决定玉石俱焚，与异域的众人激战，故此天渊崩裂，城池也解体了。

"轰隆！"红色的汪洋汹涌，将安澜与俞陀击中，让他们的行动大受影响。

原始帝关崩塌，天地皆震，四海皆惊。

"噗！"安澜和俞陀都大口吐血，遭受了重创。

原始帝关中，战歌响起，激昂而悲壮，城中的生灵选择赴死，与敌人玉石俱焚。

"不！"安澜大吼道。

现在这片被点燃的宇宙中，各种本源之力沸腾，全都加持在法则之海那片红色汪洋上，对不朽之王的威胁极大。

他们确信，这种恐怖的汪洋要存在数百年，才会自动散开，而在那期间多半不能穿过。

此时，两大不朽之王都面临着死亡的威胁，被原始帝关镇压，被无上规则之力侵蚀。

"不甘心啊，不能如此，那东西要拿回来！"安澜大吼道，而后伸出一只大手向前抓去。

"咚！"安澜的大手在变大，恐怖无边，一下子遮盖了天地。

"轰隆！"安澜的大手拍中帝关，城楼被击穿了。

不朽之王只是发出一击而已，就让帝关危矣，他想带走什么？

第1387章 \ 帝关破

安澜要带走什么？这是每一个人都想知道的。

昔日，异域的修士叩关，也曾大喊过，要寻找什么，可是无人得知他们寻找的究竟是何物。

这一次，安澜要带走的便是那件东西吗？

这是天大的事件！

这值得所有人深思、警醒，究竟是什么，让不朽之王到了这个关头还如此拼命？

恐怖的气息扑面而来，天地都要炸开了，不朽之王出手，谁人可敌？

安澜的那只手太巨大了，遮天蔽日，它被天渊化成的红色汪洋侵蚀，看起来很是吓人。

"砰！"

巨大的撞击声震慑人心，帝关的所有修士，从最高层到普通的孩童，一个个都忍不住战栗，形体与神魂仿佛都要崩碎了。

安澜的白骨大手比星体还大，一下子便击穿了城楼。

要知道，帝关存在的岁月悠远，是由诸多星骸堆砌起来的，可是现在却挡不住安澜的一击。

城楼被掀掉，在那里守护的一群强者，包括一些实力非常强大的统领，连惨叫都来不及发出，便相继殒命。

"啊——"

远处的城楼上，许多人大吼出声，眼睛都红了。那里有他们的兄弟、父辈等亲人，还有战友，结果就这么惨死了。

"轰！"

帝关发光，浮现出符文，守护内城和其他的城楼。

事实上，就在刚才那一刹那，若非这些符文被激活，仙道法阵开启，城中所有生灵都要遭劫。

因为不朽之王仅令气息弥散，就足以斩灭众生。

刚才，那么短的时间内，数万修士就毙命了，他们并非被安澜的大手抓中致死，而是大手从天而降击穿城楼时，释放的盖世气息压迫所致。

安澜的手掌哪怕被腐蚀了，也是至高恐怖级的。

帝关的一些重要人物目眦欲裂，却没有办法，他们所在的那段城墙也龟裂了，险些崩塌。

帝关烈焰腾腾，这是终极守护开启了，唯有到了城毁人亡的最后关头，这种力量才会复苏。而这也说明，帝关到了最后的一刻，守不住的话，就意味着这一世又要覆灭了。

纪元终结！

帝关的人皆胆寒不已，不朽之王到底有多么强大，一击而已，就能毁灭帝关？

这等差距根本无法弥补，差得太远了，不朽之王降临，无人可挡。

石昊自然没有退缩，早已出手，并且是全力以赴。虽然他身上的力量在衰退，但是他并没有逃避，而是第一时间就出手了，向前冲去。

可惜，他还是没能够阻止惨剧发生。

因为，这个时候，异域方向传来了数股磅礴的气息，不朽之王出动，不止一人。

俞陀的大手探来，阻挡了石昊的脚步。

毫无疑问，俞陀的手臂也被红色汪洋侵蚀了，但他依旧不惜代价阻挡石昊，为安澜争取时间。

此外，那几张法旨从红色汪洋中挣脱，强行闯关，向着石昊镇压而来。

那是不朽之王的法旨，蕴含着他们的盖世力量。

哪怕石昊有天大的神通，也疲于抵抗。数股力量齐至，他没有办法在第一时间阻击安澜。

石昊长啸，在他的身边，头顶悬着九层塔的高大身影跟着他一起发狂，攻击俞陀，对抗几张法旨。

与此同时，在另一边，那个头顶悬着古鼎的生灵迈开大步，向着安澜的大手攻去。

"轰！"

几张法旨璀璨夺目，迸发出耀眼的光芒，将前路挡住了。

那是一同释放的至高祖术，横断时空，将大鼎还有那个人的前路斩断，为安澜争取到了关键性的时间。

奈何那滴血赋予石昊的战力在衰退，他实在是有心无力，只能眼睁睁地看着安澜破关。

"轰隆！"

帝关的又一座城楼崩塌了。

烟尘漫天，乱石崩云，安澜的白骨大手一冲而过。

帝关的符文震动了天地，熊熊燃烧，那是至高的仙道之力在发挥作用，守护古城。

城中的仙阵全都开启，尽最后的守护之力。

最起码，法阵保护了其他生灵，除了城楼的修士形神俱灭外，帝关内的其他各族修士都还活着。

不过，只要这些大阵稍微裂开，让不朽之王的一丝气息弥漫进去，所有人就都要殒命。

一丝气息，便足以碾碎众生。

然而，那只白骨大手没有继续拍击，因为时间紧迫，后方的红色汪洋，那片无敌的秩序乱流在侵蚀安澜。

安澜没有更多的时间了，他的大手横空而过，击碎城楼，从高空中冲了过去，贯穿帝关。

这幅画面，永远地刻在了各族修士的心中，直到漫长的岁月过去，活着的人也不会忘记。那是难以愈合的创伤，是恐怖至极的心理阴影。

在白骨大手面前，日月星辰都成了尘埃。

"咚"的一声，白骨大手贯穿而过，击碎了巨城另一端的城楼，扬起无数巨石，崩开乾坤。

要知道，帝关与天齐高，墙体等都是由坠落下来的星辰等炼制而成的。可是，现在它在白骨大手面前，如同泥墙一般被击穿了。

唯一值得庆幸的是，白骨大手从上方横空而过，没有攻击下方被激活的仙道法阵，不然的话，不知道有多少人会殒命。

真要决战的话，帝关会瞬间成为废墟，所有生灵都要当场殒命。

"啊——"

帝关中，众多修士嘶吼起来，目眦欲裂。

因为，后方的城楼爆碎后，又有不少修士殒命。

根本就没有人能抗衡不朽之王。

这一刻，帝关的人们绝望了，觉得天空一片灰暗，这还要怎么去抗争？

也就是在此时，各族修士才深切地感觉到荒有多么逆天，如此强大的安澜，在不久前可是被荒追击的啊！

可惜，荒被俞陀等人阻挡住了。

不朽之王盖世无敌，现在一只大手进入帝关，他要做什么？毁灭万灵，踏平此界吗？

白色的骨手越过帝关，横空而去，巨大无边，还在伸展。

很快，它越过广袤的无人区域，横跨无数高山大川，从边荒直逼三千道州。

要知道，这片疆域长达亿万里，结果白骨大手直接就一冲而过。

这一日，三千道州的众生惶恐不已，觉得如同末日来临一般。所有生灵都在战栗，被一股强大的气息所震慑。

在众生有这种感受时，那只白色的骨手还在亿万里之外，可见它多么强势、恐怖。

三千道州，每一州都有数千万里土地，甚至以亿为单位，巨大无边。

九天十地是飘浮在宇宙中的浩瀚大陆，是当年的大界被打碎后分离所致。

此时，三千道州在剧烈地摇动。

一只白骨大手突然探来，它高高在上，看起来是从域外压落而下的，要落向某一州。

"轰！"

这无疑是灾难性的！

白骨大手匆匆而来，肆无忌惮，不朽之王的气息根本就没有收敛。

当从边荒过来，越过无人区域后，白骨大手第一次出现在有生灵的某一大州上方，绝世气息滚滚而来。

"咔嚓！"

这一州的亿万里土地当即沉陷，乱石冲天，岩浆滚滚，大地一下子就被那股气息压得破裂了。

"啊——"

无数生灵哀号，这一州的很多生灵一边惨叫，一边逃亡。

只是，他们怎么逃？不朽之王的大手路过这一州，横过此地，只是自然外放的气息便已压盖全州。

"轰隆！"

最后，这一州的亿万里土地沉陷，生灵悉数毙命。短暂的悲吼、大哭等，都在这一刹那止住了。

就是这么让人绝望！

白骨大手遮天蔽日、横空而过时，大地上的生灵皆寂灭了。

这就是不朽之王的威力！

第1388章 火桑飘零

一州覆灭，沉陷下去，死气沉沉。

白骨大手横空，继续向前。这是一个让人绝望的场面，天穹中有诸多星辰，但它们在白骨大手面前什么都算不上，如同尘埃般簌簌坠落。

"轰隆！"

白骨大手出现在第二个大州，从高天上浮现，压塌乾坤，震裂大地。

这个场面让人胆寒，所有生灵都在瑟瑟发抖，根本没有办法与之对抗。

此时，就是远在其他州的众生也恐惧不已，宛若世界末日来临，感受到了一种灭世的气息。

尤其是一些修士，更是面色苍白，相隔亿万里，就已经感应到了毁灭的气息。

这是末世，是终极浩劫！

怎么会如此？一些修士哀号不止，觉得自己根本逃不掉。哪怕登上了祭坛，瞬间远遁百万里甚至千万里，也无法避开。

那只白骨大手席卷而来，直接压盖了大半个州，所过之处，地动山摇，万物皆灭。

"谁能救救我们?!"就是一些大修士都绝望了，忍不住嘶吼。对他们来说，这是天灾，早已不是自身所能抗衡的了。

至于普通人，更是没有丝毫选择的余地，只能等死。

一些孩子叫着，喊着，哭着，奔向父母的身前。

这是浩劫，是人间惨剧，是生灵涂炭的末日之景。

"轰隆隆！"

安澜的白骨大手横跨亿万里，接连越过五个大州，造成的灾难不可想象，也不知道有多少生灵殒命于此。

赤地亿万里，大手所过之处，什么都没剩下，但凡生灵必然要殒命，永远地消逝。

直到路过第九个大州时，那只白骨大手才将不朽之王的气息渐渐隐去，不再肆无忌惮。

白骨大手不再释放毁灭的气息，有所收敛。

果然，白骨大手路过第十州时，大地龟裂，山河塌陷，虽然有死伤，但还是有很多生灵幸存了下来。

接着，白骨大手的速度变慢了，它散发的气息不再狂暴，而是趋于平和。

安澜在控制自身的力量，有所顾忌，确切地说，他是怕击毁什么。

这就是盖世强者，一旦气息外放，就会造成天翻地覆、星斗坠落的后果。

终于，他靠近了某一州。

所有的一切都发生在一瞬间，速度极快，中途没有任何耽搁。

对于不朽之王来说，横渡亿万里，跃过一界，都不是什么问题，可以迅速完成。尤其是，帝关外，天渊崩开后，法则之海沸腾，正在猛烈地侵蚀安澜的真身，他必须速战速决。

不然的话，哪怕是不朽之王，也要出大问题。

罪州，十分荒凉的古州，地广人稀。

在这片土地上，有数十族都是被流放至此的，他们背负着罪名，被他族鄙夷、轻视，不可轻易离开这里。

而其中一些族群，比如石族、火族等，是较为出名的。

这些人，这些族群，在特定的历史时期，被称为罪血一脉、有罪之族。他们的处境很不好，比如石族，几乎被斩尽，而罪州的石族祖地也已经成为废墟。

还好，他们在下界八域繁衍，留下子嗣，并开枝散叶，不然的话，若是灭族，将是一个族群的巨大遗憾。

谁都没有想到，安澜的白骨大手居然来到罪州上空，停留在这里。

他所为何来？要找什么？没有人知道。

"罪州……"

一个巨大的声音在天穹上回荡着，震动了亿万里河山，地面簌簌抖动，山脉剧烈摇动。

安澜的神念波动太恐怖，一句话而已，就震动了天下。

不朽之王震古烁今，不是说说而已，而是真的有那种无上威势。

"封王岁月，璀璨年代，已逝去千古，它……或许在封王者后裔手中！"安澜的神念波动如同惊雷般轰鸣。

他所说的封王岁月，是古老时期的辉煌年代。

可惜，漫长的岁月过去，那些族群都先后没落了，石族、朱雀火族等都成了罪

154

血后裔，被流放到此。

安澜就是冲着他们来的，他怀疑这片大地下埋藏着什么。

"唯有找到它，才有机会寻到那件真正的东西。"这是安澜说的话。

很明显，他来这里所要寻找的并不是具体的东西，而是某种线索。

其实，仔细一想，也可以理解，因为，万古以来，异域征战，一直在寻找某件东西，可是都没有结果。

要知道，当年他们曾毁灭这一界，而且已经占据九天，却都没有找到那件东西。到现在他们才发现一些端倪，从罪州入手。

"轰隆！"

白骨大手落下，又一次变大，比整个罪州都要恢宏壮阔，缓缓压落，向着罪州抓来。

怎么了？那是什么?！

地面上，山河间，各族栖居地内，所有生灵都抬头，战战兢兢，不由自主地发抖。

此时，罪州响起一阵惊叫声、嘶吼声。那只白骨大手落下后，天地都被覆盖了，景象恐怖。

所有人都被莫大的威压笼罩，根本不可能反抗。

令人吃惊的是，白骨大手迸发出霞光，原本凶狠、暴戾的气息都消失了。随着距离的拉近，它变得越发平和。

至此，地面上的那些生灵才恢复了正常，不然的话，他们都要瘫倒在地上，瑟瑟发抖，并顶礼膜拜。

"轰隆！"

白色骨手落下后，居然一把将整个罪州从大地上生生拔了起来，让它脱离三千道州，冲上高天。

白骨大手发光，笼罩亿万里的范围，裹带着这片荒凉的放逐地，就这么来到了苍穹上。

而后，白骨大手没有多作停留，破开虚空，前往无人区，退向边荒。

太猛烈了，也太突然了。

"哧！"在这个过程中，白骨大手拼命加速。因为安澜的时间不够了，天渊红色的法则之海在沸腾，要将白骨大手熔断。

即便是不朽之王，也感到非常吃力，说不定会发生危险。

所有的一切都发生在电光石火间。从白骨大手伸向三千道州，到回到帝关，只是一眨眼的工夫。

　　"那是……"

　　帝关的各族修士很是震惊，白骨大手破开帝关，前往三千道州，就是为了抓走这么一片广袤的土地？

　　"坏了，他难道寻到了所需的东西?!"帝关的一些名宿面色苍白。

　　几位老至尊一致认为，异域攻打九天十地，最主要的肯定是为了昔日所泄露出的点滴秘密，要寻找什么。

　　现在，安澜得到了想要的东西吗？

　　"应该没有，仙古覆灭，他们占据我界时都没有任何发现，如今也不可能这么快就知道。"一人说道。

　　但是，人们还是心中发毛，不朽之王的实力太恐怖了，他居然就这么破开帝关，抓走了一个大州！

　　这是何等恐怖的事件！

　　这是哪一州？所有人都在辨认。

　　"罪州，罪血后裔栖居的地界。"有人眼神犀利，快速说道。

　　安澜没有停留，从帝关的豁口退走了。

　　此时，罪州的许多生灵在大喊，想要逃生，可是无济于事。

　　安澜没有斩灭他们，而是将整个州都抓走了，维持原状。他从帝关退出，来到大漠中后，更是疾速后退。

　　此时，正在浴血搏斗的石昊蓦地回头，看到了那一幕，他现在虽然力量变弱了，但还是有与不朽之王一战的能力。

　　石昊的眼神非常敏锐，他一眼就认出了那是罪州。

　　石昊的眼睛当即就红了，他长啸一声，满头黑发乱舞，拼命向前冲去。

　　另外两大高手，一个头上悬着鼎，一个祭出九层塔，跟着石昊冲击，在这里搏命。

　　"安澜，纳命来！"石昊的吼声震动边荒，也震动了帝关和异域。

　　他眼睛赤红，不计后果地向前攻击。

　　"轰！"

　　为此，石昊不惜挨了俞陀一击，以及五张法旨的阻击。至强祖术发光，洒落在石昊的身上，他当即咯血，身子横飞。

"砰！"石昊虽然身子横飞，但还是祭出了大罗剑胎，斩向安澜的手腕，要将之斩断在帝关前。

"当！"

震耳欲聋的声音传来，白骨大手被劈中了。

"砰！"

白骨大手中，那片壮阔的陆地虽未毁灭，但也如同地震般，山岭摇动，地面龟裂，并且有土石从中坠落。

那种场面，让人心惊，也让人震撼。

那是罪州河山的一角，被石昊震落了下来。

"给我留下！"石昊大吼一声，再次挥剑，向前斩去。

同一时间，头上悬鼎的强者攻击俞陀，而驾驭九层塔的高大身影则对抗几张法旨。石昊拼命出手，不计代价地攻击，挥动大罗剑胎，绝世剑光撕裂苍穹，立劈而下。

"当当当……"

最后，安澜的白骨大手居然快被斩断了。

这是何其可怕的事！

在此过程中，安澜自然在出手，只是那沸腾的红色汪洋让他遭受了天渊规则最为恐怖的攻击与压制。

"轰！"

安澜爆发了，他的手臂虽然断裂了，但是手腕处在愈合，骨骼自动恢复，抓着罪州，果断地退回异域。

石昊手中的大罗剑胎光芒万丈，气冲斗牛，震落一颗又一颗大星，让它们在半空中爆碎，剑光全部劈向安澜的手臂。

"轰隆！"

安澜的大手颤动，手腕的裂痕变大，但终究是没有被斩落，只是剧烈地摇动。

这一刻，石昊看到了一片殷红。

那是一片火桑林，而今就在罪州一角，火桑树满树火红，花瓣凋零，片片飘落。

恍惚间，石昊好像看到了一个少女，她依着火桑树，跟他遥遥相望，距离是那么遥远。

"啊……安澜，你把这给我留下！"石昊大吼道。

他发狂了，手中的大罗剑胎璀璨夺目，仿佛要炸开了，剑气冲霄。

"当！"安澜的枪、盾，还有俞陀的兵器，以及五张法旨散发的祖术等同时发威，挡住了石昊的绝世剑光。

"轰隆！"

安澜的白骨大手抓着罪州，没入法则之海，向着异域退走。

"啊……"

石昊仰天怒啸，拼命向前追，却无力回天，因为那滴血的力量在衰退，而且越发迅速，他无法横跨那片红色的法则之海。

"回来啊！"石昊大吼道。

天穹上，成片火红的花瓣落下，纷纷扬扬，晶莹透亮。

火桑凋零、飘落，鲜红花雨，随风而扬。

第1389章 隔在两界

WANMEI SHIJIE

火桑花开，随风飘零。

石昊伸出手，想要握住什么，却一把抓空了。殷红的花瓣落下，直接碎掉，成为光雨。

在天渊前，在大漠间，不朽之王的气息弥漫，什么花瓣，什么火桑树，但凡落下的，都成为光雨。

石昊如同受伤的野兽般长啸，满头黑发飘舞，双目猩红，爆发出一股悲愤的情绪。

"啊——"

他大吼出声，整个人化成一道流光向前冲去，震动了万古长空。

这一刻，他的气息是强大的、无与伦比的，虽然他的力量在衰退，但是还能与不朽之王一战。

"安澜，纳命来！"石昊大喝道，爆发出毁灭性的气息。

他一剑斩出，劈开了红色的汪洋，要进入那混乱的天渊间，将安澜拦住，把罪州夺回来。

那里有罪血后人，有封王者的后裔，更有他在意的人。

石昊竭尽所能，一剑斩断天渊，刚猛霸气，只是他为此付出的代价也极大，这里是法则之海。

天地规则、漫天神链交织，鲜红一片，石昊才接近，就遭到了反噬。

"噗！"

石昊大口咯血，他虽然斩开了天渊，见到了安澜的背影，但是也付出了代价。

"咚！"

头顶悬浮着万物母气鼎的生灵双手结印，撑开一片天宇，隔开法则之海。

他在为石昊护法！

"轰隆！"

俞陀、安澜见石昊冲过来，当即全力出手。

最为可怕的是，那五张法旨发光，释放出了无上的威压。

159

有不朽之王隐在异域，真身不显，但是他们的至高神通化成烙印，早已封印在法旨内，法旨焚烧时，与他们真正降临的区别不大。

他们之所以不显化，是为了躲避反噬，因为天渊就是为阻挡他们而准备的。

九层塔悬空，散发出万古长存的气息，如同从帝落时代震裂长空而至，爆发出无量威能。

它在守护石昊，跟着爆发。

"砰！"

石昊最终还是坠落了，他大口咯血，身子横飞。

石昊如同疯魔般，头发乱舞，眼神冷厉。

此时，他拼尽力量，重新站在天渊前，再一次出手。

符文熊熊燃烧，将他淹没。

在他的身体两侧，那两大强者也都出手了，分别驾驭大鼎和九层塔，焚烧符文，祭出盖世法力。

"轰隆隆！"

天崩地裂，鬼哭狼嚎，天风猎猎，世间震荡。这像是要灭世一般，大漠翻涌，天渊塌陷。

石昊低吼着，如同无敌的魔神，又一次冲进天渊，斩向红色的汪洋，冲向不朽之王安澜。

这是在拼命！

与此同时，异域方向也传来低吼声，仿佛有几位绝世王者苏醒了，释放出了惊天动地之威。

"咔嚓！"

电闪雷鸣，几道红光直冲天际，那是五张燃烧的法旨，散发出不朽王血的气息。

此时此刻，绝世强者留下的烙印被激活，五张法旨被点燃，要毁掉了，而这也将是终极一击。

"轰！"

天渊震动，红色的汪洋席卷，骇浪滔天。

绚烂的光芒爆发，可怕的法则交织，天地都在战栗。苍穹下，万灵瑟瑟发抖，这是一种灭世的气息。

这个地方爆发出巨大的法力风暴，无与伦比，超越以往。

无论是帝关还是异域大军所在的位置，什么都看不到了，不知道战场中心发生了什么。

若非红色的法则之海将那里淹没，遮盖了一切，帝关绝对不保，而异域的千百万大军也要化作尘埃。

"轰隆！"

最后一击如同开天辟地一般，天地万物变得模糊不清，混沌之气扩散开来。

也不知道过了多久，人们看到，天渊前，有一个人全身都是伤口，踉跄着后退。

那一滴血的战力跌到谷底，头顶上悬着九层塔的身影明灭不定，那个与鼎共存的神秘强者也变得模糊不清。

在天渊前，石昊的情绪剧烈地波动，忍不住仰天长啸，他空有一身绝世法力，却无力回天。

他没有办法闯过去，因为天渊相隔，几位不朽之王阻击，红色的法则之海截断了两界。

"火灵儿！"

石昊握紧拳头，眼睛赤红，黑发披散，不甘而绝望。

不久前，他隐约看到，在罪州的边缘，火桑树成片，一道身影站在林中，依着火红的古树，与他遥遥相望，伸出纤手，可是却够不到这一边。

眼下，他法力盖世，能与不朽之王一战，可是，他却连红颜都留不住，就这么眼睁睁地看着她被抓走。

她一个人守在火桑林边，晨露沾衣，夕踏晚霞，采桑而归，安静地等他回来，年华如流水般逝去。

石昊想到这些，握紧拳头，忍不住想长啸，离别很多年，他很想与她相见，可是始终未能如愿。

今日，那道身影是她吗？

匆匆一瞥，却是两界相隔。

对石昊来说，这是天大的遗憾，遥遥一望，便再也看不到了。

岂能这般？！

"啊——"

石昊大吼，心有酸楚，恨不得冲霄而去。

隔在两界，就算最后他可以一飞冲天，尽展鲲鹏意，可是，红颜年华逝去，岁月流转，他能挽回什么？

石昊挥剑刺破苍宇，剑气万道，斩灭星汉。可是，他依旧只能站在原地，心力交瘁。

乱世殇，折了几多天骄，争天命，战火四起。

这注定是一个纷乱的时代！

石昊站在原地，眼中有无穷火焰在焚烧，他从来不曾这么渴望力量。他如同受伤的野兽般不断咆哮，双手用力地握着，指节都发白了。

漫天火桑花落尽，伊人已去。

动乱起，金戈铁马，天下何处为家？

石昊咆哮着，眼中的火光焚毁了虚空，额头上的罪血符文震裂了天宇，他宛若魔主复苏，散发着冲天的怒气。

他想蜕变，重击不朽之王，迎接那最黑暗的岁月。

当他平静下来时，九层塔还有大鼎都消失了，那两大强者也化作光雨，消失不见了。

他化自在法失效了。

异域方向，安澜的白骨大手已经重新生出了血肉，他的目光冷如仙剑，刺透天渊，盯着对面。

而后，他伸出手掌，要横穿天渊。

"不可！法则之海沸腾，杀伤力攀升到极致，不能再触动，这是针对你我的法则之海！"俞陀劝阻道。

但是，安澜没有听，因为他看到石昊的他化自在法失效了，那种战力也彻底衰竭了，是时候出手了。

"轰隆！"

安澜的大手伸出，红色的汪洋沸腾。

"轰隆隆！"

天渊间，法则交织。

"噗！"

安澜闷哼一声，口中吐血，手臂瞬间化作枯骨，他快速将手臂收回。

可是，他还是遭受了重击。有一条因果线，十分璀璨，带着亮光，从他的手臂上蔓延，欲进入他的体内。

"咔嚓！"

安澜果断而决绝，另一只手捏刀印，刮骨灭因果线，疗治法体，"砰"的一声，斩开了那片光。

"轰隆！"

天地震动，天渊成为一片红色的火海，焚烧亿万符文。

至此，不朽的生灵数百年都不能通过天渊了，除非因果火焰熄灭。

第1390章 心已倦

WANMEI SHIJIE

天地寂静，石昊一个人站立于此。

一切都结束了吗？两界之战告一段落。可是，逝去的人，就此不见，那是一生的遗憾。

石昊一言不发，无比沉默。

"轰隆！"

天渊早已龟裂，那里有红色的法则海，有熊熊燃烧的因果烈焰，隔断了两界。

当中，有诵经声，有爆炸声，还有喊杀声。

石昊被惊醒，霍地抬头，看着前方，在红色的法则海内，原始帝关崩碎，熊熊燃烧。

此外，还有一道模糊的身影盘坐在那里，口诵真经，身体越发暗淡，直至彻底消失。

七王中唯一活着的那位王也离世了，肉身成空，元神寂灭，是他引爆了此地，导致原始帝关坠毁，天渊爆开，如此才成功进行了最后的镇压。

时间不会很长，或许只有数百年，法则之海就会消失，而这也是他所能尽到的最后一份力了。

原始帝关的英灵嘶吼着、咆哮着，带着曾经的辉煌，在烈火中回首，即将就此烟消云散。

"族人……都死了。"

帝关的城楼上，一群孩子在大哭，这是他们看到的最后一幕，他们的古城毁掉了，亲人全部战死。

从古到今，这座城池一直挡在最前方，镇守边荒。如今，它焚烧殆尽，荣耀消逝。

城在人在，城亡人亡。那些人，那些家族，履行了他们最后的诺言，全部魂归战场。

石昊看着这一切，收起了伤感，目光变得冷厉。火桑林远去，原始帝关坠毁，没有让他消沉，反而激起了他的斗志。

我要变强！这是石昊心中的呐喊。

他要变得更加强大，一展鲲鹏志，冲霄而上。

一声叹息响起，带着疲惫，带着倦意。天渊下，红色符文形成的火光中，最后一位王就此消散了。

什么都没有留下，封王者就此殒命。

这是一个时代的结束！

昔年，一群天纵奇才居于原始帝关，因功绩而封王，光辉照耀天下，令各族敬仰。

随着岁月流逝，万古成烟，这些伟大的族群都相继消亡了，曾经的大功绩者们也都陨灭了。

"我要封王！"石昊大吼道。

这不是狂妄，而是一种信念。

所有人都知道，他所谓的封王，是在废墟中再建辉煌，杀敌而封王。

各族没落，封王者的后裔如今分散在各地，早已不复当年的辉煌，很多都被定义为罪血后裔，光环尽失。

石昊的呐喊是怒意，也是不甘，更是气吞山河之志。

他不仅要杀敌，还要正名，洗刷罪血的耻辱。

曾经的大功绩者，当年守护这一界的生灵，他们的后代，他们的血脉传承者，怎能沦为罪血后裔？

石昊向帝关走去，一个踉跄，险些跌倒。不久前他经历了一场大战，虽然动用的是他化自在法，借用他人的战力，但还是有种虚脱感。

不得不说，他化自在法太逆天了！

到了此时，石昊还在思忖，那是怎样的一种秘法，居然能借来他人的战力，在当世施展，简直难以想象。

跨越时间和空间，化来大自在，化来无敌术，实在逆天到极致！

"哧！"帝关上，一道光将石昊笼罩起来，径直卷进了城中。

有不少人担心石昊发生意外，毕竟现在那滴血消失了，万一不朽之王再次发起强攻，那么石昊将危矣。

当石昊出现在城中时，一群人冲了上来，欢呼着，大叫着，那是一群年轻人。

拓古驭龙、曹雨生等人直接就将石昊举了起来，这一战很艰难，也很恐怖，挡住不朽之王，完全称得上惊世的大功勋。

石昊被放下后，许多人猛力地跟他抱了抱。

此时，就是清漪、魔女彼此都没有敌视，也跟众人一样，毫不避嫌地给了石昊一个热情的拥抱。

月婵神色复杂，站在近前，默默地看着。

"哈哈，太猛了，你真是石小子吗，真是荒？"太阴玉兔叫嚷道，怀疑石昊被夺舍了，捏了捏他的脸颊，想要验证是不是本人。

这里一片欢腾，无比热闹。

石昊有欢喜，也有心酸，虽然暂时挡住了不朽的生灵，但是大祸早晚有一天会到来。

今日一战，他得到了什么？又失去了什么？有些人也许一生都见不到了。

想到这些，石昊眼睛发酸。

再想到罪州，想到那些人，想到火桑林，他难以平静，恨不得仰天长啸。

石昊心有遗憾，轻轻一叹，登上了城楼。

那些孩子在大哭，伤心欲绝，他们是这一战中原始帝关仅存下来的人。

"不要哭，以后我就是你们的亲人。下界有一片净土，有一个名叫石村的地方，那里就是你们的家。"石昊对这些孩子说道。

他们大的有十四五岁，小的还站不稳，不太会走路，如今都已是孤儿了。

"你……要回下界？"清漪回头，看向石昊，心中一颤。

"倦了，疲了，我想回去了。这一战结束后，我要回到生我养我的地方。"石昊答道。

石昊很疲倦，不光是身体上的，还有心灵上的。他自少年时走出大荒，登天而上，从下界来到了三千道州，一路勇闯。

他经历了太多，心有些倦了，很想回到那充满欢声笑语的石村。

城楼上，许多人都沉默了，不知道怎么规劝石昊。

因为，他们看到了，也知道他累了。目睹罪州被拔走，他嘶吼着，想要救回火桑林中的女子，却无能为力。

"大哥哥……"

城楼上，一群孩子都很悲伤，这一天对他们来说，是最黑暗的一天，亲人都战死了。

石昊收起伤感的心绪，勉强露出笑容，挨个儿抱了抱这些孩子，他们才是最可怜的。

"不要哭，我会带你们走。等有朝一日，你们强大起来，我便带你们去为亲人报仇！"石昊说道。

"好！"一群孩子一边抹眼泪，一边大吼。

"我会带你们走向极致辉煌！"石昊的声音不大，但很有力。

城楼上，不少人都是一惊。

罪血一脉，要绽放出怎样的光彩？

所有人都心中震动，有不少人更是心绪不宁，因为有些家族曾参与过一些事。

"真的要走吗？"清漪问道。其他人也都上前，看着石昊，想要劝说，却不知道说什么好。

石昊向前眺望，天渊，因果火焰冲天，隔绝了一切。那座城池再也不会出现了，它守护了帝关这么久，终究是落幕了。

城楼上，许多人也都在遥望着天渊，唯有一声叹息。

异域叩关多年，都是那座城抵在最前方，如果没有它，异域的大军早就长驱直入了。被攻打多年，那座城真的坚持不住了，只剩下了最后一个王，注定要在当世陨灭。

那座城能坚持到这一世，已经很不容易了。

"不朽之王付出了极大的代价，他们会休养很多年。"城楼上，有人开口道。

毫无疑问，安澜、俞陀都付出了代价，只要进入天渊，就会受到侵蚀，那种影响是持续的，他们要被因果之力笼罩很多年。

这也是早先只有安澜破关，异域其他不朽者等在后方的原因，他们不敢轻易接近天渊。

"结束了吗？一战过后，可以迎来数百年的和平岁月，再也不用忧心了。"有人轻叹道，带着无尽的感慨，还有庆幸。

"轰！"

天渊震动，火红的法则之海汹涌澎湃。一件兵器古朴而慑人，要斩开天渊，切出一条道路来！

第1391章 无殇

WANMEI SHIJIE

一杆粗大的战戟劈向天渊，要将它斩开。

这个景象太突兀了，也很恐怖，天渊震动，法则之海沸腾，红色浪涛击天，整片大漠都在战栗。

尤其是那股气息，哪怕隔着天渊，且有帝关阻挡，也还是让人一阵心悸，灵魂都在瑟瑟发抖。

所有人都以为大战结束了，可是一转身，一杆战戟就斩来了。

许多人惊悚不已，那绝对是不朽之王在出击，不然的话怎么会有如此恐怖的力量！

怎会如此？他们又要进攻！

许多人都愣住了，从头凉到脚，天渊难道还是不能阻挡他们的脚步吗？

那里有因果之海，是专门针对盖世强者的天堑，难以逾越，想要硬闯的话，必须付出巨大的代价。

原始帝关崩碎，唯一的封王者化成光雨融入天渊后，那种力量就更加惊人了，天渊成为禁地。

不久前，安澜在这里驻足刹那，一条手臂就化成了枯骨。

而且，那种影响是持续的，数百年都难以逆转，深深威胁着不朽之王。

那种杀伤力，那种巨大的危害已经被证实了，现在怎么还有人涉险？

这是一杆青铜战戟，很古朴，也很沉重，它切开天渊，只差一点儿就划破法则之海的边缘，抵临帝关前。

一道又一道光芒闪烁，红色的法则之海淹没了青铜战戟。

青铜战戟冰冷无比，任秩序神链冲击、法则之海侵蚀，它都纹丝不动。

所有人不禁心中发毛，这是谁的兵器？那个人要亲自过来吗？

帝关的城楼上一下子鸦雀无声，这跟他们想象的不一样，战斗还没有结束。

"天渊已成，完全激活，规则可侵蚀不朽之王，他为何要冒这种危险？"有人颤声道，近乎绝望。

"轰！"

青铜战戟一震，想要突破天渊，真正地斩过来，刹那间，雷电狂涌而下。

"哧哧哧！"红色符文熊熊燃烧，淹没大戟，将它镇住，没有让它破开红色的大幕。

天渊比以前强了！

"专门针对不朽之王！"帝关的人们惊喜地道，心中稍微松了一口气。

"会侵蚀他的兵器吗？"一些人盯着天渊，希望法则之海毁掉这件不朽兵器。

最后关头，它连安澜的手臂都腐蚀了，按理说也能够毁掉这件兵器。

然而，出乎所有人的意料，青铜战戟没有破损，而是发出了微光。它在对抗天渊，化解法则之海。

"轰！"

就在此时，青铜战戟又一次震动，逼退红色符文，震开法则之海，深深震撼了每一个人。

一刹那，帝关的城楼上，许多人都浑身冰冷。这是怎样的威势，连天渊都不起作用了吗？

"我知道了，他是那个人，传说中的绝世强者！"

有人声音发颤，面色苍白，他道出了一个名字，但是没有敢将那些字连在一起道出，而是分开道出的，因为他不想引发危险。

不朽之王拥有强大的能力，若是呼唤他们的名字，他们可能会当场显现。

虽然有天渊相隔，但是这个人还是没有敢叫出全名。

无殇！

不过，人们也知道了，那个人是赫赫有名的无殇！

关于这个盖世王者，有着太多的传说，哪怕是在异域，他的名字也让人畏惧不已。

因为他太强大了，据闻比某些不朽之王还要高出半辈，地位十分尊贵。

无殇家族——最古老的帝族之一！

无殇就是该族之祖，他一直活着，历经了不止一个纪元，法力盖世，天下无敌，是一个真正厉害的人物。

他手持一杆青铜战戟，号称打遍天下无敌手。

"是他，竟然是他！"

此时，就是帝关的一位老至尊的声音都发颤了，平时神岳崩于眼前，他脸色都不会变，现在却脸色大变。

无殇的凶名太盛，昔日仙古一战，就是他打破了平衡。

"法力免疫，万法不侵，这就是那位无敌的王者！"有人叹息道。

到了一定的层次的生灵，都知晓无殇的辉煌。无殇一族的秘术很惊人，很霸道，堪称无与伦比。

法力免疫，万法不侵，这就是无殇的傲人资本，无人可与之争锋。

石昊在面对同等级者进攻时，也可以做到法力免疫，但时间有限，只有刹那的机会。

而他也一直都知道，这种秘法在异域非常出名，源自一个古老的帝族，他们掌握此法。

如今，石昊真正见到了，不朽之王无殇亲自祭出了兵器。难怪青铜战戟可以横在天渊中，甚至想要斩出一条道路，从而跨界。

这是无殇的兵器，自然可以做到法力免疫。

"难道帝关终究要被破开吗？"有人快绝望了，感觉天空无比灰暗。

"所谓的法力免疫只是相对的，并非绝对，最起码天渊挡住了他，让他不能闯过来。"孟天正开口道。

"不错，真要是可以做到法力免疫，他早就出击了，何须等上这么多年？那只是相对的。"另有人点头道。

人们冷静下来，知道是自己吓了自己一跳。若是红色的法则之海对无殇无效，他肯定早就过关了。

"看，青铜战戟出现裂痕了！"有人眼尖，看到了那一幕。

果然，青铜战戟的刃处有裂痕浮现，很是醒目。

"他此前没有进入天渊，不像安澜那样被侵蚀，现在就更不可能以身犯险了。"孟天正说道。

许多人闻言，都长出了一口气。

"轰隆！"

可是，就在人们如释重负时，天渊震动，战戟发光，神秘莫测的力量汹涌澎湃，震撼世间。

"那是……"

"不好，它在开辟道路，这是要送过来一位不朽者吗？！"

一些人变了脸色，心中震动。

在青铜战戟上，有一个生灵走来，带着滔天之威，实力超越人道领域的巅峰，慑人至极。

不朽的生灵是一种强大的存在，如果以九天这边的等级来划分的话，那是一位真仙！

"天啊，竟是一位仙道级高手！"

"这还如何对抗？"

一些人彻底蒙了，到了最后，就在所有人都以为战斗已结束时，竟有不朽的生灵跨了过来。

人们知道，那是无殇所为，他以兵器开道，用祖术对抗天渊，要护着一位不朽的生灵过关。

如今，九天这一边缺少真仙，而这样一位不朽的生灵足以碾压所有人。

"噗！"

不过，在他的双脚离开青铜战戟，跨向天渊边缘时，他突然大口咯血，踉跄后退。

跨域失败！

很明显，天渊阻击了他，因为这里本就是为不朽者以及更高层次的人物所布下的禁地。

帝关的城楼上，一片欢呼声响起。

敌人的惨痛、失败，便是他们的幸运。

然而，笑容才出现不久便消失了，帝关的人都盯着天渊。

不知不觉中，数十道身影出现，沿着青铜战戟行走，如同从地狱挣脱枷锁而来的魔神。

并且，他们跨过天渊，来到了帝关前。

他们不是仙道高手，也不是不朽者，但最不济的也是遁一境的生灵，那是一些至尊。

"我就知道事情没有那么容易结束，还有一场恶战。"有人叹息道。

王长生、金太君也都在场，皆神情凝重，很有可能会有一场至尊战！

天渊可镇压不朽者，对人道巅峰的力量却不怎么压制，对这些至尊来说，天渊可闯。

如今，这么一群强者一起出现了。

"荒，可敢下来一战？！"下方，有人喝道。那是一张年轻的面孔，在他周围还有一些生灵，男子英姿勃发，女子惊艳世间。

"帝族！"石昊冷冷地说了两个字。

"除了仰仗一滴血，你还有什么？敢下来一战吗？"有人叫阵。

同一时间，也有至尊冷冷地传音，约帝关的无敌者一战。

"哈哈！"石昊笑了，似乎有些兴奋，眸子中光芒闪烁。

"临走前还有人想送我功绩吗？帝族，你们这是在找死！"石昊霸气地吼道。

第1392章 最后一战的机会
WANMEI SHIJIE

城楼外站着一排人，他们的身材并不是非常高大，但是气势磅礴。每一个人都强大得可怕，仿佛从地狱中冲出，挣脱了枷锁，重现人间。

这是一群魔神，一个比一个恐怖。

"出来一战！"城楼下，一个年轻人再次喝道。他将手中一杆天戈扬起，遥指石昊。

大漠，广袤无垠。

这些人走出天渊，并列而立，让虚空都扭曲了，那是强大的气势所致。

石昊冷笑，不久前他都敢跟安澜对战，还会怕城下的这些人？

城楼上，一部分人沉默了，他们不愿意再战，希望能维持和平数百年，因为异域的强大和凶悍是有目共睹的。

现在，他们希望数百年后，昔日的那批神秘强者再次降临，阻击异域的生灵。

"还怕你们不成！"当然，也有一部分人态度很强势，第一时间大喝，恨不得立刻去战斗。

不久前，他们眼睁睁地看着帝关城楼被安澜毁掉，一只大手横空而过，许多强者当场陨灭。

那种惨剧让不少人心中大痛，因为殒命的强者中有他们的父兄。

只是，一个残酷的现实摆在眼前，下方道行最低的也是遁一境的生灵，其他的为至尊，而帝关内有几个至尊？

很多人有心无力，道行差得远，哪怕想去对战都没有资格。

此外，一些人心中不安，那不朽的生灵会过来吗？

要知道，青铜战戟还横在天渊中，想要打开一条通道，送仙道级别的修士闯过来。

青铜战戟上有一个不朽的生灵在徘徊，虽然他无法闯过天渊，但是谁能保证他最后一定会失败呢？

"我确定他不付出血的代价，根本过不来。天渊镇压边荒，不朽者无法踏足。"孟天正开口道。

"万一过来了呢？"金太君问道。

"若是他付出血的代价过来了，我可以斩了他！"孟天正道。

"轰！"

这像是点燃了人们心中的一团火焰，从开始到现在，虽然帝关并未被破开，但是人们心中很压抑，也很忐忑。此时听到孟天正的这句话，许多人心中震动，热血沸腾。

"除掉他们！"有统领大喝道。

"一群失败者，也只能龟缩在城中，看我等如何破关，将你们通通斩灭！"城楼下，异域的一名至尊开口道。他有着慑人至极的气势，如同一座镇压天地的魔山屹立在帝关前。

此人的额头上浮现出一些道则与纹路，伴着混沌之气，恐怖之力弥漫而出。他身穿青金甲胄，强大无比。

他是至尊，站在人道领域的高峰上，可以俯视帝关这边的诸多修士。

"轰！"在他的背后，浮现出一个由上万种兽皮祭炼而成的袋子，那袋子可吞吐万物，破开结界。

正是乾坤袋。它原本属于九天，结果被留在异域，成为他们的利器。

这仙道兵器源自九天，不被天渊所阻，可以带过来。

帝关城楼坍塌，城墙龟裂，的确是最好的破关机会，若是以乾坤袋轰击，说不定真的可以让异域的千百万大军长驱直入。

帝关的许多人都冒出了冷汗，原本以为大战结束了，最糟糕的情况就是闭关不出，死守便可以了。可现在看来，根本不是想象的那样，危机还在，而且情况非常不妙。

"蝼蚁们，城破之时就是你们毙命之日！"另一位至尊开口道。

他一身黑色甲胄乌光闪烁，身体雄健，如同一条黑龙般，带着磅礴的气息，屹立在那里，俯视这一边。

又一位至尊的头顶上方悬浮着一柄紫金锤，紫金锤虽然残缺，但是散发着仙道气息。

城楼上，许多人冒出冷汗，身体发凉。

城楼下站着的数十道身影，以遁一境高手还有至尊为主力，是让帝关修士惊叹的对手。

"可敢一战？"

下方，有人大笑，很是轻狂，看不起帝关的修士。

哪怕不久前安澜在帝关前遇到了不可想象的阻击，异域的生灵也还是信心满满。因为他们知道那是意外，他化自在法所化来的生灵不属于这个时空，昙花一现，终将消逝。

现在，他们叩关，谁还能阻挡？

在他们的背后，有不朽的生灵俯视着，更有无殇、俞陀、安澜坐镇，没有人可以阻挡他们！

"敢出来，就通通除掉！"大漠中，那几张年轻的面孔也在叫阵，指向城楼上的所有修士。

如果是至尊如此也就罢了，可连小辈人物都在挑衅，这让城楼上的一些统领感到很憋屈，恨不得下去战个痛快。

然而，所谓的小辈真的不弱，确切地说都是高手。

"轰隆！"

帝关前，又一件兵器发光，也是残器，同样要进攻帝关。

形势相当危急！

"谁敢与我出去一战？"孟天正问道。

城楼上，一下子安静了下来。

孟天正要出城去迎战，那绝对是危险的。

不少人都明白孟天正的意思，要想保住帝关，就要搏命，因为对方动用了仙道兵器，或许真的能轰开如今有裂痕的城楼。

哪怕城中的仙阵已经开启，多半也有危险。孟天正这是要去化解危机，拒敌于城前。

"我！"

石昊第一个打破沉默，他要跟着出城一战。

所有人都向石昊望来，毫无疑问，石昊不久前立下了天大的功劳，阻击安澜，是不世之功。但是，现在那滴血消失了，他还能出关一战吗？就不怕被异域至尊斩灭吗？

孟天正轻叹，他不想带石昊出去，怕天才被扼杀在帝关前。不过最后他没有劝说石昊，因为他打定主意，关键时刻将石昊送回帝关。毕竟，对面也有一些年轻人出击，或许可以先带上石昊。

"守城不好吗？"金太君开口道。她不得不说话，因为城中的至尊只有几个，她是其中之一。

"好吧，被逼到这一步，我去一战。"王长生说道。

许多人一怔，石昊也深感意外。

在石昊看来，王家跟金家一样可恶，他甚至怀疑他们心怀叵测，可是现在，王长生却说要去迎敌。

"我也去！"一位老人开口道，他平日隐居于城中的祖坛，是帝关中的无敌者。

接着，又一位老者走出，要去横击敌手。

人们很惊异，因为没有人认识这位老者，帝关居然还有隐藏的至尊！

金太君蹙眉，最后不得不迈步走出，别人都要出城迎战了，她身为少数至尊之一，没有理由退缩。

"我等也去！"一些大统领吼道，要跟着出城。

城外的那些身影中，有遁一境的修士，与城中的统领道行相差不多，这些人想要出战。

"咻！"一片霞光闪耀，这些人出关，来到了大漠中。

"哈哈，你们还真敢出来啊，这不是找死吗？！"异域有人肆意地大笑，十分张狂。

一刹那，天地间罡风浩荡，异域的一群生灵目光冷厉，如同野兽盯住猎物般，盯着城门口的修士。

"不是我说，真要这样决战，你们所谓的高手都是土鸡瓦狗，全都要被斩灭个干净！"异域有人轻蔑地说道，浑然不将帝关的修士放在眼中。

"我等来也！"

天渊中，又有一些人走出，从老者到年轻人，应有尽有，都是高手，有石昊认识的熟人，也有陌生人。

有些人目光犀利，第一时间就盯上了石昊，完全是冲着他来的。

"年轻人，幸运不会总是落在你的头上，来了就不要回去了。"异域的一位老者冷冷地说道。

那是至尊，连这等人物都要出手，想要除掉石昊，不给他成长起来的机会。

"哪个想除掉我？"石昊询问道。

"我！"

"我！"

帝关前，一群人纷纷开口。

从年轻到年老的面孔，都不加掩饰，表明要除掉石昊。

"想除掉我的，都站出来吧！"石昊说道。

"嗨！"帝关内，又有一些人出城，来到了战场中，其中有一些年轻人，都是帝关的精英子弟。

"你怎么出来了？"金太君蹙眉道，因为她发现了金展。

"我想跟对面的人一战！"金展开口道。

他当日败给了石昊，一直渴求一战，想证明自己。或许，今日将是边荒最后一战了，石昊已立下赫赫大功，而他却一直都没有出手。

若是边荒的战局结束，就这样返回九天，他还有什么颜面？

他一直被视为年轻一代的翘楚，被金家当作领军人培养，若非被石昊横击，来日他或许可以统率天下的年轻强者。

现在，他想证明自己，要在帝关前进行一场巅峰大战。

王曦白衣飘飘，也来到了大漠中。

除此之外，拓古驭龙、十冠王、谪仙、大须陀、小天王等人都来了，当世的天骄都想进行最后一战。

第1393章 真金需火炼

这些人的到来，让帝族的几名年轻强者眼中冒光，像是饿狼看到了美味一样。那是一种赤裸裸的目光，带着审视，带着兴奋。

帝关出来的修士越多，对面的人越兴奋，因为若是一战全歼，便可以让九天走向覆灭。

"先斩至尊，再诛小鱼！"异域的一位老者开口道。在他的眼中，年轻一代算不得什么，只要斩掉孟天正几人，就可定大局。

话虽然这么说，但是他们没有轻举妄动，因为双方都有仙器，若是激烈比拼，谁都不会好过。

那是震慑性的力量！

"还是从小鱼开始吧，晚辈想出手，除掉帝关所谓的天纵奇才，扼杀全部的精英子弟！"异域有人十分嚣张，这般说道。

那是一个年轻人，他曾经站在城前，用手中天戈遥指石昊。

这个年轻人长发披散，目光冷峻，是帝族生灵之一，也是遁一境的高手，专为石昊而来。

他虽然是遁一境的大修士，但是看起来非常年轻。

"还是让我先来吧，除掉帝关那群所谓的统领，留着他们实在碍眼！"一个中年人开口道。他雄姿慑人，眼中带着凶光，头发浓密，如瀑布般披散。

帝关的修士对异域的生灵怒目而视，他们实在是太嚣张了，浑然不将帝关的人放在眼里。

孟天正叹气，虽然帝关派出了不少人，但是真要对决的话，帝关多半要吃大亏。他想阻止自己这一方的年轻一代应战，可是，有的统领性格很要强，宁可战死，也不退缩。

若是怕死的话，他们就不会走出帝关，站出来的人都早已将生死置之度外。

孟天正神色严肃，想让那些统领回帝关。

"我只想一战，证明我的血性还在，哪怕不敌，也勇于一战。帝关各族不会屈服，将奋战到底！"一位统领开口道，大步上前。

后方的人张了张嘴，想说些什么劝阻他，可是到头来都沉默了。

许多人都知道，他这是要做什么——哪怕殒命，他也不低头，为的就是给帝关那些犹豫的族群做出表率。

他要以血明志，让帝关内那些犹豫、忐忑的修士站起来。

有人认为他愚蠢，也有人心情复杂。

各族修士的目光都不再飘忽，变得坚定了。

毫无疑问，这的确刺激了帝关的许多人。

"哈哈——"异域有人大笑，十分张狂，带着鄙夷之色，态度非常轻慢，"真是可笑，你是来送死的吗？我成全你，五拳内打倒你！"

帝关的所有人都愤怒了，包括那些不愿开战的族群，也怒火中烧。

"出手吧，想踏平帝关，先打倒我再说！像我这样的无畏者有千百万，你们每向前一步都要付出代价！"那名统领说道。他是抱着赴死的心来应战的。

一时间，这名统领燃烧生命潜能，全力以赴，爆发出璀璨的神光，向前冲去。

不过，他的对手真的很强，那名中年男子虽然看起来年岁不大，但是修道很多年，是一个超级高手，不然的话，他怎么可能追随至尊而来？

拳掌碰撞，闪电交织，人影翻飞，剧烈的撞击声响彻大漠。

在决战中，帝关的那名统领果然不敌对方，第一次拳掌相交时就被震得手臂龟裂，嘴角溢血。

"砰！"

神光闪耀，罡气弥散。

最后，异域的中年男子第五拳轰过来，击穿了帝关统领的符文光幕，使其当即殒命。

"我说了，你这样的人出场，只能是送死！"异域这名中年强者大笑道，露出雪白的牙齿，很是残忍。

在这个过程中，没有人出手干预。

帝关的城楼上，数不清的人大吼，心中有一股怒火在燃烧。

"拼了，斩灭那个刽子手！"

"就是不敌，也要奋战到底！"

一群人眼睛都红了，怒吼道。

孟天正没有说话，他知道那名统领是在求死，以此来唤起一些人的斗志。

"帝关中的生灵真是太弱了，这样获胜毫无成就感。"中年人嘲笑道，完全无视众怒。

"你说够了吗？过来，我一招就能劈了你！"石昊开口道。他表面很冷静，其实内心比和安澜动手时还愤怒。

"荒，你是我的！"一个手持天戈的年轻人开口道。他来自帝族，身在遁一境，就是冲着石昊来的。

石昊没有理会他，还是看着那名中年人，道："不敢一战，怕死的话，就给我滚出战场，不要再出现！"

"有何不敢？你不就是荒吗？曾为阶下囚，被俘于我界，今日我来会你！"中年人沉着脸说道。

"轰！"

石昊向前迈步，拔出大罗剑胎，剑气当即就震动了天宇。

中年人变了脸色，他虽是遁一境的高手，但心中还是有些害怕。

"荒，休得张狂！"异域的人开口道。连至尊都露出了冷厉的目光，想直接除掉石昊。

"哪个敢动？！"孟天正冷冷地说道，他头顶上悬着十界图，直接迈步，要在此出手，并问道，"你们连公平一战的勇气都没有吗？"

"谁说没有，我来除掉荒！"中年人恼羞成怒，动用最强祖术，长啸着冲向石昊。

"轰！"

石昊没有说话，直接扬起大罗剑胎，施展出最强一击。这一招虽然看着简单，但是蕴含了强大的力量。

中年人脸色微变，想避其锋芒，从侧面出击，但是，他绝望了，到处都是剑气。石昊锋芒毕露，整个人如同一柄仙剑。

中年人无处可躲，仿佛主动迎向那一剑，只能说对方的剑意太强，让遁一境的他无能为力。

"轰！"

这不像是一柄剑，而像是一柄与天齐高的巨锤砸落下来。

中年人所施展的祖术失效，护体神光散开，他完全无法阻挡石昊盛怒之下的绝世剑光。

大罗剑胎发出的光芒比山峰还要粗，可横扫大荒。

"噗！"

中年人被剑光击中，如遭锤击，当场殒命。

一剑而已，就斩了遁一境的对手！

这一剑震撼全场，最起码人道领域的修士都很吃惊，就是帝族的精英子弟也都心中一凛。

"哪个不服，过来受死！"石昊开口道，看向帝族的一群人。

帝关的城楼上，无数人大吼起来，不过这一次不是憋屈的大吼，而是宣泄，是被压抑的情绪的大爆发。

"除掉他们！"城楼上，很多修士大声嘶喊道。

"帝关今日必破！"异域有至尊说道。

一些人向前迈步，头顶上悬着仙器，释放出强大的气息。

孟天正、王长生也动了，向前迈步。

"急什么，年轻一代不是来了很多人吗？让他们切磋一番。"异域的一位老至尊开口道。

其实，他也是有所忌惮的。帝关可是有一些完整的仙器的，纵然至尊数量少，但是仙器威胁巨大，异域并不想付出太大的代价。

老至尊知道，异域的年轻一代应该比帝关强一截，除去一个荒，其他的人不足为惧。他想先让帝族出马，灭了帝关的年轻一代精英，动摇孟天正等人的道心。

"还怕尔等不成，尽管放马过来！"

这是十冠王的声音，他要出手。

"谁与我一战？"谪仙走上前去，整个人飘逸而出尘，但是眸子中也有惊人的战意。

帝关这一边，最强大的一群年轻人要出击了。

异域那一边，一些人眸光璀璨。

"真是求之不得，今日便看一看究竟要用几招才能除掉你们！"有人说道。

"今日，若不除掉你，我便愧对真龙、麒麟之传承！"十冠王自信而沉稳，话语震动人心。他龙行虎步，慑人至极。

"我亦有意一战，谁来？"此时，金展也开口道。他站在大漠中，要与异域的同辈强者对战。

"无名之辈，不配我出手！"那个手持天戈，一直想跟石昊对战的帝族强者，冷漠地看了金展一眼。

"哈哈，无名之辈，我来与你对战！"一个年轻男子走来，大笑道。这是后来出现的年轻修士，并非遁一境的帝族强者。

金展很是恼怒，咆哮一声，向前走去。

后方，王曦在观望，许多人也都在看着。

在这帝关前，谁是人雄，谁能胜出，唯有惨烈与残酷的战斗才能检验。

"轰隆！"

地面摇动，帝关的一些年轻强者上前，要在这里开战。真金需要火来炼，他们想看看自己是否有资格傲视同辈人。

"真热闹。"

远处，又有几名年轻人出现了，是葬士！

第1394章 败了

葬士有男有女，都很年轻，他们乘坐一辆黑金战车，从地下出现。

古葬区离这里不算十分遥远，他们沿着地下的古葬脉而来。

"别误会，我们只是来看热闹，没有出手的意思。我们沉睡了这么久，想看一看当世英杰有多强。"其中一个年轻人说道。

面对这突然出现的一股势力，谁敢放松？

就是异域也不敢大意，哪怕他们很强，能俯视天下，自信满满，但是对古葬区也忌惮无比。

因为，不久前，不朽之王曾亲自造访古葬区，态度郑重，而且一去很多日未归，让人吃惊。

不朽之王高高在上，俯瞰时间长河流逝，坐看人间天骄换了一茬儿又一茬儿，世上的很多事物都很难入他们的法眼，可是对古葬区，他们极度重视。

"我们退后一些，诸位请继续。"其中一个人说道。

石昊很意外，这么快他又见到了熟人。三藏与神冥也来了，不过他们一直都没有说话。

"奉葬王之命来观战。"终于，神冥笑了笑，露出一嘴洁白的牙齿。

这几个葬士都是黄金葬士，其中三藏、神冥格外引人注目。

过去，人们对古葬区了解得太少，而帝关这边甚至都不知道古葬区的存在，直至近来才洞悉一二。

黑金战车带着岁月的气息，虽然当中掺杂着少许黑暗仙金，但还是变得暗淡了，布满了裂痕。

那是岁月所留，透着某种古老的底蕴，镌刻着大道的痕迹。

"几位，可作壁上观，待我等破开帝关，请你等共踏此界！"异域的一位至尊开口道。

帝关的人闻言，心中一惊。

石昊有理由怀疑俞陀进入古葬区时，跟那里的葬王达成了某种协议。不过，如今帝关这一方已经没有什么退路了，还有比异域叩关更糟糕的事情吗？

"嘿，古葬区的朋友，你们好，久仰了！"异域有年轻人开口道，并且是帝族，向那几名黄金葬士打招呼。

从身份与地位来讲，黄金葬士与帝族强者相近。

"你们照旧，当我们不存在。"一名女葬士说道。

"好，我们尽快除掉这些人，再与诸位相叙。"手持天戈的那名帝族强者开口，而后吩咐道，"还不去除掉他们，一群土鸡瓦狗而已，不要浪费时间。"

"哈哈，我先来。那个谁，自以为是的无名之辈，你过来，先从你开始！"

异域的一个年轻男子走了出来，身穿银色战衣，英姿勃发，看起来很随意，不像是要大战。

他指向金展，相当轻狂，带着不屑。

"我名为金展！"金展冷冷地道。他心中憋着一股火气，恨不得长啸，他什么时候被人这么轻视过？

这一次，他是为了崛起而战。若帝关宁静，风波平息，这将是一笔辉煌的战绩。

怎能让荒专美？他不服，荒能屡战屡胜，他又差几分？

他当日被石昊击败，心中有太多的不甘。他觉得自己远胜从前，如今可以通过一战震惊天下。

"什么金盏银盏的，都会是手下败将一个，不用多说。我没兴趣知道，也不想知道，因为除掉你也不会增加我的光彩。"

身穿银色战衣的年轻人非常不客气，直接就这么说道，以冰冷的目光看向金展。

哪怕石昊反感金家，此时也觉得异域的这个修士太过分了，不可一世，真的以为帝关的人好欺负吗？

"来，来，来，让我灭灭你的气焰。"身穿银色战衣的年轻人走来，这般说道。

"看招！"

金展怒了，对方的这般羞辱让他面色如雪，眼神冷厉。他向前冲去，动用了金家的大神通。

金展体质强健，上来就施展出一记掌印，轰出了千百道符文。

"轰隆"一声，大地震动，乾坤间浮现出了大道规则，这是金展的实力的体现，他如今在斩我境中体悟极深。

"哧！"一道银光出现，对面的年轻人抬手就是一刀，斩虚空，断大地。他这一击虽然看似相当随意，但是攻击力惊人。

"轰！"金展的掌印化作流光，在虚空中被切开。

"不过如此，就这么一点儿本事吗？"异域身穿银色战衣的年轻人笑道。

后方，帝关的人都心中一惊，金展绝对强大，在同辈中已经算是天纵奇才，没有几人可以与之比肩。

"这个人不简单，不是一般的王族，他体内有稀薄的帝族血液。"后方，有人低语道。

这个身穿银色战衣的年轻人很强，他运转法力时，体内散发出一丝淡淡的帝族气息，令人敬畏。

帝族，无论是哪一脉，人数都极其稀少，繁衍非常困难，若是人数足够多的话，足以横扫天下。

一般来说，其他族群与帝族通婚，若有子嗣，则九成为帝族，因为帝族的血脉极其霸道。当然，这仅限于正常情况。

在漫长的繁衍过程中，总有意外，比如一些帝族体魄较弱，则可能会诞生出其他族的子嗣。

这种后代体内流淌着稀薄的帝族的血液，比不上帝族，便成为旁系，但也要强于其他族群。

金展很不幸，遇上了一个！

从金展自身来说，他很不服，觉得自己受到了侮辱，因为对面分明有嫡系帝族，却只派出这样一个身在斩我境，血脉不纯的旁系帝族来跟他交手。

金展大吼一声，全面爆发了，额头上浮现出神秘的纹路，甚至长出了角。

此时此刻，他实力激增，宛若脱胎换骨。

谁都知道他并不是人族，金家虽具人形，但另有来历，现在他施展出了天赋能力。

"轰隆隆！"

虚空塌陷，金展要禁锢身穿银色战衣的年轻人，并将他除掉。

这一刻，金展是可怕的，他额头上的纹路飞出，不断扩大，每一道都如同一座山岭，镇压向前。

他在构建规则，在天空中形成一片法界，笼罩四方，镇压强敌。

"哧！"随后，一只晶莹的角从金展的额头中飞出，撕裂天地，没入那片法界，横斩一切。

这只角很特别，徜徉在规则中，可以斩道，能够切割秩序，要将那名被镇压在法界中的身穿银色战衣的年轻人斩灭。

法界轰鸣，真的定住了身穿银色战衣的年轻人。帝关城楼上的不少人顿时欢呼起来。

可惜，当那只角落下，将要击中身穿银色战衣的年轻人时，他突然浑身发光，散发出惊世战气。

"轰隆！"

身穿银色战衣的年轻人挥拳，向着金展扑击，神威凛凛，击穿法界。

两人快速交手，纠缠在一起，虚空中发出阵阵轰鸣声，神光璀璨，照耀大漠。

不得不说，金展真的很强大，实力比以前提升了一大截。但是，很可惜，当双方交手到三十几招时，金展被对方一拳轰飞，大口吐血，因为对方的力量激增，他招架不住了。

"你太弱了！"身穿银色战衣的年轻人冷冷地说道。

"轰！"

身穿银色战衣的年轻人动作如鬼魅般快速，向金展冲了过去，接连出重手。

金展被打得横飞而起，遭受了重创。

"砰！"

最可怕的是，最后身穿银色战衣的年轻人追上了金展，一脚踏在他的胸口上，让他浑身的骨骼噼啪响个不停。

身穿银色战衣的年轻人一脚将金展踏在了地上，道："帝关所谓的英杰，当真很弱！"

后方，金家的人急眼了，金展就要这么陨灭在这里了吗？王家人也看到了这一幕，不由得发出一阵轻叹，金展堂堂一代天纵奇才，居然就这么败了！

前后对比，他们想到了荒，为何有这样的差距？荒被囚于那一界时，还曾击败过真正的帝族强者呢。

金展败了，这是第一个失利者，他在残酷的大世中未能证明自己，无法崛起。

第1395章 张狂

金展败了，没有悬念。

"太弱了，就你这样的人也配与我争锋？九天十地难怪屡次战败，果真不行，对付你们这样的生灵没有一点儿挑战性。"

身穿银色战衣的年轻人哂笑道，俯视着金展，很是嚣张，连带着羞辱了帝关的所有修士。

金太君的脸色非常难看，那可是金家年轻一代的领军人，如今居然就这么落败，还当着众人的面被奚落。

王曦神色复杂，张了张嘴，看向金太君，难道不救金展吗？

金展号称一代天纵奇才，在九天十地的年轻一代中所向披靡，结果却败得这么惨，还被人踩在脚底下，这简直就是奇耻大辱！

谁为人雄，谁是真金，一目了然。尽管人们憎恨异域生灵，但是不得不承认，他们的确强大。

"放了他！"金太君开口道。

石昊有些惊讶，他一直怀疑金家勾结异域，现在看来好像不是那么回事。

"你让我放我就放？这样一个废物留着他有何用！"身穿银色战衣的年轻人似乎并不在意至尊，当众驳斥道。他知道，异域的至尊可以保护他不受冲击。

"锵！"

身穿银色战衣的年轻人拔出一把锋利的骨刀，抵在金展的眉心前。

"住手！"

王曦大喝一声。看到金展被人踩在脚下，她忍不住了，很难想象强大的金展居然这么容易就败了。

"哈哈，小娘子，你若想救他，可以，跟我回异域吧。这样一个人，你跟在他的身边，实在有辱你的绝代风华。"身穿银色战衣的年轻人大笑道，非常放肆。

帝关这一边，所有人都变了脸色，这个人太肆无忌惮了，居然当众调戏王家仙子。这不仅是对金家与王家的羞辱，更是对帝关所有人的羞辱。

"你嚣张过头了，士可杀，不可辱！你觉得自己天下无敌了吗？"石昊开口道，虽然隔了很远，但是声音很震耳。

身穿银色战衣的年轻人一直很自负，看不起帝关的修士，可是当石昊针对他开口时，他的神色有了细微的变化。

他可以轻视金展，也可以调戏王曦，但是不敢轻慢石昊。

因为，石昊是一个有着辉煌战绩的同代生灵。他曾听闻，石昊击败赤王的后人赤蒙泓，破了时间法则。

面对这样厉害的一个对手，身穿银色战衣的年轻人不得不忌惮。

王曦神色复杂，她没有想到，关键时刻居然是石昊站出来，与那个身穿银色战衣的年轻人对峙。

"荒，你别自以为是，这是我的战利品，轮不到你来指手画脚！"身穿银色战衣的年轻人虽然忌惮石昊，但是嘴上不饶人。

随后，他手一挥，骨刀当即就刺了下去。

"嗡"的一声，金展从原地消失了。他遭遇重创，眼看命不久矣，但是当死亡降临时，他体内的一片神符被激活，发出万丈光芒，裹着他遁走了。

这是金家的无价之宝，金太君居然将它给了金展，庇护其性命。

石昊向前走去，步伐不是很快，他要对付那个身穿银色战衣的年轻人。

"这个不要跟我抢！"十冠王开口道。他早就盯上了这个人。

"还是让我来吧。"石昊说道。

十冠王、谪仙等原本都要出击，但是因为观看金展与身穿银色战衣的年轻人的决斗，所以停了下来。

现在，他们要出手了。

"荒，一会儿除掉你的人是我，跟我来一战吗？"对面，那个手持天戈的男子冷冷地说道。

"你要求死，我会成全你。不过在这之前，我得先除掉他。"石昊指向身穿银色战衣的年轻人，说道。

"你真以为我怕你不成？！"身穿银色战衣的年轻人面子上挂不住，大声喝道。

"那就过来吧！我站在原地，你若逼退我一步，就算我败了。"石昊的语气很平淡，但是隐隐透着一股咄咄逼人之势。

异域的人将帝关的修士看扁了，石昊这是在高调回应。

"欺人太甚！"身穿银色战衣的年轻人喝道。虽然他心中有些惧意，但是他也不好退缩。

"就欺负你怎么了？"十冠王向前走去，一副想除掉他的样子。

"你……"身穿银色战衣的年轻人感觉受到了侮辱，一个荒也就罢了，怎么什么人都想除掉他？

"你什么你，道行一般，也敢轻视帝关修士，真是大言不惭，我也很想出手除掉你。"谪仙开口道。

"哈哈——"身穿银色战衣的年轻人大笑，被气坏了，一个荒也就罢了，居然接连有人小觑他！

他喝道："我看谁能奈我何！"

"让我来吧。"

"还是由我来吧。"

十冠王、谪仙、石昊都想除掉这个身穿银色战衣的年轻人，争相向前走去。

异域的一群年轻强者愣住了，什么情况？帝关的修士怎么这么自信？

最后，石昊走了过去。

"轰！"

这引起了轩然大波，异域的年轻修士心中不忿。

"狂妄，就凭尔等也敢小觑我界修士！"异域的一些人大吼道。

"你是不是怕了？要不然这样吧，我只用一条手臂与你对战，如何？"石昊微笑着道。

听到这一番话，那个身穿银色战衣的年轻人脸色一阵青一阵白，他原本想退缩，可是现在又放不下面子。

他觉得可以一战，见好就收，对决数招后立刻退走，让真正的帝族强者出手。

"荒，别人怕你，我不怕！你这个阶下囚，曾经被俘于我界，今日我来取你性命！"身穿银色战衣的年轻人豁出去了。

远处，十冠王、谪仙已经跟人交手了。

大须陀、小天王、戚顾道人也动了，在选择对手。此外，重瞳者石毅也走上前，准备出战。

这时，一条大龙横空，如同仙王出世，咆哮着，那是十冠王。他龙行虎步，跟人交手，动用真龙宝术，将异域的一名王族高手击败了。

同一时间，谪仙背后浮现出一对五色神翅，横空而过时，将对手劈落。那是凤凰羽翼，除了被人所知的神通，他竟然还掌握了真凰秘术！

刹那间，异域的两名王族高手毙命，在公平对决下被斩灭。

这惊呆了异域的一群生灵,他们一直轻视九天十地,结果现在有人给他们上了生动的一课。

帝关的城楼上,许多人顿时大叫了起来,这的确让人非常振奋。

石昊一阵无言,心想,这两人还真是勇猛。

"来吧,也让我对付一个,石某从不落后于人。"石昊淡淡地说道。

身穿银色战衣的年轻人瞬间变了脸色,气得想发狂。

"狂妄!"身穿银色战衣的年轻人大吼道,向前冲来。

石昊站在地上,岿然不动,直到对方的祖术靠近,他才长啸一声,一条手臂伸出,化成了一只鲲鹏爪。

"轰隆!"

身穿银色战衣的年轻人想逃跑,但是鲲鹏爪遮盖一切,如影随形,就是追着他不放。

到了后来,鲲鹏爪又像是化成了古僧一脉的掌中佛国,巨大无边,每一根手指周围如同有诸多星体环绕,无比真实。

身穿银色战衣的年轻人憋屈不已,他居然上来才对了一招就要逃。

他想遁走,可是又冲不出去,只好不断祭出祖术。

转眼间,他就施展了十几种神通,一招接着一招,可是都冲不出那只大手。

"轰隆!"

当大手合拢时,那个身穿银色战衣的年轻人被一把抓在了手中,大叫出声,嘴里吐血。

"你太弱了。"石昊道。其实,这个人真的不弱,可以说非常强,但是跟石昊相比,还是差了一截。

石昊也是有意打击异域的气焰,因此故意说对方太弱。

"噗!"

大手合拢的刹那,这个人被碾压得体无完肤。

"砰"的一声,石昊将他丢在地上,而后一脚落下。

看到这个场面,不少人都惊呆了,帝族的旁系高手就这么被人斩灭了?

王曦目光幽幽地看着前方那个年轻人,金展不敌的对手,在荒的手下没有支撑多久,就直接被斩灭了。

"哈哈!"对面,有人冷笑,那个手持天戈的人走了过来。

"荒,你还活着,还能见到你,真的很好。"同一时间,有人咬牙切齿地说道。那是赤王的后代赤蒙泓，他也在逼近。

此外，还有数名帝族年轻人一同向前，盯着石昊。

"来吧，你们是一起上，还是一个一个地上？"石昊开口道。

第1396章 肉身成炉

WANMEI SHIJIE

"哈哈——"

对面传来大笑声，让人感觉头骨都好像要被震裂了。

还好这里都是高手，若是其他修士在此，多半会在这笑声中遭到重创。

笑声刺耳，具有可怕的穿透性，像是绝世仙金在被锤炼，发出铿锵之声，破坏力惊人。

大笑者带着敌意，一步一步地向石昊走来。他身穿赤红甲胄，身材挺拔，看着很英武，散发着一股凌厉而逼人的气息。

他走来时，一条又一条晶莹的法则神链从他身上垂落，如同凤凰翎羽一般，华丽而灿烂。

毫无疑问，他非常强大，踏着虚空而来，所走过的路都模糊了，天宇都在战栗。

他像是一只真凰，沐浴万丈光辉，披着翎羽，被法则神链环绕。

他是赤蒙泓，乃帝族嫡系，实力异常强大。

赤蒙泓对石昊有着刻骨的恨，此前两人因悟道茶叶激战，那一战惊天动地，结果以赤蒙泓惨败收场。

赤蒙泓是谁？赤王的后人。他具有至强者的血脉，祖上是号称打遍天下无敌手的帝族，结果却在众人面前惨败。

上一次，他近乎被废，后来在族中一位大能的帮助下，他不仅修复了伤口，还完成了一次惊人的蜕变。这一次，他越过天渊就是为了找石昊报仇。

"荒，我无时无刻不在想，你我重逢后会怎样。"赤蒙泓眼中光芒闪烁，身体灿若仙胎。

他长发披散，面孔俊美，十分出众，如同战神一般，风采动人。

"你会再次惨败！"这是石昊的回应，很直接，也很霸道。如今，他已经不需要隐忍了，除掉帝族嫡系之心毫无掩饰。

赤蒙泓笑了，笑容很冷，也很慑人，赤色甲胄铿锵作响，如同赤色龙鳞在抖动，赤霞闪烁，笼罩长空。

"荒，你死定了，今日将是我雪耻之日！"赤蒙泓冷冷地说道。

身为帝族，却受到了那样的羞辱，他无时无刻不想着复仇。

"此外，你要祈祷，帝关千万别被攻破，不然的话，我会亲自攻进石族部落，除掉你身后的所有余孽！"赤蒙泓目光冷厉，这般说道。

"哧"的一声，石昊身上散发出煞气，身体如同火炉，发出冲霄的刺目光芒。

他被激怒了，没有人可以这样威胁他！

"当然，除了你的族人，还有那群小孽障！"赤蒙泓继续说道，看向帝关城楼上的一大群来自原始帝关的孩子。

"我保证你的愿望会落空，这次你跑不了了！这里不是异域，没有人会为你出头，我会除掉你，将你带回村子！"石昊冷冷地说道。

"找死！"

两人几乎同时大喝，像是两轮燃烧的太阳一般，照亮天宇，而且都发出了猛烈的一击，异象惊人。

他们上来就很强势，动用至强秘法。

"砰！"

一刹那，两人都迸发出无量光，拳印与掌印碰撞，浩瀚的大漠内金色沙浪翻腾，遮天蔽日。

那种景象太恐怖了，战场上飞沙走石，方圆数十万里震动不止。

虚空全部裂开了，黑色的大裂缝交叉着，向无尽远处蔓延，在两人最强的对决下，天地完全破损了。

这种景象十分骇人，像是要灭世。

这就是帝族吗？帝关的城楼上，所有人都战栗着，哪怕是遁一境的大修士也是如此，生出了一股惶恐感。

"砰砰砰！"

两人拳掌交击，如同天庭之鼓在摇动，两道身影飞快地移动着，纠缠在一起。

石昊心中吃惊，这个对手道行激增，比以前强了一大截。

显然，这个对手身上发生了一些事。

正如石昊所猜测的那般，赤蒙泓发生过一次大蜕变。

上一次，他失败后，回到族中被不朽者送进池中修炼，如同凤凰涅槃一般，浴火重生了一次。

如今的赤蒙泓强得可怕，几乎没有弱点。

那个池子是赤王为后人留下的，里面有赤王的少许真血，那血液被炼去所有煞气，留下精华，可温养出绝世法体。

"荒，纳命来！"赤蒙泓断喝道。他底气十足，誓要除掉石昊。

"轰隆！"

赤蒙泓的状态非常诡异，他完全不同了，整个人散发着让至尊都有些害怕的气息。

那种气息太慑人，仿佛有仙人要出现。

"那是什么？！"有人失声惊呼。

赤蒙泓在变化，由人形化成一个炉子，殷红若血，赤霞裂天。

怎么会有这种变化？他的形体大变样，从高空中压落，冲向石昊。

赤王炉！

一些人瞬间惊醒，谈起这一脉，最震惊世间的莫过于赤王的战绩，他曾除掉一位仙王，炼化其尸。

炉葬仙王，养成至宝。

这是世间的传闻，也正是因为如此，还传下了一种诡异的秘法。

此时，赤蒙泓正在施展这种秘法，与以前不同，不是法相的体现，而是自身演化成炉体，这相当妖邪。

"当！"

石昊一拳轰在炉子上，竟发出清脆的金属颤音。众人惊讶不已，那是肉身还是一个炉子？

"肉身成炉，温养尸神！"异域方向，有人大喊道。

哪怕是来自异域的修士，也很是震惊，他们想到了一则传闻，赤王一脉有一些人在练这种秘术，源头指向赤王昔日之战。

所谓肉身成炉，是曾经赤王与赤王炉交融而得到的一种秘术，可使自己的体魄转化为赤王炉。

不过，这不是最主要的，最主要的是，修炼者可借此走上一条难以想象的路，那就是温养尸神。

所谓温养尸神，不是温养尸体之神，而是效仿赤王的大气魄，斩仙王，斩己神，再次蜕变，从而生出更强的元神。

当年赤王在那一战过后，至今都没有出现。

相传，那是因为他在练无上玄功。当年他为了斩灭仙王，付出了极大的代价，同时也获得了一场大机遇。

他以赤王炉葬下仙王之尸，自身也沉浸炉中不出，斩灭自己的元神，想涅槃得到更强的元神。

"上一次赤蒙泓被荒所伤，进了池中，竟意外见到了赤王炉，与其交融，得到了这种秘法。"有人低语道。

"咚！"

赤红的炉子闪烁着金属的光泽，有不灭之势，铿锵作响。

最可怕的是，炉子发出耀眼的光芒，一个人从炉口站起，向着石昊走去，要将他拉进炉中。

"嗯？"许多人心中震动。

那个人很可怕，穿着残破的甲胄，身材高大，散发着让众生战栗的气息，宛若真仙降世。

"化敌为尸，以尸养神，收！"炉子发光，要将石昊收进去，那个人也探出手臂，恐怖至极。

这个秘法果然可怕。

赤蒙泓不过是跟炉子短暂交融，就有了这种异象，获得奇诡的秘法，可见真正的赤王炉与赤王会有多么可怕。

"轰！"

石昊浑身散发宝光，撕开天宇，他在抗拒，但是从炉子中探出的一双手臂真的很恐怖。

"嗡！"

炉子一颤，要将石昊收进去了。

谁都没有想到，两人的这一战，上来就要分胜负、决生死。

"这是赤王炉的气息，凝聚在了赤蒙泓的身上，荒要如何对抗？"

帝关的一些人变了脸色，赤蒙泓带着至强者的气息，对付同辈敌手，占据了很大的优势。而且，赤蒙泓曾与赤王炉交融，得到的好处无法想象。

这时，石昊抬手间居然直接戳透了火红的炉子，剑气撕开炉壁，景象恐怖至极。

那是什么？所有人都很震惊，荒怎么抬手间就能撕开鲜红的炉子，刚才他用拳头打都打不动啊！

"啊——"

赤蒙泓大叫一声，显然遭到了重创。

"噗！"

石昊抬手，在其指端，一柄赤色的神剑浮现，由赤霞组成。他持着剑，横扫了过去。

"噗"的一声，炉口立着的身影被斩中了。

"不可能，这是什么剑?！"异域许多人大叫道。

那一剑极度慑人，不仅切开了炉壁，而且斩中了那道身影，众人的神魂都忍不住颤抖起来。

究竟是什么宝器？许多人心中悚动，要知道，炉壁有一丝赤王炉的气息，坚固不灭，怎么会被斩开？

石昊的拳头绝对可怕，可是刚才都不能奈何炉子，怎么现在一剑就刺透了火红的炉子？

"我知道，他果然逆天了！"后方，有人轻叹道，那是帝关的修士。

石昊手中的那柄剑呈鲜红色，如红珊瑚般艳丽。

就是此剑斩开了火红的炉子！

那道身影坠落，仿佛撑天支柱倒下了，整片青天塌落了下来，如同葬下一个大世。

这是……

战场上，众人很是震惊，目光从石昊手中的赤色神剑上收回，看着炉子，也看着那道身影，怎么会如此？

赤蒙泓被神剑斩中后，居然出现了这种惊天动地的异象。

这是什么？根本不像是一个帝族年轻人被斩中会出现的场景，反倒像是真仙陨灭后的场景。

"仙王遗骸……"

听到异域的修士说出这样的话，所有人都感觉一阵毛骨悚然。

怎么可能，仙王之躯？！

赤蒙泓可以带仙王遗骸出征吗？不可能！

此外，若真是那种无上法体到来，这里的天地必将彻底毁灭，无人可阻。不过，那道身影真的带着仙道气息。

也正是因为如此，乾坤破灭，黑色裂缝交织，蔓延出去也不知道多少万里。

"果然可怕，赤蒙泓曾得到洗礼，与赤王炉交融，拥有它的些许威能。"

听异域的至尊道出这些话后，许多人立即明白了。

那道身影不是赤蒙泓，而是赤王炉的传承所化，是仙王的一丝烙印。

赤蒙泓还未殒命，他是炉体，虽然被切开了，但是并未破灭。

"啊……"

果然，炉子震动，发出了令人头皮发麻的长号声。

那是赤蒙泓，肉身成炉，那才是他！

"荒，你激怒我了，不可饶恕！我要炼化你，让你成为炉中之奴！"赤蒙泓大吼道，炉子震动起来。

炉子迸发出刺目的霞光，淹没大漠，笼罩苍穹。

此时此刻，仙道气息弥漫，那道被神剑斩中的身影重新站了起来。他释放出绝世威压，"锵"的一声，手中出现了一件兵器。

"这是……"

后方，所有人都愣住了。帝关的城楼上，众人仿佛坠入冰窖。

他们不寒而栗，神魂居然都在瑟瑟发抖，因为那道身影太强悍了。

"怎么可能会这样？他只是带着一丝赤王炉的气息，能显化昔日仙王的一点烙印，为何能借来如此战力？"

帝关的修士为石昊感到担忧，心神皆惧。

异域的人也都惊愕不已，赤王一脉未免太逆天了，仙王被葬在赤王炉内，赤蒙泓便能借来这种力量？

隐约间，所有人都感受到了一股波动，盖世气息弥漫而出。

这种实力，谁人可敌？

别说是石昊，就是至尊出手都不见得能与之抗衡，那可能是超越人道巅峰的力量。

"荒，你给我过来，永世为炉中之奴吧！"赤蒙泓咆哮道。

炉子发光，赤霞如海，炉口屹立的身影尽显强悍，眸子睁开的刹那，天地为之震动。

"轰！"

那道仿佛立在深渊中的身影，右臂展开，挥动手中的一件兵器，劈向石昊。

"这不公平！"后方，曹雨生、清漪等人的心都提到了嗓子眼。这已经不是同代争霸了，而是在借用仙道之力。

石昊如何去防？怎么挡得住？

许多人都愣住了，为石昊感到担忧，难道他真的要殒命于此吗？

早先，他都敢向安澜挥动屠刀，现在如果被仙王尸骸残留的烙印除掉的话，就太不值了。

"徒有其形，你要是真能借来真仙之力，怎么可能越过天渊？"

石昊相当冷静，本心毫不动摇。

就在这一刻，他浑身发光，一条又一条秩序神链释放出来。随后，他如一条人形真龙生出翅膀，要翱翔于九天之上。

石昊在积聚力量，他虽然无惧对手，但是也没有大意，各种宝术一同释放，让他披上了一层宝光。

"轰隆！"

石昊手中的那柄赤色神剑颤动，气势越发凌厉，他横空而过，向前攻去。

"当当当……"

火星四溅，神威惊世，周围的一群生灵都不由得倒吸凉气，而帝关的各族人马更是震撼不已。

刹那间的拼斗，让乾坤战栗，大地塌陷。

石昊蹙眉，那道身影手中的兵器太坚固了，居然能阻挡他的神剑。

赤蒙泓却不这么认为，那道模糊的身影手中所持的兵器在不断缩短，每碰撞一次都要少一截。荒手中拿的是什么兵器，太逆天了！

"焚烧吧，赤王炉奴，给我除掉他！"赤蒙泓嘶吼道，自炉口向外迸发霞光，全部笼罩在那道身影身上。

"轰隆！"

那道身影越发恐怖，散发的气息惊天动地，让人战栗。

"这还怎么斗？太不公平了，他召唤来了仙道之力！"小蚂蚁在后方叫嚷道，很是焦急。

"无须担心，那道身影只是散发出那种气息，真正的力量根本达不到那一程度。"孟天正开口道，很是镇定。

不朽者无法跨过天渊，这是事实！

"锵！"

响声震耳，石昊手中的赤剑无坚不摧，击穿赤光，攻到那道身影近前。

"噗！"

那道身影再次被斩中。

石昊不断出手，"噗"的一声，手中的神剑再次斩中那道身影。

"啊——"赤蒙泓长嚎。

石昊向前攻去，神剑所过之处，无物不破。

"哧"的一声，剑光闪烁。这一次，他直接将那道身影劈倒，使其落入炉中。

这种打击对赤蒙泓来说是灾难性的，他遭到了重创，哪怕那不是他的躯体，也波及了他。因为，他的法，他的道，与那具躯体是交融的。

这一次，赤蒙泓为复仇而来，准备充足，不惜去祖地磨砺，意外得赤王炉灵看重，交融后得到这种逆天的手段。可是现在看来，他还是危矣，要败了。

"从你身上，我看到了赤王想做什么，他要夺仙王道果，将仙王当作涅槃之火，让自身蜕变为无敌之躯。不过，到头来，谁成全谁还不一定呢。"石昊冷冷地说道。

昔日，都在传赤王炉葬下仙王，成为"棺炉"，难道说另有隐情？

"你这兵器有何来历？"赤蒙泓很不甘心，这一次他带着逆天手段而至，却还是失利了。众目睽睽之下，若是再次大败，他还有什么颜面立足？还怎么自称为帝族子弟？

"斩仙铡刀，斩尽世间魑魅魍魉！"石昊喝道。

"哧！"石昊出手了，赤霞闪烁，若非感应到了威胁，感受到了仙道的气息，他不会轻易动用此手段。

"噗！"火红的炉子被斩中，裂开了一个大口子。

"啊——"赤蒙泓大叫起来，通体发光，以炉体与石昊激战。

在这种状态下，他会更强，炉体比自己的法身要坚固。现在，炉体都被斩开了，若是以血肉之身迎击，肯定更不行。

"住手！"后方，一些人大步向前逼来，威慑石昊，全都散发着可怕的气息，是帝族的人！

"呵呵，哈哈……"石昊大笑起来，"不过如此，今日便战个痛快，先除掉时间兽，再斩灭尔等！帝族，一起上吧！"

众人目瞪口呆，他是疯了吗？居然要对战多名帝族强者！

第1398章 横击四方敌

"你以为自己能跟安澜、俞陀古祖年轻时比肩吗？一个人也妄想镇压我等，哈哈——"

对面，有人大笑道，但是目光很冷，因为石昊的话他们听着很刺耳，帝族何其强大，谁敢小觑？

自古以来，都是帝族一出，镇压四方。无论哪个时代，从他们这些族中走出的高手都可以横扫世间。

只要他们出马，便可镇压一个时代。

可以说，帝族一出，各族暗淡，整个大世的同代生灵都要失去光彩，无人可与他们争锋。

现在，石昊一个人要挑战所有人，让数名帝族高手一起上，这是何等强势，令他们不得不动怒。

"安澜？又不是没有战过！"石昊从容而镇定，再次出手，要除掉赤蒙泓。

"那是你吗？若非那滴血，引来不可思议的存在，谁能奈何安澜古祖？！"有人斥道。

天渊阻隔，法则之海更恐怖了，连不朽之王的真身都过不来。故此，哪怕现在提到他们的名字，其法身也不会降临。

"不服，便过来受死！"石昊的话简单而直接。

"哧！"

剑气冲霄，撕裂天穹，石昊手持赤红神剑斩开了炉子，大步向前逼去。

"住手！"

对面，邹昆、索孤、余禹、庆坤等人一起向前逼来，石昊全都认识，是所谓的六小帝成员。

当日，他们同在蚩族的阴阳炉内熔炼，和石昊是老对头。

"呵呵，当日在你们的地盘，我没办法出手，今日，我要战个痛快！"石昊大喝道。

他曾经身陷异域，被视作阶下囚，不能光明正大地一战，一直憋着一股气，要在今日尽情释放。

在说这些话时，石昊依旧在挥动神剑，斩向赤蒙泓。

身材高大的邬昆、风采动人的余禹等人一起出手，向前逼来，阻止石昊重创时间兽。

"轰！"

远处，十冠王等人动了，一齐大步走来，迎击那几人。

"敢拦我等，滚开！"索孤呵斥道，抬手间就祭出一件兵器。古塔横空，要镇压在场的几人。

不少人当即变了脸色，谁都知道，那是一件古宝，由前辈高手炼制而成。

不说其他，单凭此宝就足以镇压一代人。

"滚！"十冠王大喝一声，手中霞光一闪，照亮了九重天。

在十冠王手中，浮现出了一株小树，树不过尺许高，晶莹欲滴，散发着混沌之气与仙雾，异常绚烂。

那是世界树幼苗，是世间最珍贵的宝树。

异域有一株，守护那片古界，十冠王身上也有一株，其来历绝对惊人。

"轰隆"一声，十冠王一扫，世界树幼苗将那座古塔撞飞了。众人心头一震，这株幼小的宝树果然惊人。

"轰隆！"

同一时间，石毅睁开重瞳，释放出恐怖的气息，将前方的虚空震得粉碎。

重瞳开天地，号称不败的神话。

当年，石昊跟这位堂兄征战时，九死一生，一战过后，身体被废，在石村休养，那是他所经历的最苦的一战。

那时，石毅未能施展出重瞳终极一击，而是动用了至尊骨的力量。可以说，成也至尊骨，败也至尊骨。

别人不知石毅的深浅，但是石昊知道，这个平日跟他对立的堂兄，绝对深不可测。

异域的一群人都是一惊，觉得小觑了帝关，低估了那边修士的实力。最起码，那个手持宝树的男子是个威胁，龙行虎步，散发着很危险的气息。而那名生有重瞳的年轻男子，实力也极其惊人。

"哧！"

一道剑光闪过，那个炉子被切开，险些分为两半，赤蒙泓被压制了。

那几名年轻人快速向前冲，而这一边，谪仙、十冠王也都再次出手了。

"轰！"

关键时刻，两方的至尊也都动了，散发神光。

孟天正很果断，动用十界图、铁血战旗等，笼罩高天。

"异域不过如此，输不起吗?！"他喝道。

"砰！"

至尊出手，大漠震动，虚空炸开，原本想要冲过去的年轻人都快速倒退，不敢靠近。

"啊——"

赤蒙泓长啸，破裂的炉体内冲出一头拳头大的古兽，蛟龙头，狮子身，身上没有皮毛，都是一根根尖刺，这就是时间之兽。

如今，赤蒙泓的元神冲了出来，对着石昊大吼。

"岁月如刀，斩尽天骄！"到了这一步，他毫无办法，只能动用本命神通。

火红的时间兽在那里咆哮，那是元神，它施展出最可怕的时间法则，与石昊激烈比拼。

"轮回旧世，葬灭千古！"石昊喝道。时光碎片飞舞，在他周围旋转，而后向前涌去。

同一时间，他手中的赤剑光芒大盛，发出全力一击。

"砰！"

在剧烈的碰撞之下，恐怖的声音响起，光芒闪烁，此地沸腾了。

至尊没有开战，各自沉默着。

"轰！"

时光碎片炸开，两人再现于此地，赤蒙泓显出人形，伤痕累累。

石昊抬手，以赤剑遥指赤蒙泓，一步一步向前。

强弱之分，显而易见。

"前辈！"

异域的一些年轻人看向至尊，难道就这么眼睁睁地看着赤蒙泓战死吗？

那几人没有动，也没有出手，保持缄默。

"晚了，赤蒙泓已活不了了，荒果然可怕。"一个中年人叹息道。

赤蒙泓显出人形，不再是火炉，眉心淌血，且元神也有剑伤，满是裂痕。

"哪怕他活不成了，也不能让他受辱，看着他被荒斩灭。"邬昆说道。

他身材魁梧，如一座铁塔般，一步一步逼了过去。

同一时间，余禹浑身发光，如同璀璨骄阳，也向前逼去，压制石昊，想让他收手。

索孤、庆坤也动了，一步一步朝着石昊走去。

当看到十冠王、谪仙、石毅等人要再次出手时，石昊阻止了他们，道："让我一个人来领教一下诸帝族的神通祖术！"

这不是说说而已，而是要真的挑战。

这一次，至尊都没有干预，只是在那里观望。

"轰隆！"

邬昆几人释放出强大的威势，席卷向石昊，要将他镇压，他们绝不允许石昊当众斩灭赤蒙泓。

"晚了。"

石昊说出这样两个字，轻轻一弹手中的赤色神剑。他并未攻击，只是做出这么一个随意的动作。

"砰！"

赤蒙泓的元神，那头拳头大的古兽直接殒命，成为光雨，而后消失了。

"噗！"

紧接着，一代帝族年轻高手便这么陨灭了。

所有人都大惊失色！

"在刚才交手的过程中，赤蒙泓就被斩了，不过他强行凝聚形神，没有当场倒下。"一位老者叹息道，为赤蒙泓感到惋惜。

那可是一位天纵奇才，来自帝族，结果就这么被荒斩灭了。

此时此刻，所有人都心中一凛，荒的确可怕，连帝族强者都不是他的对手。

"唰"的一声，神光一扫，赤蒙泓刚显现出时间兽的本体，就被石昊收走了。

石昊一个人而已，竟突破了几位帝族年轻强者的围堵，夺走了战利品。

邬昆、余禹、索孤、庆坤四人脸色冷峻，石昊当着他们的面，就这么斩掉了赤蒙泓。

"谁愿出手灭了他?！"邬昆问道。

身为帝族，他们有自己的骄傲，都非常自负，自然不是很愿意众多人围攻一个人。

"你们一起上吧，让我战个痛快！"

石昊主动出手，"轰隆"一声，宝术释放，同时攻击四大高手，璀璨霞光将他们都笼罩在当中。

"狂妄！"余禹大喝一声，第一个出手。

同一时间，索孤脸色一沉，从后侧冲来，一拳轰向石昊的后背。

"砰！"

邬昆通体发出乌光，骇人至极，身如铁塔，从不远处横空而来，以掌刀斩向石昊。

四大高手居然都动了，一齐出手，法力滚滚，气息压制同代生灵。

他们心想，既然荒这么霸道，那就趁此机会结果他的性命。

第1399章 斩出绝世风采
WANMEI SHIJIE

余禹的手掌从远处探来，化作了一座大山，如同支撑着天宇，自古长存的天地脊梁。

"轰！"

这很诡异，分明是手掌，却在途中化成大山，比真正的大岳都要雄伟。

"镇！"

他断喝一声，震动八荒，大手压落，覆盖天宇。

"咚！"

石昊脸色平静，非常镇定，右手捏拳印，直接轰了过去。

两者碰撞，天翻地覆，天地间竟有倾盆大雨洒落，浮现出很多神魔陨灭的场景。

这像是一个末世，那大山像是天地脊梁，被混沌神祇撞得崩塌，天地倾覆。

这是余禹的传承，是该族不朽之王的盖世神威。不朽之王曾经以掌毁灭大界，留下了不可磨灭的烙印，如今后人施展其神通，当年的景象还能再现。

石昊抬手一击，面对帝族的绝世传承祖术，毫不畏惧。

大山被掀翻，被震退。

另一边，索孤的拳头到了，散发出五色光彩，其中以金光最为耀眼，如帝君横空，轰向石昊的背部。

这一拳太霸道了，天地崩塌，那片区域陷入寂静之中。

索孤直接施展无上祖术，尽情地绽放属于该族的辉煌。

石昊没有回头，果断地倒退，以右臂肘向后猛地一击。

"轰隆！"

璀璨的霞光迸发，电闪雷鸣。那是雷帝的宝术，被石昊施展而出，撞向索孤的拳头。

这种自负，这种判断力，相当惊人。

要知道，那可是一名帝族强者，而石昊却没有回头，挡住余禹的攻击后，便背对着索孤迎击他。

刹那间，一个雷池浮现出来，释放出万丈雷霆。

"轰隆！"

索孤的拳头跟石昊的右臂肘撞击在一起，惊天动地，法旨交织，若烈焰焚烧九天，很是刺目。

人们看不到那里的情况，因为那里有至强规则的碰撞，还有强者肉身的对峙。

在雷霆间，索孤沐浴着神圣的光辉，发出吼声。他的另一只手也动了，化成一只可怕的利爪，抓向石昊的天灵盖。

"砰！"

石昊像是料到了一样，依旧背对着索孤，但是另一只手早已等在那里，带着时光碎片，催动轮回神通，反抓向索孤的利爪。

"轰！"

五色光彩迸发，雷霆、时光碎片一起飞舞，爆炸开来。

而后，他们如同两道闪电般分开，各自冲向一边。

"纳命来！"

邬昆大喝一声。他高有一丈，格外雄伟，身上都是腱子肉，长发披散，如同一个绝世魔神。

他的掌刀上密密麻麻都是符号，并且发出了祭祀音，那是万古以来各族祭拜不朽之王的声音，是该族古祖的恢宏道韵的体现。

这个景象很惊人，邬昆的掌刀裂天，刀光不知笼罩了几万里，将这里截断，如同斩断了两界一般。

"咚！"

面对这一击，石昊不慌不忙，右臂展开，轻轻一拂，居然将刀光分开了，颇有万法不侵之势。

散佛八式，他在动用这种神通，煌煌而威严，如同仙佛降世，要超度众生。

石昊横击邬昆，不断与他交手。

同一时间，石昊浑身发光，时光碎片爆发。面对帝族年轻强者，他全力以赴，动用轮回神通。

邬昆满头紫发飞扬，如同凶神恶煞般长啸着，刀气震动天地，要斩开岁月。

这很惊人，他居然以刀气斩时光碎片，震慑四方。

一声低沉的咆哮响起，虚空扭曲，庆坤到了。他显化出部分本体，黑色翅膀拍动，天崩地裂，虽为人族躯干，但禽族的特征体现了出来。

他长鸣一声，振翅而来，四方塌陷。

这只黑色的魔禽如一轮巨大的黑太阳，张嘴间，将域外的一些陨石都吸了下来。

它能吞吐日月，熔炼乾坤。

九天有该族留下的后裔，血脉极其不纯，隔了无数代，名为吞天雀，跟它比较起来，连麻雀都不如。

"轰隆！"

吞天帝族所向披靡，在古代，曾吞食过整整一个大界，毁灭众生。

庆坤冲来，熔炼陨星、月亮等，炼化出海量精气，释放出天地万物之力。

吞掉多少，便能释放多少。

"轰！"

天地万物，诸天星海，这个时候一起浮现。吞天帝族神威盖世，哪怕庆坤是一个年轻的生灵，也有慑人之资，可以想象，其祖先吞掉一个大界时的威风。

当年，九天十地被打败，就有吞天帝族古祖的原因，他曾想一口吞掉九天十地，并将之炼化，但被阻击了。

大战开启，石昊一个人大战四方敌。他浑身发光，秩序神链四射，根本就不避退，与异域的强者展开惊世大对决。

所有人都变了脸色，一个人独战帝族四强，这是何等惊人！

多少年了，辉煌之战再次出现，只在上一纪元有过传说。

帝关的城楼上，所有人都无比震撼。

他们不是不知道石昊的强大，只是直到今日他们才明白，他到底走到了哪一步，居然一个人就可以力敌数名帝族强者。

这是神话中的神话，是真正的不败传说！

曹雨生、清漪等人都在低语，这个结果超出他们的意料，让他们很是激动。

就连敌视石昊的王家人都沉默了，"九条龙"一语不发，王曦则凝视着石昊，心中震惊。

这是惊世的战绩！

异域的各族修士都愣住了，帝族可是无敌的象征，号令天下，莫敢不从。只要他们出马，同代中谁与争锋？

可是，现在那里有一个人，只身独战四大帝族强者，立身不败之地，宛若史前神话再现。

异域许多人心中悸动，年轻人的身体更是都僵住了，唯有灵魂为之颤抖。

因为，这太具有冲击力了，充满了颠覆性。

帝族今日被人挑战，荒不管胜负如何，都战出了他的辉煌，那是属于他一个人的绝世风采。

石昊被四大强者围攻，没有丝毫惧意，反而热血沸腾，因为他想检验自身的道果。

他暂时没有别的念头，只想堂堂正正地一战，看一看自己潜能的极限，而后再除掉四大高手。

这是一种无敌的信念，别人若是知道他的念头，一定会傻眼。

被四大帝族强者围攻，别人想的都是怎么活命，而他想的却是要验证自己所学，甚至还要除掉全部的敌人。

一声禽鸣响起，庆坤化成的魔禽将石昊一口吞了进去。

"轰！"

石昊浑身符文燃烧，绚烂得刺目，一拳轰出，要击碎那巨大的鸟喙。

庆坤顺势张嘴，喷出如同神矛般的秩序神链，秩序神链铺天盖地而下，对石昊展开凌厉的攻击。

"当当当……"

在震耳的声音中，火星四溅，石昊在劈斩秩序神链。

同一时间，邬昆、余禹一同围堵石昊，动用了最强神通。

这一刻，石昊的处境很危险，稍有不慎就会惨淡收场。

"轰！"

果然是生死之战，遭到四大帝族高手的围攻时，强如石昊也非常吃力。

这个时候，索孤得到了机会，施展出凌厉一击。

"砰！"

石昊这一次没有避开，背后挨了一拳，嘴里当即吐血。

帝关的城楼上，所有人的心都提到了嗓子眼。

异域的修士则欢呼雀跃，振奋不已。

"轰！"

石昊冲霄而上，躯体上符号密布，宛若战神复苏，比刚才更恐怖了。

"那是……"人们愣住了。

在石昊冲起的刹那，许多人吃惊地发现，索孤也跟随而上，他的拳头还贴在石昊的后背上。

"嗯？"众人一惊，随后发现石昊的后背有诸多秩序神链，而且有一株金色柳树浮现，缠住了索孤，使他不能第一时间退走。

荒是故意挨了一拳？一些人这般怀疑。

"该有个了结了，当初争夺烂木箱子，你曾追击我，今日便分生死！"石昊沉声道。

当日，在神药山脉，在古葬区的边缘，一位年轻帝族高手曾跟石昊交手，争夺烂木箱子，就是索孤。

此外，索孤还跟异域众多修士追进天兽森林，要除掉石昊。

今日，便是清算旧账之时！

"轰！"

石昊的身体迸发霞光，各种宝术齐出，漫天都是翎羽般的规则，他如同真凰一般横空而立。

哪怕另外三大高手赶来，也无法阻止石昊。

他如同绝代魔主，一对鲲鹏翅浮现，震裂苍宇，时间符文环绕肌体，脑后浮现出一株金色小树，守护其躯。

"轰！"

最后的刹那，石昊跟索孤纠缠在一起，发出猛烈一击。

"噗"的一声，索孤当场被击中。

大漠震动，各族皆惊。在这种情况下，荒居然斩灭了一位帝族强者，他可是在被围攻啊！

另外三大高手震怒，疯狂地攻击石昊。

石昊长啸一声，如同盖世魔神，眼中光芒闪烁，盯上了另外三大高手。

第1400章 一人力压帝族
WANMEI SHIJIE

石昊如同战神转世，长啸一声，四方风云动。他的身体散发出刺目的光芒，头发根根晶莹，整个人英姿勃发。

"嗖嗖嗖！"

另外三位帝族高手都到了，他们一个个神情冷漠，散发着一股难以抑制的怒意。

今日一战过后，不管胜负如何，荒都注定要名动天下，或许会载入史书中。一个人挑战四大帝族强者，还除掉了一个，这是何其光荣的战绩！

而三位帝族高手却成了陪衬，哪怕他们现在将石昊击败，也无济于事。三个人联手打败一个人，并没有什么光彩可言。

"纳命来！"

庆坤喝道，第一个动了。他现在是人形躯干，但是禽类特征明显，鸟头，黑色的双翅，猛地扑向石昊。

其他两人也施展祖术，气势凶猛。

但是，这一刻最为惊人的不是他们，而是一座古塔，它突然从虚空中浮现，落在石昊的头顶上方，向下镇压。

那股气息，那种威力，绝对会让遁一境的大修士都面色发白，古塔带着丝丝至尊的气息。

这是一件法器，虽然不是至尊的法器，但是也差不了多少。

塔身闪烁光芒，金属气息浓郁，是一件大凶器。

"轰！"

太突然了，古塔就这么压落下来，要将石昊置于死地。它等级很高，超越在场几人的境界，拥有极大的威力。

"就等你呢！"

石昊却丝毫不慌，这般说道。"咻"的一声，一柄剑胎从他的体内飞出，气势凶猛。

"当"的一声，这柄剑胎劈在古塔上，将之震飞，弹向高空。

这是大罗剑胎,它很古怪,一向被动防御,遇强则强。当初石昊寻找《不灭经》时,竟可以借它与炼仙壶抗衡。

现在,石昊祭出大罗剑胎,将古塔震开了。

"索孤,你现在可以真正地上路了。"石昊冷冷地说道。

"当!"

天空中像是打了一个霹雳,震得所有人双耳剧痛,神魂一颤。那是大罗剑胎在发威,它化成匹练,猛地劈向那座古塔。

所有人都愣住了,索孤不是被除掉了吗?

实际上,索孤虽然元神破灭,但是并未彻底殒命,还有一缕真灵躲在其兵器中。

这座塔绝对不一般,可以镇压同代人。

不久前,索孤还曾呵斥大须陀、戚顾等人,并祭出此塔,要将他们全部镇压。关键时刻,十冠王出手,用世界树幼苗将此塔扫飞了。

"轰隆!"

塔身剧烈地颤动,被大罗剑胎劈得轰鸣,发出炫目的光芒。

邬昆、余禹、庆坤一起动了,看到有挽救索孤的契机,他们自然全力以赴,阻止石昊下杀手。

只要索孤的这缕真灵保存下来,想必以帝族的手段可以将他救活。

可惜晚了,三大高手虽然竭力救援,但是已经不能改变这一切了。

石昊咆哮一声,惊天动地,以他为中心,无边的黄金烈焰熊熊燃烧,震撼在场所有人。

"轰隆隆!"

雷声震耳,响彻云霄。

那不是黄金火焰,而是雷电。石昊将雷电神通施展到极致,其中有一个雷池在释放毁灭之力。

闪电凝聚在一起,犹如火焰,焚烧天地。

大罗剑胎猛力劈动之际,生生将索孤的那缕真灵从古塔中震了出来。毕竟,这只是一缕真灵,不是真正完整的元神,怎么挡得住那种冲撞?

大罗剑胎生生将这缕真灵从兵器中震了出来!

"啊——"

索孤的这缕真灵大叫一声,被金黄的火焰吞噬。这是雷道之力,对于真灵来说是最大的威胁。

"啪！"

这缕真灵是一道虚幻的兽影，即索孤本体的样子，结果一刹那就被黄金火吞没，焚成灰烬。

索孤还是殒命了，没能逃过一劫。

"轰！"

古塔轰鸣，被大罗剑胎劈得飞了出去，最终砸在大漠中，形成万丈惊涛，沙浪拍天。

"轮到你们了！"石昊浑身都是璀璨的符文，带着烈焰，向前攻去。

不用他找上门，那三人早已施展了秘术，全力以赴。

这是一场大战，惊天动地。

他们都尽全力了，不像刚开始时那样。因为索孤都死了，再不放开手脚的话，说不准会出现什么样的状况。

早先，他们还因自负而觉得围攻石昊是胜之不武的举动，现在什么都抛开了。

这是当世年轻一代最强的碰撞。

帝族出马，与荒决斗。

在过去，任何一个帝族强者的战斗，都要被人记录下来，当作经典战例为同辈人讲解。

现在，三名帝族高手对战一个人，自然更为罕见，值得记载。

"啊——"

庆坤咆哮一声，吞吐星月，张口将域外的陨石全部吞进嘴里，熔炼成精气，补充自身。

"噗！"

庆坤如同一轮黑色的太阳，浑身都是符文，羽翼漆黑，乌光闪烁。这一刻，他释放出最强的气息。

"呼！"

在庆坤呼啸之时，黑色符文弥漫，将石昊周围填满，这里被熔化了。

"吞天帝族，熔炼万物！"有人叹道。这种手段十分逆天，隔空一击，就能将对手焚化在虚空中。

"砰！"

石昊撑起一片光幕，如同万法不侵，脑后有一株金色的小树，枝条洒落，震开乌光。

余禹在后方袭击，手掌巨大。他如同一个开天辟地的巨人，一掌落下，天宇龟裂，群星震颤。

那是余禹的法相，他的真身和石昊差不多高，可是法相气息惊世，极其可怕。

"砰！"

石昊弹指，一条又一条秩序神链从他脑后的小树中飞出，刺透虚空，将余禹的手掌定住。

"纳命来！"邹昆咆哮道。

他身体健壮，肌肉鼓起，如同一条条小蛇爬在身上，古铜色的肌肤散发着宝光。

此时，他一头紫发乱舞，非常吓人，绝世气息扑面而来。

他是凶猛的，也是霸道的。掌刀不断劈落，刀气斩开了天宇。

"咚！"

毫无疑问，此时此刻的邹昆除了祖术惊人、法力强大外，肉身也很强悍。

"当！"

邹昆祭出兵器，在他的头顶上方，悬着一口紫金神钟。神钟轰鸣，每一次震动都有涟漪发出，欲将石昊击碎。

此外，邹昆手中还持着一把长刀，雪亮慑人，每一次扫出，都是刀气如海，淹没长空。

他以强大的肉身催动两件秘宝，集攻防于一体，尽情施展帝族传承，主攻石昊。

高空中，庆坤拍动着黑色羽翼，射下一道又一道乌光，对石昊构成了极大的干扰。

余禹也在下重手，并且在虚空中刻下符号，要陷石昊于绝地。

石昊背负鲲鹏翅，猛力一震，周身各种宝术全部释放，符文密集，如同海浪般，这片天地因此绚烂到极致。

"锵！"

在这一过程中，石昊以雷电铸成一张大弓，整个人化成了三头六臂，跟邹昆决战，阻击余禹，还要射击庆坤。

邹昆如同魔神一般，化成千手魔尊，掌印翻飞，粉碎虚空，轰向石昊。

石昊轻叱一声，脑后的金色小树垂落下来成千上万根枝条，而后猛地绷紧，枝条全部化成了长矛，向前刺去。

他以柳神法同时牵制邬昆和余禹，而后集中全力，射击吞天帝族高手庆坤。

"哧！"

以雷霆铸成的大弓强劲而有力，雷光闪烁，恐怖气息弥漫。

石昊一招手，千百道闪电飞来，凝聚在他的指端，化成一支神箭，搭在弓弦上，而后他猛力拉弓，射向天空。

"嗡！"

天地直接崩裂了！

那种景象，不可想象，震撼人心。

所有人瞬间傻眼了，那是闪电啊，居然还能这样？

闪电凝聚成的兵器，如同真实的宝器一般，或许威力更盛，这样射击天空中的魔禽，实在惊人。

"不，这是天劫，他居然引出了一次真正的天劫！"

远处，有人惊呼出声。

这是石昊以雷霆铸造兵器的根由所在，这一刻，他将自身的战力推向了巅峰，居然引出了天劫。

故此，他集中全力，施展雷帝法，射击天空中的魔禽。

"我为帝族，天劫能奈我何！"庆坤长啸，拍动双翅，撕裂苍宇，对抗雷光。

帝族之人一个个都极其强大，自然可渡过天劫。

"纳命来！"

石昊大吼一声，一箭之威让日月失色。

"咻！"

一箭贯穿而过，竟刺透了庆坤的躯体。

众人震惊不已，一箭而已，就能射杀庆坤？

"替天执法?！"远方，有人惊叹道。

"他这一击糅合了多种法术，不仅有雷道，还有其他秘术，乃最强一击。"一位至尊开口道出了究竟。

难得的是，这一次无人阻拦，众人都静静地观看他们争锋。

"噗！"

庆坤怒啸，他的身体被射中了。

"咻！"天空中，羽箭密集，石昊快速开弓，一口气射出了十二箭，其中有三箭都命中了对手。

　　庆坤大怒，这是耻辱，身为帝族，号称可吞掉一切，今日居然被人弯弓长射，不能容忍。

　　可是，那羽箭太可怕，带着很多种大道法则，难以躲避。

　　"噗！"

　　庆坤又一次中箭，遭到了最为可怕的一击。

　　"先除掉你，再除掉另外两个！"石昊喝道。

第1401章 横扫

WANMEI SHIJIE

"咻！"

又一箭射出。这一次，众人清楚地看到了，那羽箭不光带着雷霆，还带着时光碎片。

这果然是石昊数种宝术的糅合，集中在一起，形成慑人的神威。

天空中，黑色魔禽缩小，庆坤不敢施展庞大法相了，因为目标太大，哪怕动作快如闪电，也不好躲避。

然而，这一次，他依旧没能避过，再次被射中了。

羽箭中蕴含着轮回符文，带着时光之力，干扰时空，难以避开。

"四方上下曰宇，我气吞寰宇！"黑色魔禽长鸣，庆坤发威，满身的黑色羽毛燃烧起来。

洪大的经文诵念声响起，庆坤施展秘法，将石昊隔绝，让他仿佛陷入泥沼中，周围的虚空先是被熔炼，而后消失了。

而石昊自然也跟着一起被熔炼，这是庆坤一族的秘术，可吞天地。

"砰！"

就在这时，邬昆摆脱了柳神法所化的枝条，手持天刀向前劈去。

"石昊，纳命来！"同一时间，余禹喝道。

庆坤振翅，跟另外两大高手合力，围攻石昊。

石昊陷入被动，一时间被三大帝族的经文符号环绕。三大帝族高手毫不保留，动用了最强的禁忌手段。

"轰！"

石昊体内清光闪烁，弥散出一股特别的力量，那里是腹部，是轮海，是他体内的门在释放潜能。

他撑开一片光幕，守护自己，以身为种，全面释放体内的力量，并通过几种至强宝术释放出法力。

石昊在硬扛，随后依旧选择攻击庆坤，似乎不除掉他不善罢甘休，为此还承受了邬昆的刀气一击。

石昊在弯弓搭箭，誓要射杀对方。

庆坤愤怒了，这是觉得他好欺负吗？

庆坤身上浮现出黑色的羽毛，如同利剑一般，向着石昊斩去。

"哧！"

然而，让庆坤愕然的是，对方突然冲天而上，背后鲲鹏翅拍动，双手闪电符文闪耀，胸口轮回符号密布，脑后一株金色小树浮现，跟他对上，不惜挨了另外两人的重击。

石昊强大而慑人，爆发出最为璀璨的光芒。

"轰！"

石昊像是一个帝君，睥睨天下，带着迫人的气势，施展出六道轮回天功。

他破开了邬昆还有余禹的围堵，径直冲向高天，一心要除掉庆坤。

他将诸多宝术都融合进去，开启六道，让时间轮转，雷电交织，鲲鹏力撕裂天宇。

"哪里走！"邬昆大吼一声，手中长刀一挥，刀气滚滚，劈中石昊的后背。

余禹双掌轰出，震耳欲聋，如同大印压落下来，也击在石昊的后背上。

"轰！"

电光闪耀，符文交织。

石昊的后背爆发出璀璨的光芒，守护己身，硬扛两人的攻击。

虽然石昊的身体一阵摇动，但是他挺住了，到了庆坤近前，与其激烈比拼。

此时，石昊背负鲲鹏翅，也如同猛禽一般，只是他的翅膀不是真的，而是法力构建而成的。

六道轮回天功一出，比以前的威力不知道大了多少倍。随着石昊道行的加深，他对这种天功的理解越发精深了。

"一门古天功而已，也想压制我！"庆坤低吼道。他动用帝族秘法，体表发光，化成一轮真正的黑色太阳。

就在此时，庆坤也祭出了自己的兵器———一杆天戈，天戈漆黑如墨，击向石昊。

"轰！"

天地震动，两人剧烈的一击，瞬间让这里崩碎。

"荒，哪里走！"

就在此时，邬昆、余禹追了上来，再次围攻石昊。

可是，形势有些不一样了，庆坤嘴角溢血，被震成了重伤，身体略微痉挛。

"就是这滴血！"石昊指端浮现出一滴血，那是属于庆坤的血精。

石昊咆哮一声，身体周围符号密布，一共出现了数支神箭，有鲲鹏法力凝聚而成的，有雷霆化成的，有轮回符文构建的……

他将那滴血涂抹在羽箭上，而后爆发。

"誓死射杀你！"

石昊低吼道，催动一身道行，而后祭出这几支箭，箭上都沾着庆坤的气息。

"六道轮回！"

石昊大喝一声。六支羽箭轮转，不再是通过大弓，而是从六个黑洞内飞出，飞向庆坤。

而后，石昊就不管了，转过身对抗那冲来的两人。

"怎么会这样？"庆坤惊悚极了，他逃避不了，护体光幕也没用。

第一支神箭飞来，这一次刺透他的身体后，发生了可怕的事，神箭居然炸开了。

"轰！"

一只鲲鹏在庆坤肩头炸开，让他的一条手臂废掉了。

"噗！"

接着，第二支神箭飞来，射中了庆坤的胸口，只见时光碎片飞舞，随后炸开，让他迅速苍老。

"六道轮回竟能演绎到这一步！"

远处，有人震惊地道。

荒太强了，这么年轻就能驾驭这些宝术到这等境地！

"啊——"

庆坤大吼一声。他在挣扎，他在逃，可是却逃不走。

又一支神箭飞来，化成一株柳树，柳枝如丝绦，将庆坤缠绕住了。

"噗！"

接着，又一箭飞来，射中了庆坤的躯体。

"轰隆！"

虚空中，六个黑洞突然合拢，融为一体，将庆坤淹没，禁锢了他。

"爆！"

石昊大喝一声。黑洞炸开，爆发出无量神力。

"噗！"庆坤殒命！

"好大的胆子！"

另一边，邬昆与余禹又惊又怒，他们眼睁睁地看着一幕发生，却没有办法阻止。

六道轮回天功演绎到这一步，根本不像是这一境界的修士所能做到的。

"该你们了！"石昊冷冷地说道。他催动几种秘法，以散佛八式出击。

三人全都拼命了。

石昊也不是很好过，嘴角溢出了血，因为刚才除掉庆坤时，他消耗太大了，为了尽快斩灭对方，险些抽干法力。

同时，他还要应付邬昆与余禹，故此压力巨大。

还好，他潜力极大，稍微调息，又精气滚滚了。

"轰隆！"

大战连天，生死对决。

从开始到现在，已经出手上千招了。

还好，石昊已经除掉了两名帝族高手。

激战两千多招时，石昊动用散佛八式，突然手掌光芒大盛，肉身一下子强大到极致。

"噗"的一声，余禹的法印被击穿了。

"当！"

同一时间，石昊一拳轰开邬昆的长刀，并且"咚"的一声轰在了邬昆头顶的紫金大钟上。

邬昆身体摇动，倒退而去。

石昊盯上了余禹，再次发起攻击。

邬昆很是吃惊，他虽然被震飞了，但是第一时间又冲了回来，他真的怕石昊再次除掉一名帝族高手。

"轰隆！"

三人激烈交锋，依旧在纠缠。

过了很久，这一战终于落下了帷幕。石昊将《不灭经》施展到极致时，肉身恐怖得吓人，尤其是拳头发出的光彩撕裂了天宇。

"噗！"

最后，石昊一拳击穿了余禹的胸膛。

"啊——"余禹大吼,极其不甘。然而,他还没有来得及反击,石昊的右拳就带着一片场域轰砸下来。

"嗡"的一声,场域将余禹彻底覆盖了。"砰"的一声,石昊一拳轰向余禹,将他的元神彻底斩灭。

"该你了!"

石昊盯着邬昆,施展出数种宝术,守护自身躯体,而双手则浮现出不灭经文,向前攻去。

"当!"

石昊徒手截断邬昆的长刀,将刀体打得爆碎。

"当!"

最可怕的是,石昊一拳击穿了那口紫色的大钟,让守护邬昆的这件防御性法宝当场爆碎。

石昊一拳横空而过,将邬昆打倒了,四大高手中的最后一位也殒命了。

石昊如同盖世魔神一般,当空而立。

第1402章 逼退帝族

WANMEI SHIJIE

石昊此时是慑人的，修长的躯体被符文笼罩着，散发出阵阵圣光。

战场陷入短暂的寂静，这个结果太令人震惊了，四大帝族年轻高手，索孤、庆坤、余禹、邬昆全部阵亡。

这么激烈的冲突，这么可怕的战斗，让所有人都深感震撼。

若是再加上早先的赤蒙泓，那个赤王的后代，石昊一共除掉了五位帝族高手。这等战绩，绝对称得上耀眼。

就这么胜了，结束战斗！

帝关的城楼上，寂静过后，震天的欢呼声响起，许多人大叫起来，兴奋而激动。

一个人除掉了五位帝族高手，这绝对是不败的神话！

这一纪元，帝关一直处在压抑的氛围中，被异域威胁，每次守关都非常被动，付出了极大的代价。

现在，石昊一战之下，接连除掉了几位帝族高手。

异域的人觉得既难受又憋屈，没有想到会是这么一个结果。

前后共有五位帝族英杰出战，居然都被一个人除掉了，连四大高手联袂出击都不敌，最后只能陨灭。

荒怎么会这么可怕？他要开创无敌的传说吗？

"他曾为我界阶下囚，如今却连着击毙帝族英杰……"有人轻声道，声音在发颤，惊怒交加，还有一种担忧。

荒怎么会如此强势，一个人斩灭了五大帝族高手？

石昊落在地上，很是镇定，快速收起几具尸体，其中有魔禽之躯，也有巨兽之体，羽翼染血，鳞角灿灿。

"嗷——"

此时，异域方向传来长号声，许多生灵嘶吼出声，带着强烈的杀气，席卷战场。

那是与帝族有关的修士，一个个都表达着不满，恨不得立刻除掉石昊。

222

这一战让帝族脸上无光，向来无敌的他们，今日遭遇了巨大的挫败。

战场上，异域的至尊眸子开合间电光四射，他们虽然没有动手，但是散发出来的气势很强。

不远处，孟天正手持铁血战旗，战旗凝聚了那个时代的战意与杀气。

此外，在他的头顶上方，还悬浮着十界图，与对面的生灵对峙。

双方若是激战，将会影响深远，孟天正等人若是败了，那么也就意味着帝关将要失守，彻底沦陷。

城楼坍塌，这是千百万年来，帝关最脆弱的时候。

"荒，你是很强，很不错，但不要以为自己就是同代无敌了，还差得远呢！"

就在此时，一个年轻人走了出来，他英姿慑人，手持天戈，身体若蛟龙般修长强健，有着一股舍我其谁、唯我独尊的气概。

此人很自信，通体都被神环笼罩着，如同天帝之子。他满头长发灿灿，眉心如同刻着魔纹，释放出慑人的力量。

这个人正是早先扬言要除掉石昊的青年，他身在遁一境，曾手持天戈，遥指石昊。

此人比邬昆、余禹、赤蒙泓等人要高一个境界，若非六小帝成员出击，他早就与石昊决战了。

遁一境的帝族高手！

毫无疑问，他是异域年轻一代的领军人物。

"我给你时间休息，直到你恢复到巅峰为止！"这个青年喝道。他的战衣晶莹，薄若蝉翼。

此时，这个青年的瞳孔发光，骇人至极。

遁一境的帝族高手绝对可怕，带着大道气息，仿佛天帝之子。

当这个青年的战意外放时，他的身体被一百零八道光环笼罩，瞬间成为天地间最耀眼的存在。

附近的许多年轻人都感觉心中发毛，感受到这个青年强大的气息后，他们竟有一种战栗感，自身的大道仿佛被压制了。

这是怎么了？

"压制万道，万法不侵。"有人轻叹，道出了原因。

"他是无殃的后代。"帝关这边，一位名宿这般说道。

无殃不久前曾以天戈横击天渊，要送一位不朽的生灵过来，那是一个无法想象的古老存在。

该族的天赋最是可怕，法则免疫，万法不侵。

"皓丰！"

无殇的后人被人认了出来，他名为皓丰。

石昊转过身，冷冷地看向皓丰，道："你觉得遁一境可以压制我吗？"

石昊并未止步，竟向前走去，浑身弥漫着惊人的战意，要再次开启战斗。这一次，他要对付更强的敌人。

皓丰修道的岁月绝对比石昊长，他比邬昆、余禹等人年岁大，是一个遁一境的大修士，实力强大。

"要战便战，一样可以斩你！"石昊说道。

听到这样的话，很多人都惊呆了。

异域的生灵很愤懑，觉得荒未免太张狂了，他当帝族是什么？难道他以为自己可以跟帝族展开跨等级大战吗？

这不可能！

在众人看来，帝族可压制世间的各大族群，不可能有人可以跟他们展开跨等级大战。

"咔嚓！"

一道又一道闪电浮现在天穹上，在石昊周围闪耀，那是天劫的力量。

电闪雷鸣，声势骇人。

雷霆带着混沌之气和刺目的光芒，浮现在天空中，欲向石昊倾泻而下。

"他要渡劫，进入更高层次的境界！"有人大喊道。

荒在战场中就敢这么做，实在胆大，让人敬畏！

其实，石昊随时可以突破到遁一境，只是他一直在锤炼自身，没有急于突破，因为他最近的修行速度太快了。

以他这个年岁来看，成为斩我境圆满期高手就已经很厉害了，最起码这一纪元的九天没有人能做到这一点。

石昊想熬炼一段时间，再去突破到遁一境，避免道基不稳固。

现在，皓丰邀战，石昊想就此突破，踏入遁一境。虽然他还可以在斩我境继续磨砺己身，但火候也差不多了，接下来可以用天劫淬炼道体。

以往，他都是修行到圆满境，而后自然超脱出原有境界，那样突破让他觉得底子厚实，道基永固。

今日，他不想血战，哪怕能进行跨等级大战，力拼皓丰，也肯定要付出代价，毕竟对方早已晋升遁一境很多年了，而且，对方多半不是在遁一境的初期阶段。

石昊觉得有必要马上突破，以遁一境的道行除掉此人。

"皓丰，退后！他要渡天劫，若是将你卷进去便不好了。"有至尊开口，不让皓丰出战，命令他回去。

其实，异域的修士有些担忧，怕石昊进入遁一境后，会击败皓丰。

那种结果是他们不能接受的。

异域的年轻一代败得已经够惨了，若是石昊才一晋阶，便又将皓丰击败，那就真的让帝族蒙羞、无话可说了。

绝对不能让这种事发生！

皓丰不服，想要出战，然而至尊中也有两位帝族高手，他们沉下脸，命令皓丰退后。

"你退后，决定帝关命运的是我们。哪怕除掉年轻一代，尔等若是无法破开古城墙，也无用。"

"斩尽帝关至尊，一切都将迎刃而解。"两位帝族至尊先后开口道。

皓丰退走了，一言不发。

"哈哈——"石昊大笑不止。"轰隆"一声，他头上的雷霆瞬间全部消失，他生生终止了这场天劫。

所有人都倒吸了一口凉气，天劫马上就要降落了，荒竟然还能半途脱离出来？

"不愧是修有雷帝法，并得到过雷池的人，就是这么非凡啊！"帝关有人轻叹道。

石昊没有出手，却逼退了帝族生灵。

"谁与我一战？"此时，异域的一位至尊走了出来。

所有人都知道，真正的大决战来了，就看帝关这边的生灵能否挡住了。

孟天正走了出来，道："打来打去，让人厌倦，不如在棋盘上论生死，一局定胜负，如何？"

"可以！"帝族至尊答应了这个提议。

第1403章 至尊对决
WANMEI SHIJIE

帝族至尊竟答应得这么痛快，让人很是惊讶。

但孟天正却皱起了眉头，因为只有一位帝族至尊点头，另一位帝族至尊很冷漠，没有说话。

"我界高手如云，凭什么陪你一局决生死？"第二位帝族至尊果断拒绝了。

"那就一一对决。谁能从我这里跨过去，我自然不会阻拦，也无力阻拦。"孟天正平静地说道。

"我给你帝关一个机会，你们两人对弈时，两界至尊一一切磋。为确保公平，我们不会倚仗人多围攻你们。"第二位帝族至尊说道。

异域高手太多，帝关所能仰仗的是仙器。

孟天正看向后方的几人，轻轻一叹，他们这边人数太少，根本没有优势。

"可持仙器吗？"他问道。

"为确保公平，不动用仙器。不过，两人若是都持有仙器，而且都愿意使用仙器，那也无妨。"第二位至尊说道。

后方，金太君的脸色不是很好看，轮到至尊交锋了，帝关这边人数少，她肯定要上场。

王长生点头，表示同意，帝关中的其他至尊也都点头。

最后，就这么定了下来。

孟天正与帝族的至尊相对而坐，隔着很远。

所谓坐下来对弈，是在大道棋盘上执黑白生死棋，争胜负，论生死。

简单来说，这是一场大道对决，不过不是持兵器对战，而是演绎法则，以道行进行较量。

这看着像是文斗，其实更危险。

孟天正盘坐下来，刹那间，黑白线条在他的周围延展，形成纹路，如同大道棋盘一般。

那是阴阳二气，在天地间，这是最本源之气；可以描绘大道，更能演化生死。

天地间，阴阳流转，生死纠缠，展现出天地本源之力。

黑白相间，大道棋盘气势磅礴，在此沉浮。

另一边，那位帝族至尊周围也浮现出黑白二气，阴阳流转，展现大道规则之力。

"轰隆"一声，两人间的大道之力对碰，形成宏大而完整的棋盘。其实那是规则，是法力，是道的体现，只不过会给人以错觉，让人觉得仿佛真的在下棋。

"天地未开前，便有无量劫……"帝族至尊在诵经，通体被大道光华笼罩。

"轰隆"一声，他一弹指，一颗棋子瞬间飞出。那是一种法，一种神通，在虚空中释放，而后化作一朵花，摇曳生姿。

"劫花绽放，量劫开启。"帝族至尊轻语道。

"化世间八万法，渡无量劫。"孟天正平静地说道，演化出一颗棋子。棋子翻转间，镇压向前，大道符文随之浮现。

那朵劫花很神奇，看着柔弱，但是四周却法则成片，霞光闪烁，构建出一片红尘大界。

"砰！"

孟天正祭出的棋子发光，直接龟裂，一只神猿从中走出，进入那红尘大界中，亲历渡劫。

两大至尊像是在开天辟地，演绎众生命运，构建出大道法域，有生灵在当中浮现。

帝族至尊抬手，演绎第二种法，一片古朴的符文流转，这一次化成了一颗棋子，向着大长老孟天正飞来。

"轰隆！"

这颗棋子还在半空中时，就化成了一面大印，那是帝族规则交织而成的，是一族至高传承要义的体现。

大长老抬手，一道光华浮现，化成符文，跟对方的大印撞在一起。

"轰！"

它们化成黑白棋子，靠在一起，不断翻滚。

大长老动用的是《不灭经》的符文，构建了第二颗棋子，与帝族的无上传承奥义对决。

"诸位，可曾想好，谁先下场？"异域的其他至尊问道，看向王长生、金太君等人。

这是要开战了，最后的大对决开始了！

"谁与我一战？"异域的一位至尊散发着大道气息，立身场中。

"谁先下场？"金太君问帝关有资格出手的几人。

"这个生灵第一个下场，肯定不是最强的。金道友，你下场去迎战吧。"王长生开口道。

他说得很委婉，但是意思已经够直接，第一个下场的人实力应该偏弱。

"好，我去！"

金太君咬了咬牙，出场了，因为躲避不了，帝关这边人数少，每一位至尊必定都要下场。

"嘿，道友，看你心不宁，神不静，可能要陨灭在此啊！"异域的至尊故意这般说道。

"咚！"

金太君一杵拐杖，斥道："少废话！"

"轰隆！"

一场大战开启了，金太君催动秘法，施展宝术，跟异域这位至尊激战。

不得不说，能成为至尊的人，都有绝世之资，实力强大得难以想象。

虽然异域人人勇武，总体来说战力胜过九天，但是能走到这一步的生灵，没有弱者。

金太君很强，跟异域的至尊激烈地厮杀。

事实上，到了这个层次的修士，都是人中龙凤。

在虚道境、斩我境时，异域同等级生灵中的佼佼者似乎可以压制九天这边的年轻修士，可是到了至尊这种人道最高层次，异域就不见得占据绝对优势了。

偌大的九天十地，如今就剩下几位至尊了。

这是大道的选择。

异域这个级别的生灵或许多一些，但是不见得更强。

道的选择，代表了一种果位。由于都已经是人道领域的至强者了，因此强弱之分不可能再那么明显。

"轰隆！"

大道轰鸣，雷音震耳，巨大的法相震动天地，他们两人抬手就可以摘下日月，激烈争锋。

到头来，金太君终究还是不敌对方。

"噗！"

她被对方一掌击中后心，整个人横飞出去，撞进域外，一口血喷出，一片巨大的星体随之暗淡了下去。

关键时刻，大道轰鸣。

黑白生死棋盘上，孟天正一叹，手指轻轻一点，一道刺目的神光阻挡住对手的棋子。

同时，大道棋盘变大，遮盖天地，将域外笼罩。这是孟天正有意为之，为的是庇护金太君，让她逃生。

"道友，你托大了，还敢分心。"帝族的那位至尊冷冷地说道。

"轰！"

生死棋盘上，一颗又一颗棋子浮现，向孟天正镇压。

"噗！"

最后，金太君逃出棋盘，脱离了险境。

"这一局，我们认输。"王长生出面，挡住追击者，护住了金太君。

再慢一步的话，没有孟天正的棋盘，没有王长生的阻拦，金太君肯定被那人除掉了。

"道友，你修道的火候略有欠缺。"异域的那位至尊倒也不恼，微笑着，就这么退走了。

他知道，若无意外，九天十地的至尊都要被斩灭干净，不急于一时。

"谁与我一战？"王长生走了出来，一步一步向前。他看起来很年轻，就像是一个十六七岁的少年，十分清秀。

"我来！"一个女子走了出来，一双眸子深邃如星空。

"哧！"

两人冲天而上，站在域外决战。

地面上，异域的修士躁动不安，尤其是年轻一代，都有些坐不住了，虎视眈眈地盯着对面。

"我们也切磋一番如何？"有异域的年轻生灵向前走来。当然，他们避过了石昊，如果石昊出手，那么肯定要由无殇的后代皓丰负责迎击。

"好啊，正有此意。"石毅平和地说道。事实上他早就想一战了。

"呵呵，哈哈……"对面，有人大笑道，"我很佩服你们，居然真的敢应战，你们凭什么？以为都是荒吗？"

"轰隆！"

刹那间，就有一些生灵冲来。他们争先恐后，双目光芒闪烁，像是看到了肥美的猎物一样，担心落后于同伴。

一些人迫不及待，向前出手。当然，他们也不是鲁莽之辈，都避开了石昊。

同时，他们也躲开了十冠王，因为曾见到他手持宝树，直接扫飞帝族高手索孤的古塔。

一些人扑向石毅和谪仙，因为他们就站在最前面。

"嘿嘿，送你往生，不知死活的东西！"一位王族强者大笑道，面目狰狞，扑向石毅。

"重瞳开天地，自古人间不见败绩。"石毅轻语道，声音不是多么铿锵有力，甚至有些低沉，缺少万丈豪情。

因为，他有些遗憾，当年没有施展出最强瞳术，便因身上不属于自己的至尊骨而意外败给了堂弟。

"轰隆"一声，随着他轻语，他的眸子变了，成为重瞳，跟平日的样子完全不一样。

"嗡"的一声，刺目的光芒迸发，惊人至极，恐怖的气息弥散而出。

"锵！"

石毅的瞳孔中射出两柄剑，带着混沌之气，而后它们交叉在一起，化成玄光，向前斩去。

"噗噗噗噗！"

随着几声轻响，对面冲过来的几人全部被交叉的两柄剑斩灭了。

重瞳开天地，居然射出两柄剑，震惊了每一个人。

第1404章 荒他哥

重瞳开天地，一击之下，斩灭异域的数名王族强者，场面相当震撼。

石毅站在场中，黑发飘扬，瞳孔慑人，眼内像是有同心圆，那里是重瞳，叠加在一起，发出可怕的光束。

在过去，异域没有人知道石毅，根本不了解这个人，但是，今日过后许多人都要记住他了。

那两柄剑缩小，变成神光，回到了瞳孔内，混沌之气跟着没入，让石毅的双眼越发深邃。

众人很是震撼，那可是一双瞳孔啊，居然孕育着两柄那么锋利的剑，连王族强者都不可抵抗。

那是两柄杀神之剑，让人忌惮。

"你是谁？"远处，有人大喝道，第一次郑重地审视石毅。

直到此时，石毅造成这种轰动性的后果，睁眼间，眸光便斩灭了数位王族中的佼佼者，才引起了对方的关注。

"石毅。"石毅很平静，直接道出了自己的名字。

虽然一口气斩灭了数名高手，但是他一点儿都不激动，而是很平静，并不觉得这是什么辉煌的战绩。

在他的信念中，重瞳不败。

在这一脉的传承中，瞳术无敌，根本就不应该有对手才对，这种信念已经根植于他的灵魂中了。

"石毅？从未听说过！"

异域有人自语道。这个名字很陌生，没有任何分量，对他们来说只是个符号，可是他为何这么强？

"无名之辈，倒也有些斤两。"异域的年轻一代中有人说道。

他们是骄傲的，也是自负的，有些王族强者哪怕知道石毅很厉害，但还是故意贬低他。

帝关的城楼上，许多人兴奋又激动。石毅，那个重瞳者，竟然这么强，两柄剑从眼中迸射而出，居然斩灭了异域多名王族强者。

这是何等惊人的战绩！

现在，他们听到异域的人贬斥石毅，自然心生不满，出言维护。

"没有听说过重瞳者，只能说明你们孤陋寡闻！"

异域的一些人听到这话当即就笑了，哪怕知道石毅超凡入圣，是一个可怕的年轻强者，也还是忍不住出言打击。

"什么重瞳者，从来没有听说过，真以为胜了一场，就能纵横天下吗？别以为又是一个荒！"

异域的人哈哈大笑起来。

总的来说，他们忌惮石昊，同时也想打击对手的士气，而他们挤对石毅，是因为的确不知道他的身份。

"重瞳又如何？我界帝族出手，必然斩灭你！"

"不是每一个人都是荒，并且，荒他也活不长了！"

异域的修士冷笑道，带着傲意，还有一丝冷酷无情。

曹雨生此时忍不住了，出言斥道："既然你们没有听过重瞳者，那就让我来告诉你们，他的确不是荒，但他是——荒他哥！"

听到这话，异域的一些修士顿时张口结舌，非常震惊，不知道说什么好了。

一些人原本还想奚落、嘲笑一番，然而，他们短暂地发怔后，便快速闭嘴了。

荒……他哥？

这是真的吗？一母所生，亲兄弟二人？

异域这边，一群年轻的生灵有点儿发晕，这关系太不一般了。

现在，没有人再讽刺石毅，也不再说石毅是无名之辈了。

对方真要是荒他哥的话，他们认为，他的确有资格被重视。

这段时间以来，荒给他们带来的冲击力太强烈了，刚才更是除掉了六小帝中的五大高手。

这是何其可怕的事！荒的战绩无比辉煌，足以流传百世，震动这一纪元。

现在，荒他哥又蹦出来了，是否又一个怪胎出现了？异域的一群人心里有点儿没底。

而帝族的人也是神情凝重，他们这一界非常看重血脉之力，相信一族的天赋传承，连荒都那么恐怖了，他哥会有多么吓人？

而且，仔细回想，刚才荒他哥的确很可怕，只是瞪眼而已，就从眸子中射出来两柄绝世神剑。

一刹那，他便一口气斩灭了数名强大的王族强者，干净利落。

这一瞬间，重瞳者石毅被他们深深地记在了心中，再无一人敢小觑他，一个个都露出凝重之色，盯着他看。

荒他哥！

异域的人再也不敢取笑石毅，直接给他贴上了这么一个标签，视他为极度危险的人物。

而此时此刻，他们的表情自然——被石毅、大须陀、曹雨生、清漪等人看在眼中。

一群人都无言，荒他哥，这么拗口的称呼，这么一句戏言，居然成了惊人的标签，让异域的年轻一代严阵以待。

帝关的一群人都不知道说什么好了，他们想笑，可是又笑不出。

始作俑者曹雨生也一阵无言，他只是随口一说而已，没想到就让异域的王族甚至帝族都重视了起来。

"荒的兄长，倒是失敬了，我愿意与你一战。你应战吗？"

异域的一个人站了出来，那是一个帝族子弟，与索孤同族，名为索明，他们都是俞陀的后代。

石昊打败了索明的兄长索孤，他考虑一番之后，觉得自己不是对方的对手，上去多半同样要殒命。故此，现在得悉对方也有一个兄长，索明想在这里跟石毅决战，他要竭尽所能除掉石毅。

有帝族高手发起挑战，要跟石毅决战，气氛一下子变得紧张起来，连曹雨生、太阴玉兔这些乐天派都神情凝重，不再乱说话了。

"可以，过来一战吧！"有人开口道。

然而，说话的不是石毅，而是谪仙，这让不少人很是惊诧。

这不是在挑战石毅吗？谪仙怎么站了出来？就是帝关这边的人都有些不解。

"你是谁？我要挑战的是荒他哥！"索孤的族弟索明冷冷地问道。

"自然是荒他哥！"谪仙答道。

异域的一群人顿时傻眼了，又一个荒他哥？他也是？荒到底有几个兄弟？

帝关这一边的修士的神色都有些古怪，而后他们醒悟了过来，谪仙这是在故意调侃对方。

谁都知道谪仙来历神秘，平日飘逸若仙，是年轻一代中看起来最有仙道气韵的人。平日，他是温和的，也是出尘的，谁都没有想到他居然也有这样幽默的一面。

事实上，知道谪仙底细的人都知道他看起来温和，其实手段十分可怕，是一个极其危险的人物。当年在三千道州天才争霸时，他的战绩可怕得吓人，比石昊、十冠王都要厉害。

"到底谁是荒他哥？过来一战！"索明喝道。他觉得自己被戏弄了。

"好，我与你一战！"

还没有等石毅、谪仙出击，十冠王动了。他龙行虎步，若一位帝君出行，每迈出一步，都有大道符文在其脚下浮现，看起来神威慑人，气吞山河。

"你又是谁？"

异域的一群人有些恼了，尤其是索明。

"荒他哥！"十冠王说道。

一群人都无语了，又跳出一个荒他哥来，这明显是在嘲弄人啊！

"找死！"

异域的一群年轻强者全都大怒。

帝关这一边，许多人忍不住哈哈大笑，谁都没有想到，威严的十冠王也会有这样一面。

石昊哭笑不得，虽说那几人比他年长，但至于一个个都以荒他哥的身份登场吗？这明显也是在调戏他啊！

"管你是荒他哥，还是荒他弟，可敢与我一战？！"索明怒吼道。

异域的年轻一代中，很多人同样大怒，觉得被调戏了，那几人摆明了没将他们放在眼中。

"我与你一战！"

"我来！"

"我应战！"

十冠王、谪仙、石毅几乎同时出手，爆发出无量符文。

最可怕的是十冠王这一击，他抡动世界树幼苗，释放出海量的大道符号将索明震得倒飞出去。

后方，众人看得神驰目眩，一腔热血上涌。

一些人向前冲了过去，包括大须陀、蓝仙、戚顾道人、奕蚁、齐宏、拓古驭龙等。

"还有我，荒他哥的哥也来了！"小蚂蚁和曹雨生起哄道，带动着一群人跟着叫嚷，向前冲击。

"还有我们，荒他姐也到了！"太阴玉兔、卫家四凰等人也跟着起哄，声音清脆。

异域年轻一代的修士一个个都脸色铁青，他们知道自己被调戏了，大吼道："冲啊！"

石昊冷哼一声，也向前冲去，大混战爆发。

第1405章 大战
WANMEI SHIJIE

石昊的目标是皓丰，皓丰是遁一境的帝族高手，万法不侵，道则免疫。

两人没有立刻交手，而是盯着对方。

"你给我纳命来！"另一边，索明恼羞成怒。身为帝族，被人调侃也就罢了，还被那宝树扫得跌了一个跟头，令他很是难堪。

但是，迎接他的又是一击。十冠王有世界树幼苗在手，所向披靡。

"噗！"

周围，有王族强者直接被世界树幼苗扫得筋断骨折，而且索明又挨了一击，踉跄倒退。

"唏！"

就在此时，谪仙出手了，他手中持着一根犄角，古朴中带着可怕的煞气。

"轰隆"一声，谪仙手持犄角，衣袂飘舞间，撕裂乾坤，威慑附近的异域修士。

这根犄角仿佛重逾万钧，划过长空时，压得一些人大口吐血。

帝族高手都抵挡不住这根犄角，在它扫过时，只能躲避。就连索明都对它有所忌惮，因为太危险了。

远处，小蚂蚁大叫着，神色中有激动，也有黯然，那是天角蚁一族的犄角。

谪仙昔日在仙古遗地中，曾得到过天角蚁一脉的传承，也得到了这根犄角。

谪仙、十冠王虽然一个飘逸出尘，一个如同帝君，但是真的动起手来，都是杀伐果断，凌厉无比。

"轰！"

十冠王出击，一拳轰中了一个敌人。随后，他挥动世界树幼苗，再次将索明抽得一个踉跄，嘴角溢血。

谪仙长啸一声，背后凰翅浮现，翱翔于天穹，也在出手。那根犄角一挥，立即天崩地裂，逼得对手变了脸色。

此次不是独自对战，而是发生了混战，十冠王与谪仙毫不留情，动用手中的宝器，横扫四方。

显然，在这种情况下，不适合与帝族高手展开一对一的大决战，所有人都在想办法，在最短的时间内除掉对手。

"锵！"

此时，石毅身边并无帝族高手，他的瞳孔射出慑人的霞光，伴着混沌之气，大道符文笼罩虚空。

那两柄剑再次出现，猛烈地斩向异域的敌人，景象十分可怕。

石毅发狂了，眸子开合间，射出一道又一道光束，剑光烁烁，惊天动地。

"你们找死吗？！"皓丰喝道。他出手了，虽然早先有至尊命令他不得妄动，但是现在他忍不住了，他要除掉荒，而后斩灭帝关的所有年轻高手。

"轰！"

刹那间，恐怖的气息弥散开来，那是肉身之力的大碰撞。

很快，在石昊周围，雷霆出现了。他要渡劫，要在洗礼与蜕变中迈入遁一境，而后快速除掉对手。

这个对手很可怕，是遁一境的大修士，又是帝族高手。

"轰隆！"

石昊分心，一拳轰出，打向其他方向，将一些异域年轻人震得当场殒命。在他的全力以赴之下，连邬昆、余禹等人都被斩灭了，更不要说其他人了。

石昊这么做，是为了保护大须陀、卫家四凰、戚顾道人等人。

虽然帝关这边的人热血沸腾，斗志昂扬，但是整体实力不如异域，石昊一直在观察对战的形势，怕有人殒命在此。

所以，关键时刻，他直接横扫群敌。

石昊跟安澜一战，得到了那滴血的短暂战力，虽然后来又失去了，但还是收获巨大，战斗意识变得十分惊人。

"退后！"

石昊喝道，呼唤曹雨生、小蚂蚁、长弓衍等人。实力不如人就是不如人，现在拼命的话只会徒增伤亡。

他不想看着九天这边的年轻人一个一个地丧命。

石昊自己则在猛冲，天地剧震，大道之音隆隆作响，电闪雷鸣，那是天劫。

皓丰长啸，跟石昊交手，哪怕被雷光覆盖也无惧，他要趁此机会除掉石昊，不让他进入遁一境。

石昊如同人形真龙，拳力惊人，轰得周围的异域修士惨叫不断。

石昊要突破，还要盯着战场，守护自己这边的人，只见他满头黑发乱舞，眼睛都红了。

此时，谪仙、十冠王无疑也是可怕的，他们也在保护身边的人。

石毅目光所向，一些异域的强者大口吐血，全被他斩灭了，他神威凛凛，震慑力十足。

"噗！"

大须陀的手臂被人击中了，他踉跄后退了几步。这是九天年轻一代的高手，可还是遭到了重创。

"铮！"

一杆战矛飞来，刺中了戚顾道人，差点儿将他钉在地上。

"噗！"

小蚂蚁遭受重创，因为它太醒目了，异域的人都认出了它的身份，一些王族强者想趁机斩灭它。

形势危急！

"退后！"

石昊大吼一声，全力催动天劫，不断出拳，攻击异域的高手，给帝关这边的修士打出一条生路。

"荒，今日留不得你！"皓丰吼道。此时，他眼中没有了其他，连自己那一界的修士都不再救援，只想除掉石昊。

"走！"

帝关这边的年轻人有些陨灭了，但是在这次的大冲击中，异域那边的人也殒命了不少，主要是因为领头的十冠王、谪仙很猛，手持秘宝，连帝族高手都敢追击。

而且，石昊也在发狂，他一边渡劫，一边出手，满头黑发乱舞，目光冷厉。

不过，他的处境也很不妙，他为了照顾帝关这边的人，在被皓丰追击的过程中，身上中了掌印，嘴角溢血。

"后退！"

曹雨生大吼道。他觉得不能让石昊分心。

"轰！"

石昊引来更强的天劫，洗礼肉身，正式迈入遁一境，而后迎击皓丰。

皓丰果然是一个可怕的人物，让人忌惮，他施展天赋神通之后，此地变得不同了，一切法则皆成空。

还好石昊肉身强大，且精通法力免疫这等手段，虽然法力免疫的持续时间没有对方那么长，但是也足够了。

石昊满身都是雷电，盯着追击过来的皓丰，要跟他决战。

"啊——"

远处，索明怒吼起来，带着痛苦，还有不甘。

索明要陨灭了！

在十冠王以宝术将他抽飞的刹那，谪仙手中的那根犄角将他的躯体击中了。

不得不说，谪仙的确出手狠辣，冷酷无情，他敏锐地捕捉到战机，直接发出了这致命一击。

最关键的是，最后的刹那间，石毅正好俯冲而至，重瞳张开，给虚弱的索明补了一击。

从石毅瞳孔中射出来的两柄剑，交叉着，带着混沌之气，如同龙蛟剪一般，"咔嚓"一声将索明击中，让他坠落在地。

"轰！"

十冠王将拳头与宝树同时抡动而下，霸气盖世，击中索明，让他当场殒命。

异域的生灵眼睛当即就红了，疯狂反扑。

帝关这边的一些年轻人当即丢了性命。

第1406章 惨烈

WANMEI SHIJIE

大漠上，场面非常惨烈，法器冲霄，不时有兵器折断。

"快走！"

帝关这边有人喝道。这场战斗没有办法继续了，总体来说，就实力而言，他们真的差了异域一大截。

"拿宝树的，纳命来！"

"轰隆"一声，天崩地裂，遁一境巅峰的大修士攻来，誓要除掉十冠王。

这是一名即将要迈入至尊领域的强者，他驾驭法器，煞气滚滚，盯着十冠王、谪仙以及石毅，头发竖起，眼睛猩红。

到了这一步，别说是他们，就是至尊都想出手了，这边的战斗如此惨烈，让他们忍不住了。

"轰隆！"

十冠王和谪仙站在一起，一同催动神力，挥动手中的兵器，轰向天空。

一瞬间，虚空爆碎，天穹轰鸣，大道规则降落。

那是世界树幼苗在发威，它虽然才一尺高，处于生根发芽阶段，但依旧有极大的威能，可以牵引大道来压制敌人。

"哧！"

同一时间，一道耀眼的光冲起，谪仙手中的犄角撕开了苍宇，仿若一道最可怕的闪电横空而击。

那是天角蚁之角，代表了力之极限，拥有恐怖的符文，压制万物，一力破万法。

那是真仙脱落的角，自然拥有不可想象的力量。

天空中，那名俯冲而来的遁一境巅峰强者惊怒交加，不得不倒退了好几步。

强大如他，也不敢随意面对世界树幼苗与那根犄角。

索明之所以会战死，就是因为被世界树幼苗扫中，又被那根犄角击倒了。

"啊——"

远处，拓古驭龙惨叫一声，被远处飞来的一杆银色战矛击中，飞出去数百里

240

远，"噗"的一声倒在了地上，险些就此形神俱灭。

"驭龙！"

一个女子惊呼出声，向那边冲去。正是卫家四凰中的一人。

这时，一支青色的神箭从远方射来，带着漫天的符文，发出大道轰鸣声。

卫家四凰中的另外三人全都大喊，焦急无比，想要伸出援手，可是离得太远。

这一箭太过恐怖，射出了一条黑色的通道。

卫家四凰中的这名女子周围虽然形成赤炎，化作火凰，守护己身，但还是晚了，防御不住。

"噗"的一声，这一箭射穿她的甲胄，击碎她的护体符文，让她当场殒命。

"啊——"

拓古驭龙发出野兽般的嚎叫声，挣扎着从地上爬起来，目眦欲裂。

那名女子是他的未婚妻，他们的这门婚事最近才订下，大战马上就要结束了，本已看到了曙光，结果却发生了这样的事。

拓古驭龙疯狂不已，向前攻去。

卫家四凰中的另外三人，一个个都红了眼，也一齐向前冲。

"回去！"

石毅的重瞳发光，形成场域，试图拦阻她们。现在这个阶段，帝关的人处于下风，再战下去的话都要殒命。

"啊，妹妹——"卫家四凰中的三个女子大叫着，泪流不止。她们知道石毅是好意，想要救她们。

"退！"

此时，十冠王、谪仙也都在低喝。他们殿后，也开始后退。

"拿宝树的，还有拿犄角的，你们给我留下！"赶来的遁一境巅峰的大修士不止一人，疯狂围剿十冠王和谪仙。

"帝关的人，我给你们机会，有种就放下宝树与犄角，我们单独对决一场！"有人吼道。

异域的这些人很不服，认为十冠王之所以打败了索明，是因为手握至宝，不然的话不是其对手。

"人这么多，我一个一个地对付，对付得过来吗？"十冠王喝道。"轰隆"一声，他再次挥动世界树幼苗，向前扫去。

"你给我受死吧！"

就在此时，一声大吼传来。远处恐怖的气息弥漫，一位大修士手持三叉戟，带着压盖大漠的波动而来。

至尊法器？帝关这边的人心中大惊。

那柄三叉戟绝对恐怖，即便不是真正的至尊法器，但也差不多了，因为它将天空中的日月星辰都撼动了。

要知道，这一切都是它散发的气息所致。

"轰隆！"

十冠王、谪仙一起动手，催动世界树幼苗还有那根犄角，迎向高空，轰向那件法器。

天地间，顿时出现道道惊雷，至尊气息弥漫。

那是法器压落所致，天地崩开。

同一时间，羽箭破空，再次传来可怕的声响，穿透光幕，到了近前。

"噗"的一声，圣院的奕蚁中箭了，死于非命。

"唰！"

弓弦再次震动，令虚空颤抖，又一箭射来。

"啊——"

蓝仙惨叫，这个明丽动人，修有三道仙气的倾国女子也中箭了。

一枚种子浮现，快速旋转，裹着蓝仙的元神疾速后退。

那是无瑕古种！

这枚种子保住了她一条命。

远方，那个弓箭手的威胁太大了，接连射杀了帝关这边的天才。

所有人都迅速后退。

这一战很惨烈，异域有不少高手丧命，其中包括帝族高手，而九天这边也有一些重要的英杰陨灭。

"唰！"

远方，有人影追击而来，与帝关这边的人再次交手。

异域的一些年轻强者太凶猛了，强大得骇人。

石毅掉头，原本他拦住了卫家剩下的三个女子，结果还是有人殒命在这里。

异域的一群人如同洪水猛兽一般，散发着恐怖的煞气。

"轰隆！"

天空中，沉闷的声响爆发了，可怕至极。

十冠王和谪仙联手破开了遁一境的强者所祭出的法器，并将之震裂。

"噗！"

这两人见到自己这边的人不断殒命，也已经红了眼，两件至宝交织，发出神圣的光芒，顿时让那名遁一境巅峰的修士殒命。

"快走！"

他们大喝一声，一边阻击后方的人，一边倒退。

"轰隆！"

远处，真正的至尊气息弥漫，有真正的至尊赐下秘宝，让后人持着兵器，冲入战场中。

此外，还有至尊冷冷地看了过来。

"轰隆隆！"

另一个方向，天劫如海，垂落而下，很快便将石昊淹没了，他要渡劫，还要攻击皓丰。

两人在激烈地拼斗。

不得不说，这场天劫给石昊造成了困扰。因为，天劫太猛烈，源源不绝，像是一片汪洋倾泻下来，将他淹没了。

皓丰在远处攻击，不愿涉足其中。

石昊带着天劫，向着异域修士冲去，而每一次皓丰也会因此而追击向帝关退走的人。

这是一种威胁，只要石昊敢对付异域的生灵，他就会以同样的手段追击那群天才。

"给我挡住他！"石昊低吼道，向十冠王还有谪仙等人传音。那两人有至宝，肯定没什么问题。

"轰隆！"

十冠王、谪仙倒也果断，径直冲向了皓丰。

石昊带着天劫，带着雷光，向异域那些年轻的修士俯冲。

第1407章 生死存亡
WANMEI SHIJIE

"纳命来！"

空中传来吼声，有人驾驭至尊法器到了。

"当！"

石昊毫无惧意，抬手间拔出大罗剑胎，狠狠地劈了出去，将那件法器震开。

"看招！"

石昊大喝着，带着雷光向前攻去。

异域有一些修士当场殒命。

这时，石昊盯住了一名弓箭手，催动全身法力，展开绝世一击。

"嗦！"

那名弓箭手向石昊开弓，羽箭撕裂高天。

"砰！"

石昊一拳轰出，击在这支璀璨无比的羽箭上，将之震开。

石昊心中一惊，这是一名强大的修士，不是一般的王族，肯定有帝族血脉，或许不纯，但是也很恐怖。并且，此人在遁一境。

"哪里走！"高空中，有人断喝道。还是那个手持至尊法器而来的年轻人，他依旧要纠缠石昊。

"找死！"

石昊怒道。他想去除掉那名弓箭手，而现在却有人阻拦他。

"至尊显神威！"那个年轻人冷冷地说道，催动至尊法器。

"轰隆！"

石昊头发竖起，带着雷电，冲霄而来。

"退，不要让至尊法器因此而坠入天劫中！"

后方，有至尊开口，指点他的后代。

若是至尊自身，自然无惧，毕竟实力摆在那里。可是，他的后人带着那么强大的法宝，若是深陷天劫之中，可能会引发不好的变化，比如跟着渡劫等。

果然，可怕的事情发生了。

至尊法器遇天劫而发光，发出轰鸣声，差点儿引来了至尊级的天劫。

"嗖！"

霞光一闪，远处的至尊将法器收了回去。

"道友，你过界了，这是要干预年轻一辈的战斗吗？"

大道棋盘中，孟天正开口道。他周围的仙器全都发光，比如仙古战旗、十界图等，准备发起攻击。

那位至尊心中一凛，没有再动，他的那个后人面色苍白，疾速向后退。

可是，他快不过石昊，还是被追上了，石昊带着雷霆压落，哪怕是遁一境的修士，也挡不住他这样的一击。

"啊！"

这个年轻人惨叫一声，浑身变得焦黑，随后殒命了。

石昊没有停留，一冲而过，向着前方攻去，阻击那名弓箭手以及其他敌人。

这绝对是一场碾压，让异域的年轻修士见证了石昊的威力，他们都非常狼狈，一个个不得不快速逃命。

首先是那天劫极其可怕，其次是石昊晋升为遁一境的修士了，现在勇猛得吓人，这一代无人可挡。

"哧哧哧！"

神箭如虹，破空声不绝于耳，天地崩裂，可怕至极。

"轰！"

石昊到了，这里是大漠，没有太多的地方可躲，那个遁一境的弓箭手被追上了。

在这个过程中，他不断开弓，神箭如虹，射向石昊，每一箭都散发出炫目的光彩，那是大道规则的释放。

每一箭都十分有力，一般的人根本挡不住。

卫家四凰中的少女之一、奕蚁等人都是因此而殒命的。

强大如石昊，每一次阻挡，手臂都有些微麻，可见对方多么非凡。

毕竟这是帝族后代，虽然血脉不纯，是旁系，但是依旧不简单。

"轰！"

电光霍霍，有些雷霆已经覆盖了前方。

很可惜，这名弓箭手被石昊追上，弓箭无法发威了。

弓箭手冲了过来，与石昊拼命，只是，对他来说这注定是一场悲剧，因为石昊晋升遁一境了。

在对决中，"噗"的一声，石昊一拳击中了他的躯体。

一位强者被石昊斩灭了！

"十大神箭手之一竟然殒命了！"异域，一群人心中震动，怒火中烧。

但是，遁一境的修士，谁能挡他？

石昊带着天劫，带着雷霆，重新冲向皓丰，要除掉此人。

当然，在这个过程中，石昊自己也非常不好受，这可是天劫，把他劈得很惨。

石昊这么生猛，着实震惊了一群人。追击者止步，纷纷逃避。

石昊截断了皓丰的去路，要跟他一战。

"够了！"

远方，有人喝道。那是至尊，其音如雷，震动高天。

至尊气息弥漫，压制天地间的大道，令众人神魂战栗。

"这一战注定要在至尊之间解决，尔等都退下。"异域的至尊这般说道。

虽然皓丰很强，且还没有跟石昊分出胜负，但是他们有顾虑，怕他战死在这里。

"退后吧。"

孟天正也开口了。他一边在大道棋盘中争锋，一边也在关注着外面的争斗。

帝关这边的年轻修士都退走了，这一次虽然除掉了一个索明，以及个别旁系帝族等，战绩惊人，但是他们也付出了不小的代价。

"至尊之战，容不得尔等撒野，肃静！"

就在此时，另一位至尊开口道。他一抬手，猛力向着天空轰去，竟要终止石昊的天劫，将之震开。

这是从未有过之事！

谁敢如此？谁能这般？

天劫不可触，因为，即便是绝世高手去阻击，也可能会引火烧身。

然而，令人震惊的事情发生了，天劫仿佛真的被压制，雷光竟然变少了。

"轰！"

在这名至尊压制天劫的最后阶段，突然爆发出一道惊天动地的响声，他的手指一片焦黑，被震退了。

或许可以说，他快速斩断了因果，是自己避开的，不然的话，他真的可能会引火烧身。

虚空中，居然多了一个雷池，呈暗红色，令人生畏。

"轰！"

天空中，爆炸声不绝于耳，无数陨石坠入大漠中，有许多燃烧过后剩下的星辰残骸。

王长生在域外大战，斩灭了一名异域至尊。

帝关这边顿时响起欢呼声，众人一下子沸腾了。

"只胜了这么一场而已，接下来注定要有大祸，你们准备好了吗？"帝族至尊开口道，盯着帝关这边的人。

而在大道棋盘中，还有一位帝族至尊跟孟天正在对峙，演化大道棋子，此时趋于白热化。

"我亲自出手，看一看谁还能活着！"刚才开口的帝族至尊上前，亲自逼迫了过来。

接下来的一幕，让人揪心，帝关中的一位老至尊不敌对手，虽然动用了禁忌手段，将自己的至尊法器都爆开了，但还是陨灭了。

域外，发生了天哭，大雨倾盆。

"轰！"

大道棋盘中，孟天正周围被符文环绕，演绎无上规则。

刚才，他没能阻止悲剧发生，因为对弈到了关键时刻，现在因怒极而爆发了。

"噗！"

大道棋盘上，那名帝族至尊嘴角溢血，身体一个跟跄，险些栽倒。

"我说了，给帝关一个机会，在你孟天正跟我界至尊于大道棋盘上对弈时，九天的至尊跟我们拼斗，以胜负来决断帝关的命运。可惜，三场至尊战，你们输了两场，已经败了。"

斩灭了帝关老至尊的那名帝族至尊上前，眸子开合间，发出耀眼的光芒。

"现在，一切都可以结束了。"他冷冷地说道。

"不是平局吗？我已经镇压他了！"就在此时，孟天正站起身来，而大道棋盘上的至尊已经难以动弹了。

"已经算是进行了四场战斗，两胜两负。"孟天正说道。

"是吗？那接下来继续战斗吧，没有必要等了，直接分胜负！"这名帝族至尊冷冷地说道。

他向前迈步，其他至尊也动了，围拢过来。

很明显，现在不是什么一对一的时刻，而是要直接发动最后的攻击了。

"你们仅这几人，如何相抗，动用仙器吗？那好，大家一起催动，或许能直接将帝关击灭！"异域的一名至尊冷冷地说道。

情况危急，帝关这边人数不多，如今只有孟天正、王长生、金太君以及另外一位老至尊了。

"人太少，没有办法对决！"金太君说道。

这怎么办？帝关的城楼上，许多人的心都提了起来。

"吾等来迟，还请恕罪！"

就在这时，帝关内传出声音，有人出关，来到战场外。

"仙院的老怪物来了！"来的一位老者自嘲道。

"圣院的老家伙也赶来了，总算没错过！"另一位老人也这般说道。

"今日，我愿送上性命，前提是，拉两个垫背的！"一位老妪也开口道，不知其身份。

九天有至尊赶来，从帝关中出城，他们周身全都有符文缭绕着。

人们知道，终极一战要开始了，他们之间将发生最可怕的大战，或许在一刹那就会决出胜负，这一战关乎着帝关的生死存亡。

第1408章 决战开启

到头来，还是避免不了一战。

这名帝族至尊的戾气很重，他好战而凌厉，同那名跟大长老对弈的帝族至尊相比，侵略性更强。

"一个都不剩，我看帝关如何能守住！"他冷冷地说道。

此人是目前异域的领军人物，统率其他至尊，此时他一步一步向前，眼中射出电光，逼向帝关这边。

"等这一天太久了，终于要破开此关了！"帝族至尊说道。他高人一头，走路带风。

在他的体外，一团赤霞浮现，而后熊熊燃烧，变成一个神环，呈暗红色，镶着金边。

此外，在神环之中，还有一颗又一颗星体残骸，如天日、月亮，行星等，它们在燃烧着，散发出丝丝缕缕的精气，没入帝族至尊的体内。

在星骸间，还有一位老者。那是帝关的老至尊，在域外，他被帝族至尊以拳头击中，当场殒命，而后跟这些星体一样，被熔炼了。

"啊，师父！"

"祖师！"

帝关的城楼上，有人恸哭，大声哀号。

人们不禁心中颤动，在那名帝族至尊体外，神环中映现的景象不是纯粹的异象，应该是曾经发生的事。

仙院的第一高手来了，圣院的掌控者到了，还有一位神秘的老妪，他们一起站在孟天正的身边，要跟他同进退、共生死。

这时，又有两人赶来，一男一女，为长生世家的无敌者。

"这么漫长的岁月过去，早就已传出他们离世多年的消息，没想到还活着。"帝关内，一位名宿低语道，十分震惊。

"有什么遗言，就快说吧，不然没机会了。"异域的帝族至尊不以为意，缓缓迈步，有力而迫人。

在他的周围，那灿烂的神环中仿佛有一片残破的宇宙，星骸、至尊的干枯躯体等都在当中沉浮着。

他看起来十分可怕，如同挣脱枷锁的大魔王。

此时此刻，无论是帝关还是异域的出战者，都在战栗。

"终于到了这一日，出手吧！"帝关这一边，仙院的老头子叹息道。

"呵呵，也好，各位上路吧，送你们所有人往生！"帝族至尊笑了，笑容很冷，也很残酷。

所有人都知道，这是大决战。

这其中的影响太大了，胜则生，败不仅要亡，帝关与九天十地也要沦陷。

大战爆发，最可怕的决战开始了。

"轰！"

他们腾空，到了域外战场。

帝关这边，几位至尊都丝毫不含糊，催动法力，第一时间祭出仙器。

一刹那，十界图、铁血战旗、九凰炉、王家的长生战戟等全部向着异域的强者攻过去。

既然是最后的战斗，那么一切就以除掉敌手为宗旨。什么单打独斗，什么公平对决，双方都不会考虑，只想着斩灭对手。

异域这一边，自然同样如此，第一时间催动法器，如乾坤袋、残破的锤子、骨刀等。

这些东西散发着仙光，第一时间剧烈地冲击，域外大震，大裂缝密密麻麻，迅速蔓延，撕裂了星域。

"轰隆！"

一颗又一颗星体炸开。

大漠中，双方的观战者一个个都面色发白。

"好强。"

远处的一辆战车上有来自葬区的几名年轻葬士，他们在这里观战，带着叹息，这般评价道。

谁都知道，等这些人从域外回来，就意味着帝关的命运要被宣判了，谁能活下来？哪一方可以胜出？

此时，异域的修士还算平静，而帝关的修士就不淡定了，一个个满头冷汗，焦躁而不安。

他们知道，九天这边的至尊太少，根本没有办法同异域相比，人数上处于绝对劣势，注定凶多吉少。

"轰！"

突然，天空烈焰腾腾，并伴随着可怕的波动。一团光在迸放，熊熊燃烧，一下子笼罩了天宇，刺目至极，巨大的威压笼罩乾坤。

"天日炸开了！"有人大叫道。

那是边荒的天日，此时，它被域外大战的生灵震得爆碎。

耀眼的光芒如同骇浪席卷，横扫域外。

"轰隆"一声，光芒全部消失，归于黑暗中。

天日被击碎，许多星体成为尘埃，上方被清空了，天地陷入黑暗中。

但是，这种黑暗，这种压抑，很快就又被打破了，因为至尊之战太激烈了，他们发出的光芒焚烧诸天，到了后来比太阳还璀璨。

"轰隆"一声，那些仙器剧烈地震动后开始僵持，仿佛在对峙，形成了一片可怕的场域，化作结界。

"尔等虽然人少，倒也有些手段。"域外，传来帝族至尊冷冷的声音。

人们愕然，因为帝关的修士通过法阵以及各种神镜等，看到了域外的景象，发现自己这边又多了两三人。

看来，九天十地隐匿的至尊都出动了，因为他们都明白一个道理：覆巢之下无完卵。

地面，大漠中。

那位曾跟孟天正对弈的帝族至尊，此时在不断挣扎，他想击破封印，可他就是无法站起来。

他的面色越发白了，竟在被焚烧生命，再这样下去，他马上就要殒命了。

这是惊人的手段，孟天正在对弈的过程中，竟除掉了一位帝族至尊！

域外，大战越发残酷，非常惨烈。

"啊——"

一声悲吼，震动山河。

就是在大漠中，也听得清清楚楚，一位老至尊要陨灭了。

"轰隆！"

天地震动，大雨倾盆。

"啊！"拓古驭龙大吼大叫着。那是他们家族的老至尊，是他的祖上，就这么战死了。

可以看到，异域一位至尊从容而镇定地用一只手击中了拓古家族的至尊。而后，他一指点出，将那位老至尊的眉心洞穿了。

"帝族，不止一位帝族！"

有人脸色发白，近乎绝望。

除了跟孟天正激战的帝族至尊外，又出现了一名帝族至尊，是否还有第三名？这要如何去征战？

最惨烈的局面出现了，帝关的人很沮丧，心中满是阴霾。

孟天正满头黑发飘舞，带着煞气，还有无边的怒火。在他的周围，符文密布，他在用各种最强神通跟那名帝族至尊激烈比拼，并且同时向周围的生灵出手。

《不灭经》让孟天正的手掌变得晶莹而灿烂，他横扫乾坤，居然震退了帝族至尊。

"轰！"

乾坤崩裂，域外战场破灭。

孟天正不惜付出代价，吐出一口血，使其化作符文，密布在自己的双手上，攻向其中一个方向。

激烈的碰撞，惨烈的厮杀。

"噗"的一声，孟天正将其中一位至尊斩灭了。

"纳命来！"

早先跟孟天正动手的帝族至尊大声吼道，觉得颜面无光。在他的牵制下，孟天正居然还能斩灭他人。

"困兽之斗，垂死挣扎，你哪怕拼命，到头来也难以改变结果。"异域的帝族至尊开口道。

"嗡！"

孟天正身边浮现出一张大弓，带着煞气，弓弦一响，震动天地。

这是孟天正的法器，在他年轻时就跟随着他。只因当年他走以身为种的路出了意外，到最后那一步时，近乎身死道消，这张大弓也跟着他沉寂了很多年，后来再也没有出现过。

直到这一世，它才出现。

"轰隆！"

那弓弦的震动声太可怕了，如同雷鸣一般。

孟天正以法则为羽箭，射击周围的生灵。

"哧！"神箭盖世，天下无双。

异域的生灵十分惊悚，孟天正与帝族至尊对战，居然还斩灭了其他至尊！

"噗！"

有人中箭了，在一刹那身体爆碎，元神化成光雨，直接殒命了。

这种战力惊呆了每一个人，孟天正是战魔吗？此时，他身披金色甲胄，手持大弓，要射穿天宇。

"孟天正，你找死！"帝族至尊冷冷地说道。

"当！"

孟天正的一箭冲帝族至尊而去，将他手中的兵器震得荡起很高。

又是一箭飞来，"噗"的一声，射中了帝族至尊的肩膀，虽非要害，但也极其可怕。

"啊——"

帝族至尊嘶吼起来，又惊又怒，肩膀渗出了鲜血。

"这一战，不管结果如何，都要让尔等付出应有的代价！"孟天正开口道，整个人更恐怖了。

"噗！"

远处，又一位至尊陨灭了，他来自九天。

战斗太激烈了，所有人都红了眼，这一战注定会有很多至尊殒命。

人们知道，大战不久后就要落幕，而残酷的结果也将到来。

第1409章 平乱诀难平乱

WANMEI SHIJIE

艰苦的一战，惨烈的决斗，正在域外上演。

"砰！"

域外，一道身影倒飞而出。这里到处都是星骸和陨石，许多星体被打得爆碎，如烟花般绚烂。

帝关的强者与异域的至尊激烈比拼，这是最为残酷的一战。

首先，异域的至尊格外强大，个个都是劲敌；其次，异域的强者比帝关只多不少，群狼围剿，气势汹汹。

星空下，帝关的一位至尊被人打得横飞而起，又被追上。敌人手持宝杵，"轰"的一声击中了这位至尊。

"帝关今日注定覆灭！在此之前，帝关的人道巅峰强者会先一步陨灭！"

这是异域至尊的声音，表达着他们的决心，透露出他们的残酷和无情，不会给帝关这边的生灵任何机会。

被宝杵击中的那位至尊，又遭遇后方致命的一击，一杆蓝莹莹的战矛从黑暗中飞来，炽盛无比。

它驱散黑暗，锋利的矛锋"噗"的一声刺中了那位至尊。

"啊……"

这位至尊大吼起来，他根本没有办法躲避，因为这片区域敌人太多，刚才最少有两三个人在牵制他。

他被法则锁链缠绕住，被人联手困在此地，横跨虚空非常困难，故此没有躲过攻击。

"噗！"

一柄雪亮的长刀劈来，斩灭了他的元神，一位至尊横死此地。

帝关这边的巅峰强者，一个个处境都糟糕至极，随时都会发生意外。

孟天正很强，但是他现在被人阻击了，帝族至尊亲自出手，还有其他强者相助，要在星空下封印他。

原本，孟天正以神箭接连射击仇敌，造成了巨大的骚动，可是现在他被限制了，处境不妙。

"你很强，但又有什么用呢，难道可以在星空下逆天吗？"帝族至尊冷冷地说道。

"布阵，炼化他！"他吩咐道。

此时，一杆又一杆大旗浮现，有土黄色的，灰尘漫天；有黑色的，雾霭茫茫；有赤色的，烈焰腾腾……

大旗招展，猎猎作响，在"轰隆隆"的声音中，周围的星体都崩碎了，景象恐怖。一道又一道光从旗面上射出，向着星空下的孟天正飞去，化作秩序，进行压制，要将他封印在此。

哪怕孟天正极强，被至尊围困，被大阵封锁，也无力回天。他眼睁睁地看着帝关这边的强者陨灭，却没有办法阻止。

"压制，将他封死在星空下！"那位帝族至尊亲自出手，请其他人一起动手，进一步禁锢孟天正。

可以想象孟天正有多么强，连强大而自负的帝族至尊都要请人相助，才敢联手封印他，这种事传出去肯定会很轰动。

可是，眼下看来，这毫无用处。战绩再辉煌，战死了也没有意义，孟天正的强大有目共睹，可若是他陨灭了，一切便会成空。

现在，最紧要的是杀敌，毁灭敌方的所有强者。

"啊！"

形势很不乐观，远处，又一位至尊大吼。那是九天的强者，他现在被人阻击，眼看要支撑不住了。

"砰！"

最终，他被人以狼牙大棒击中，当场殒命。

怎么会如此？帝关的城楼上，人们目眦欲裂，盯着半空中的几面骨镜，通过它们观看域外的大决战。

所有人都觉得身体发凉，心中最后的一点儿希冀与期盼都没有了。很明显，帝关失利，即将大败。

那些至尊挡不住异域的攻击的话，那么下一个受到冲击的，就是帝关了。一旦帝关被破开，帝关的人的下场注定会很惨。

星空中，大战惨烈。

帝关与异域大战，为数不多的亮点在于王长生，现在他在压着对手打，占据绝对的上风。

"嗯？除掉他！"异域有人看到了这一幕，迅速赶去支援。

一前一后，两大强者逼来，天宇被黑色的大风撕裂，恐怖至极。

王长生很清秀，外表看起来只有十六七岁的样子，但是他现在绝对是可怕的，也是危险的。

战斗的结果出人意料，在两大强者的阻击之下，王长生动用无上绝学，展现出绚烂的光彩。

一柄剑胎自他眉心内飞出，乌光烁烁，通体黝黑，那是由元神组成的，坚固不朽，无坚不摧，一刹那便斩破了天宇。

"噗！"

这一剑太突然，也太猛烈了，不可阻挡。

跟王长生交手的一名异域至尊的元神当即被斩灭了。

后方，另一位异域强者大惊，他们联手，反倒被斩灭了一人？

他浑身绷紧，心中发毛，意识到自己也危险了，因为突然间，他的身体行动不便，仿佛被封印了。

"噗！"

那柄黑色的剑胎飞来，将他劈中了。

这一战惊动了周围的所有人，异域的一群强者震惊不已，全都望了过来。

"平乱诀！"有人大叫道。

平乱诀位列古代最强三大剑诀，号称最强招式之一。

仙古多动乱，在很早的时候，九天十地就跟异域发生过碰撞。在仙古中期，曾有人施展平乱诀，横击异域，斩灭不朽之王，震慑了一个时代，挡住了异域的一次试探性的猛攻。

可惜，那一战后，施展平乱诀的人受了重伤，最后殒命了。

"真的是平乱诀，斩过不朽之王的剑诀。你纳命来吧！"有人低吼道，是异域的至尊。

所谓平乱诀，威名赫赫，曾经震撼过仙古时代。

王长生现在没有办法不拼命，异域摆明了态度，要斩灭帝关所有至尊，而后破开帝关。

王长生头发飘舞，眼神一下子变得冷厉无比，在他的眉心前，一柄黑色剑胎跟他一同发光。

大战爆发，王长生竭尽全力出手。

没有人敢小觑他，从来没有人怀疑他的战力，因为他曾跟孟天正争锋，同出一世，不曾落败。

提到这两人，一般来说是并列的，众人认为他们是绝代双雄，神勇无敌。

当然，也有人认为，孟天正的血气不够充沛，不见得有王长生的潜力大。

王长生真的很逆天，他之所以这么年轻，不是因为故意改变了容貌，而是因为他涅槃成功，多活了半世。

只差一点儿，他就多活了一世。

这种涅槃，是使自己返老还童，身心都恢复到黄金年代的一个过程。

只要不成仙，就不可能长生，他们从纪元之初活到现在，原本的寿元都将尽了，需要活到第二世才行。

但是，自古以来，有几人活到第二世?

当然，还有一部分人认为，孟天正早年原本独步天下，所向披靡。只是，他执意走以身为种的路，在途中发生意外，影响了成就。

自身的大道破裂，会影响一生。

不然的话，孟天正会比现在还要恐怖，很难想象他会达到什么高度。

王长生嘶吼着，他的剑胎不过巴掌大，但是无坚不摧。这是元神化成的剑胎，号称能斩破一切阻挡。

"噗!"

就在被人围攻之时，王长生又斩灭了一名至尊，连星空都为之颤动。

王长生发威，接连斩敌，引起了异域所有至尊的敌意。

"平乱诀，多么遥远的记忆啊，当年曾斩过我界的王，这样不祥的传承注定要被铲除!"

帝族至尊被惊动了，早先击杀拓古驭龙祖上的那名帝族至尊向着王长生逼去。在他的后面，还有其他至尊要攻击王长生。

"平乱诀，再难平乱!"那名帝族至尊开口道，而后亲自出手，攻向王长生。

"轰!"

大战爆发，帝族一怒，天摇地动。眼看王长生接连斩灭异域至尊，此人怒火中烧，发起疯狂的反击。

第1410章 打开枷锁的战神

显然，帝关这边告急，两大强者王长生和孟天正都被帝族至尊针对，被对方率众围攻。

不过，九天的其他至尊倒也因此减轻了压力，暂时脱离了险境。

当然，这只是一时的舒缓，若是王长生和孟天正战死，大局就定了，他们都要跟着覆灭。

这时，异域有人带着敌意还有可怕的波动，带领剩下的至尊，向帝关的至尊发起攻击。

帝族！

帝关的人心中咯噔一下，最糟糕的事情发生了，第三名帝族至尊现身，负责攻击他们。

异域为了这一战，出动了太多的高手。算上早先被孟天正在大道棋盘上镇压的那个人，一共是四名帝族至尊。

"这么弱，也想守住帝关，一个也走不了。"那名帝族至尊淡淡地道。他不急不缓，就这么一步一步地走来。

在此过程中，天地间浮现出可怕的涟漪，他的脚步落在星空中，仿佛踩在水中，涟漪扩散，那是大道符号。

不远处，来自九天的一位女至尊顿时一震，她遭到了攻击，快速后退。

然而，异域其他的至尊在围拢，在堵截，不让她逃遁。

"没用的，送你上路，谁来了都救不了你。"帝族至尊说道。他看起来很年轻，二十几岁的样子，不过眼神沧桑，肯定活了漫长的岁月。

与此同时，他脚下的涟漪更可怕了，向外扩散，波动越发剧烈，如同雷鸣一般，震碎了周围的星空。

在决战中早已重伤、险些陨灭的一名女至尊一个踉跄，口中溢血。

"噗！"

随着那名帝族至尊的不断逼近，女至尊居然大口吐血，面色发白，差点儿栽倒在星空中。

怎会如此？帝关的人不禁心惊肉跳，帝族至尊可怕到这种程度了吗？

"那是踏仙九步，小心！"远处，一位老至尊大声提醒道。

帝关这边，所有的至尊都年岁极大，是各个时代活下来的前辈。可惜，他们长生无望，而今都不在巅峰状态了。

"没用的，九步踏出，送尔等上路。"这名帝族至尊平淡地说道，继续向前逼去。

踏仙九步，闻其名就可以想象其威力，这是一门震古烁今的绝学。

女至尊知道情况很不妙，必须要拼命，不然的话可能都没有机会出手了。

一刹那，霞光万道，瑞彩漫天，将诸多星体都淹没了，这里非常璀璨。

那是女至尊在对抗帝族至尊。

可惜，终究还是晚了，她本就身负重伤，现在面对帝族至尊的全力一击，她明显不敌。

"第五步、第六步……"

那名帝族数着自己的步伐，当第八步迈出时，天地崩裂，神光将女至尊施展的宝术全部击散了。

星空下，涟漪扩散，女至尊被震得不断咯血，身体上满是裂痕，这是受到了大道的镇压。

"上路吧！"帝族至尊说道，冷漠无比。他手中浮现出一把魔刀，"嗡"的一声挥动起来，向前砍去。

女至尊虽竭尽所能抗衡，但终究改变不了什么，"噗"的一声，吐血而亡。

"没剩下几人了，送你们一起上路！"帝族至尊这般说道，逼视余下的人。

"啊……"

远处传来长号声，孟天正被困在阵中，剧烈地挣扎，要闯出来。此时，他的眼睛中满是血丝，他目睹了九天这边一位又一位至尊陨灭。

那些都是他熟悉的老朋友，与他信念相同，不然也不会出现在这里。

就这么眼睁睁地看着他们战死，孟天正心中悲愤，如同困在笼中的野兽般大吼起来。

"何时才能复苏？复活吧，曾经的战血！"

孟天正低下头，看着手中那张大弓，嘶吼起来，如同在念一种古老的咒语，要释放出什么东西。

可惜，他尝试了很多次，却并没有发生奇异的事。

"孟天正，你逃不掉的，很快就会被镇压！"

此时，针对孟天正的帝族至尊率领其他高手一起发力，冲向法阵中，要让孟天正彻底覆灭在此。

"一生道果，孕育至今。"

孟天正浑身发光，对抗众人的攻击，若非他修炼成《不灭经》的至强奥义，肯定早就陨灭了。

要知道，现在可是帝族至尊率领一众高手于阵外炼化他，这种景象不可想象。

孟天正的体魄强到极致，才能忍受炼化的痛苦，才能坚持下来。

他以手轻轻地摩挲大弓，带着不舍，还有一种惋惜，发出一声长啸。他竭尽所能，开始摧毁这张大弓。

"这是怎么了？"所有人都大吃一惊，尤其是帝关这边的强者，更是充满不解，为孟天正担忧。

孟天正在毁自己的至尊兵器！

这张弓的来历太大了，在孟天正未成名时就跟随着他，射击天下强敌。

此弓威力无穷，不久前曾接连射杀至尊，所向披靡，应该是孟天正最珍爱的兵器，他为什么要将它毁掉？

"轰！"

孟天正用尽全身力气折断了大弓，弓中竟淌出一滴又一滴血，落在他的身上。他低吼起来，神色复杂，无比遗憾。

大弓为何滴血？所有人都很疑惑。

"你的道果，你的成就，都在这张弓内，原来如此。当年身与弓皆毁，被你葬下，却孕育出了大道生机。"远处，王长生心中震惊，这般低语道。

这弓中另有乾坤！

隐约间，不少人看到弓中有一个人，他很年轻，随着大弓被折断，他的修行也被打断了。

"曾经的孟天正，当年的路，一切都还在！"远处，一位老至尊颤抖着说道，神色复杂。

"当年，所有人都说他废掉了，注定要殒命，结果他却重新崛起了。原来他斩掉废体，将部分真灵随之一起葬入弓中，封在里面孕育。"

"道果，若是自然孕育而出，与真身相合，成就不可想象！"

一些人纷纷猜测。

九天的一些老至尊，一个个神色都非常复杂。

他们知道，孟天正做出了最痛苦的决定，不等神胎自然出世，而是主动折断大弓，强行让神胎苏醒。

一滴又一滴真血落下，没入孟天正的躯体内，他的气势在变强，一股恐怖的气息在星空中弥漫开来。

"他曾想以这种办法成仙？"帝族的修士感到一阵心惊肉跳，哪怕他不知道过去在孟天正身上发生的事，现在也看出了一些端倪。

"快，一起上，除掉他！"帝族至尊大吼道。他不想意外出现。

"轰！"

可是，已经晚了。一股恐怖的气息爆发，孟天正持着大弓，释放无与伦比的可怕波动，震碎大阵，一步就迈了出来。

"咚！"

他抡动手中的断弓，向前轰去。

"噗！"

一瞬间，就有一名异域至尊殒命，景象恐怖。

孟天正为了提前变强而这样做，等于毁掉了自己的未来之路，让神胎提前出世，血精洒落，融入其躯。

未来看不到光明，这是一种让人遗憾与痛惜的结局。

但是，现在他的实力的确激增了，他像是打开了枷锁的战神一般，势不可当，血气滚滚，仿佛要挤爆天地。

隐约间，有成仙之光散发，照耀天宇。

"一只脚迈进了仙道领域，他要成仙了？"帝族至尊震惊地道。

此刻，孟天正到了，他一步迈出，仿佛便斗转星移，岁月变迁。

"轰隆"一声，孟天正一拳轰出，人也到了近前，与帝族至尊碰撞在一起。

"噗！"

帝族至尊大口咯血，被打得横飞了起来。

"咚！"

断弓砸落，孟天正霸气无双，直接抡动自己亲手毁掉的兵器，轰在了帝族至尊的身上。

孟天正一只脚迈入仙道领域，在人道巅峰进行了突破。

第1411章 横击至尊

修长的身影，飞扬的头发，慑人的身姿，孟天正一只脚迈入仙道领域，仙光迸发，气吞山河，神勇无比。

他闯出大阵后，径直轰向敌人。

帝族至尊的神魂在悸动，他不顾一切向后方退去，想要逃过一劫。

然而，孟天正只是冷冷地瞥了他一眼，仙气弥漫，禁锢了虚空。帝族至尊虽然冲起，但是宛若撞上了一面墙壁。

"砰！"

帝族至尊撞在无形的墙壁上，跌落了下来，伤痕累累。

帝族何曾这么狼狈过？

此人眼中射出冷光，心中有无尽的怒火，十分憋屈。他长啸一声，焚烧精气神，施展最强祖术。

同一时间，周围的其他至尊也动了，为他解围。

"嗡！"

一刹那，天空中九星连珠，有至尊一把抓来九轮太阳，烈焰腾腾，被铭刻成为阵台，压制此地。

至尊联手攻击孟天正，还想将他封在阵中。

他们感觉到此时的孟天正极其可怕，很难力敌，更不能独自与之激战，唯有用法阵将之困住。

"轰隆隆！"

刹那间，一颗又一颗巨大的星球，被一些庞大的身影推了过来。

至尊显化法相，与天地齐高，耸入宇宙星空深处，导致无数大星转动，滚滚而来，将这里淹没了。

这是至尊的神威，他们捏法印，推动日月星河，将这里镇压了。

成片的巨大星体隆隆而来，全被刻上了法阵纹路，组成星斗大阵，笼罩此地。

然而，这并不能改变什么。

孟天正没有立即攻击那名帝族修士，身影一下子从原地消失了。

"噗！"那名一把抓来九轮太阳的至尊，被孟天正一掌击中了。

孟天正太快了，身影移动间，时代仿佛都在更迭，空间似乎都在变化。他全力以赴，将一身法力浓缩为一击，一掌就解决了一名至尊。

这是不可想象的威慑力！

果然，其他人都对孟天正有所忌惮，身体都有些发僵。

"唬！"

孟天正化成一道闪电，俯冲向敌意最浓的那名至尊。

此时，那名至尊手持一柄骨剑，正对着孟天正，剑光吞吐数十万里。

"唬！"

当看到孟天正要拿他开刀时，他当即挥动骨剑，向前斩去，剑光划破宇宙。

这片黑暗的宇宙都被照亮了！

"当！"

长空崩裂，孟天正手持大弓，横扫而来，将骨剑震得炸碎，成为一片光雨，在虚空中散开、消失。

"啊——"

这名至尊大声嘶吼起来。他没有想到一击而已，自己的兵器就被毁掉了，同时手臂发麻，剧痛无比。

在他的周围，天地间最本源的符文交织，要将他炼化。

在场的异域至尊中以他最为激进，而孟天正寻他出手，依旧是为了震慑异域。

这名异域至尊大喝一声，施展祖术，跟孟天正抗衡。

可惜，所有的光都被压制了回去，倒流向这名异域至尊的体内，那种祖术在他自己的躯体中释放，"轰"的一声，他殒命在此。

虚空中，一只大手缓缓地缩了回去，刚才那一击都是孟天正一只手的全力压制所致。

片刻间，接连有至尊被孟天正斩灭，而且他是那么强势，其他强者顿时心中生出了一股寒意。

"砰！"

帝族至尊发狂，体外是熊熊烈焰，手中更是出现了乌黑的兵器，长矛带着道则，"轰隆"一声，终于将禁锢击穿了。

可是，等待他的是孟天正。孟天正再次回到这里，正冷冷地俯瞰着他。

"一起动手，除掉他！"

帝族至尊觉得受到了羞辱，他周围还有一些至尊，此时他们听从他的召唤，准备一起出手。

要知道，最开始，他还同意让人与九天的至尊公平一战，因为他知道他们肯定能大胜，那样做不仅能展现他们的强大，还能羞辱帝关的众人。

可是，到了后来，他跟孟天正交手吃了亏，便带人布阵，一起围困对方。而现在，他更是要跟其他至尊联手对付孟天正，前后反差太大了。

帝族至尊觉得那是一种耻辱，他不敢一个人同孟天正对决，需要人相助。

"嗡！"

一只大手伸了下来，向前镇压。

那是孟天正的手，瑞气四散，光彩慑人，也不知道有多少颗大星在这种剧烈的波动下粉碎，成为齑粉。

这种景象相当恐怖，当大手伸下来抓向帝族至尊时，周围的大星全部粉碎了。

帝族至尊动用了最强祖术，施展无上奥义，但还是挡不住。

那只大手无坚不摧，带着淡淡的仙光，将所谓的祖术拍散，一把就将帝族至尊抓住了。

"啊——"

帝族至尊长啸一声，拼尽力气，想要挣脱。

他知道自己要完了，孟天正修为极高，一只脚已经迈入仙道领域，在人道领域中绝世无敌。

达到这等境界，差半步就晋升真仙的修士，已经可以称为不可匹敌的人道领军人物了。

从某种意义上来说，孟天正还能蜕变。

"咔嚓！"

孟天正很果断，将帝族至尊拎起后，使其当场殒命。

所有人都震撼不已。

那可是一位帝族至尊啊，居然就这么被人斩灭了，传出去谁敢相信？

这种对决，这种结果，只能说两人之间的实力差距很大，连帝族至尊都落得这么一个下场。

孟天正低吼一声，对周围的人出手。刹那间，神光冲霄，大道气息扩散，那些人感受到了巨大的威胁。

"噗！"有人躲避不及，被孟天正震得咯血，而后又被追上，直接被斩灭了。

孟天正长啸一声，将目光投向远处，那里有帝关的至尊在跟人激战，没剩下几人了。

"轰！"

绝代强者的气息爆发，孟天正大吼道："纳命来！"

他贯穿星空，直接冲了过去，一拳轰出，笼罩了一个生灵的躯体。神光压盖了这片星域，拳力惊世。

"砰"的一声，那个生灵被震得横飞了出去，大口咯血。

"咚！"

同一时间，孟天正再次弹指，那是《不灭经》的波动。一道光束蔓延，那个生灵瞬间就在原地殒命了。

"一起动手，将他解决了！"远处，有人喝道。

"锵"的一声，孟天正将折断的大弓高举，用手摩挲，有惋惜，还有一种痛苦，最后霍地抬头。

他用尽力气，让大弓暂时合在一起，而后猛地张弓，以法则为羽箭，射向虚空中那一道又一道冲来的身影。

"哧！"

神光冲霄，撕裂宇宙。一刹那，羽箭刺中了一名异域至尊，让他形神俱灭。

"哧哧哧！"

神箭当空，孟天正接连开弓，将以大道法则构建而成的羽箭射向各处，帮助帝关的几位至尊脱困。

"噗！"

接连有异域的至尊中箭。

"迈出一步，就是仙道。他这么强，如何对抗？"异域有人颤声道，没有想到会遇上孟天正这等强者。

这对于异域来说，绝对是一场大祸。

至尊屹立在人道巅峰，哪怕在异域也有很高的地位，不朽者都是从他们中诞生的，能达到这个高度的，都是历史中某一时期的最强者。

"轰！"

远处，一把雪亮的长刀劈来，带着灿灿的符文，照亮天宇。

"当"的一声，孟天正弹指，将这把长刀震开。

刀气如海，茫茫气浪翻滚而来，这一刀的威势太大了。

那是一名帝族至尊，他重新稳住局面，将其他至尊聚到一起，跟孟天正对峙。

"呵呵，真是可惜了，将道果寄托于那张弓中，可惜被你自己毁掉了，提前出世，就意味着此生与仙道再无缘！"

这名帝族至尊笑道，揭开了孟天正心中最大的伤疤。

孟天正马上就要成功了，可能会成仙，可惜，今日所发生的事，断了他的长生路，后果很严重。

形势太糟，他迫不得已，才走到了这一步。

孟天正没有说话，而是提着大弓，向前走去，要除掉此人。

这名帝族至尊曾很冷酷地迈出踏仙九步，将九天的一位女至尊斩灭了。

"轰隆！"

这才一开始，此人就动用了绝学踏仙九步，一步比一步可怕。他的体魄晶莹透亮，发出不朽之光。

帝族的血气被他释放到极致，在他体内沸腾，溢出体表些许。

踏仙九步一出，星空龟裂，苍穹崩开。

"诸位，请助我一臂之力！"帝族至尊开口道，手持雪亮的长刀，气势汹汹。

他一口气迈了八步，就是为了抗衡孟天正，他知道前七步对孟天正无用，在斩灭女至尊时，他也只迈到第八步。

然而，大道气息密布，星空崩裂，能量剧烈地爆发时，孟天正纹丝不动，一直以冷厉的目光看着帝族至尊。

此时，异域的其他至尊也很是吃惊，孟天正果然强大得骇人。

他们赶紧祭出法力，只见一道又一道法力没入那名帝族至尊的体内。

"轰！"

就在这一刻，帝族至尊迈出了第九步，若是他凭自己的力量迈出，也是恐怖的绝招，足以一下子就斩灭同等级的强者。

毕竟他迈出第八步就能做到了，何况这最后一步？而现在这么多人助他一臂之力，可以说是至尊联手，威力就更惊人了。

帝族至尊发动的这一击，造成了可怕的波动，星空中有涟漪扩散，冲向四面八方。

"轰隆隆！"

成片的大星炸开，成为宇宙尘埃，如同烟霞般绚烂。

这个景象无比惊人，可是孟天正依旧岿然不动。

"纳命来！"

帝族至尊喝道。他动了，第九步迈出后，又是一步，冲向了孟天正。

九步归一！

但这并不是第十步，而是前九步造成的波动叠加在一起，形成了最后一击。

并且，这最后一击，并非体现在脚步上，而是他手中的雪亮长刀。

可以看到，他的脚根腾起九道耀眼的光芒，席卷了他全身各处，最后向右臂集中。"哧"的一声，长刀所向，天地被切开了。

这是终极一击，是踏仙九步的绝杀之招！

九步过后，几股力量被激活，这才是根本要义。

"当！"

孟天正终于动了，他抬起断裂的大弓，迎向长刀。他不仅在对抗帝族至尊的踏仙九步，还在抗击其他至尊的联合之力。

这个地方火星四溅，神力滚滚，淹没星空。

刀气贯通星海，茫茫无边，斩灭一切阻挡。

但是，今日长刀遇到了阻碍，孟天正的大弓生生压下这一刀，让它剧烈地轰鸣，颤抖不止。

"咔嚓！"

长刀断裂，而后炸开，宛若一片流星光雨，极其绚烂。

"噗！"帝族至尊大口咯血，他持刀的那条手臂也受伤了。

那是力量的反噬，九股力量集中在一起，结果却被对方挡住了，反倒伤了他的一条手臂。

与此同时，远处传来一声长啸，那名与王长生对决的帝族至尊舍弃对手，冲向这里，要支援那名施展过踏仙九步的帝族至尊。

两名帝族至尊联手，站在了一起。

其他地方的至尊都停止了战斗，赶到了这里。

"不计代价，将他除掉！"两名帝族至尊都有同一种担忧，怕孟天正翻盘，想联手除掉他。

因为，孟天正的表现太惊人了，实力强大得让人难以置信。

事实上，当孟天正一只脚迈入仙道领域时，他的确变得不同了，可以俯视至尊。

若没有意外，这样的人是要成仙的。可惜，他过早地释放出道果，断了前路。

"这一战，该结束了！"孟天正开口道，没有落寞，也没有悲伤，眼中光芒闪烁。他向前飞去，手中那张折断的弓发光，横扫千军。

他不想其他，眼下只有一个念头，那就是杀敌！

异域的至尊都动手了，一起攻向孟天正。

毫无疑问，这么多人联手，孟天正就是突破了，身上带着仙道气息，也难以抗衡。不过，他主要盯住了两名帝族至尊，躲避旁人的攻击，而后疯狂地出手。

这等人物发威，全力以赴地针对某个目标，那是非常恐怖的。

王长生、仙院的老头子等人此时也都跟着出手，分担孟天正的压力。

"孟兄，我知道你时间不多了，走好，请在对决中灿烂永生。"王长生竟这般说道。

无论是圣院的老头子还是幸存下来的九天的至尊，一个个神色都变了，孟天正的时间不多了？！

孟天正笑了笑，而后一叹，爆发出更为耀眼的光。

此时，孟天正是年轻的，也是英俊的，看起来正处在黄金岁月，身材挺拔，披着黄金战衣，神色坚毅，眼睛深邃，神武绝世。

他如同不可匹敌的战神，杀到近前，一路上接连斩灭了两位至尊，体外仙光缭绕，神力沸腾。

"当当当——"

大决战开始了，孟天正横扫四方。

终于，他冲了过去，盯着精通踏仙九步的那名帝族至尊。"噗"的一声，大弓抢动，打得这名帝族至尊大口咯血。

"我来禁锢他，你们除掉他！"

这名帝族至尊倒也果敢，无惧生死，竟然冲了过来，抱住孟天正的手臂，浑身都是大道符号，想要短暂地将他禁锢。

异域的其他人纷纷出手，施展祖术，攻向孟天正。

可惜，他们低估了孟天正的实力。

孟天正猛地将对方的手臂震碎，而后将对方举起，"砰"的一声，摔在地上。

他如同魔神一般，没有停留，避开四面八方飞来的符文等，继续攻向另一名帝族至尊。

"噗！"最后，这名帝族至尊也被孟天正除掉了。

孟天正让异域损失惨重，看到两名帝族至尊接连毙命，其他人全都快速逃遁，不再对战了。

不是他们怕死，而是觉得这样打下去没有意义，只会枉死。

"咚！"

帝关前，大漠中，烟尘漫天。

一道又一道身影降落在这里，而后直接冲向天渊，逃回异域。

这一战没有办法继续了，无人能压制孟天正，那么就意味着他们失败了，而且是惨败。

大漠中，孟天正静静地看着天渊，没有追过去。

第1413章 辉煌落幕

WANMEI SHIJIE

天渊前，孟天正独自站着，天空中落下倾盆大雨。奇异的是，在离地面还有万丈高时，雨滴都燃烧起来，化成了绚丽的光华。

这一战，他斩灭诸强，除掉帝族至尊，震动了天地。

这是何等辉煌的战绩！一战打得异域至尊胆寒，连帝族至尊都相继陨灭，不敢再战，溃逃而去。

现在，只剩下他站在那里，一动不动，赤霞点点，天地显得非常凄艳。

有人在心中叹息，为孟天正感到哀伤，这样一位震古烁今的人杰就要消失在世上了吗？

一战过后，可能再也见不到他了。

王长生说得很直接，也很明显，孟天正折断大弓，让自己的神胎道果提前出世，这不仅断了自己的长生路，还燃烧了一身的寿元，一身精气神都要流散干净。

正因为时间不多，所以他才那么疯狂，打到敌人胆寒，拼命逃遁。

一代人杰将终！

这是帝关的殇，也是九天十地的遗憾，这样一位强者到头来却落得如此下场，令人唏嘘不已。

"再筑帝关！"

孟天正开口道。现在，他所想的是，要尽快重筑帝关，将残破的城墙等修好，以免异域至尊再次叩关。

这座城如果完好无损，借助几件仙器防护，是可以守住的。

其他至尊快速行动起来，有人探出大手抓向域外，那里有很多星辰残骸，都是一战之下毁掉的。

仙院的老头子、圣院的老修士、王长生等人都在行动，表情严肃。

帝关的城楼上，当众人知道发生了什么后，许多人为之叹息，心中酸涩。

"大长老！"

"孟前辈！"

一些人面露悲色，不久前他们还在欢呼，没有料到这一战如此惨烈，孟天正为了击退敌人，不仅断了自身的成仙路，还要丢掉性命。

这是何其凄惨！很多人都为孟天正感到愤愤不平。

石昊渡劫完毕，鼻子发酸，张了张嘴，千言万语难以说出口。

可以说，自从他进入九天，孟天正便等于是他的护道人，跟王家交恶，同金家对决，带他去秘土，指点他走以身为种的路。

如果没有孟天正，石昊很难这么快走到这一步。

在以身为种这条路上，孟天正是石昊的师父，昔年只差一点儿就成功了，他毫无保留地将自己的经验全部传给石昊，这才让石昊功成。

而这几年，孟天正更是几次救了他的性命。

"前辈，我不想你死，一定有办法！"石昊哽咽着道。这么长时间以来，他从未落泪，此时却有些抑制不住。

他取出悟道茶叶，向清漪、曹雨生等人要回昔日送给他们的东西，比如神级药草，还有在得到烂木箱过程中所获取的一片仙药叶子。

他想救活孟天正。

"好好修行，你会比我走得更远。"孟天正平静地说道，依旧背对着帝关，看着天渊。

他的双目很深邃，看守天渊。威慑异域的至尊，也在凝视那片法则之海。

异域没有至尊敢过关，他们都回去了。

帝关的所有人都在行动，炼化星骸，重筑帝关。还有人在看阵图，那是仙古的法阵，他们要将其还原。

许多人感叹，这一战付出的代价太大了。

帝关内，几位老至尊几乎都战死了，从九天过来的人也损伤了大半。此战过后，至尊越发稀少了。

要知道，那可是一个纪元的积累，到头来却近乎全部陨灭了。

最让人痛惜的是孟天正，以他的天资和潜质，应该是可以成仙的，最后却要从世间消失。

这一战，他战出了绝世风采，震慑了边荒。

可惜，他要离世了，所有的辉煌都只能凝聚为最后的一曲战歌，伴着他下葬。

不少人眼睛都红了，为他感到伤感。

帝关前，只有孟天正和石昊站着，跟众人隔得很远。

孟天正虽然快殒命了，可还是站在最前方，挡着异域的强者，让他们不敢越过天渊。

"咻！"

突然，一道光化作不灭的神矛，向着孟天正的后脑勺飞来。

帝关所有人都大吃一惊，而后头皮发麻，太突然了，这是要斩灭大长老孟天正啊！

"小心啊！"

"前辈！"

神矛璀璨而慑人，疾速而来，带着大道符文，将孟天正笼罩，眼看就要没入他的头颅内。

"砰！"

关键时刻，那杆神矛居然定住了，距离孟天正的后脑勺只有半尺远，而后便寸寸断裂，化成神火。

"你应该再等一等，只有待我彻底变得虚弱，你才有机会。"孟天正转身，脸上带着倦意，但是依旧慑人。

显然，他早就知道后方有一名异域至尊，只是没有出手而已。

这名异域至尊从域外逃回来后，蛰伏在虚空中，没有急着回异域，想要在关键时刻袭击孟天正。

"时间不多了，等帝关重筑完毕，就没有意义了。"那名异域至尊叹息道。

孟天正并没有多说，只是伸出一只大手，向前抓去。

他动用《不灭经》，手掌遮天，无坚不摧，所向披靡！

不管这位至尊如何抵挡都没有用，他的所有祖术都崩溃了，一切大道符文也都无效，全被击散了。

"砰"的一声，孟天正一把抓住这名异域至尊，而后猛力一攥。

"啊——"

至尊嘶吼，响彻边荒，震动大地，沙漠中，黄色浪涛击天。

在烟霞中，这名至尊被孟天正一掌击中，熊熊燃烧，形神俱灭。

天地出现异象，孟天正的右掌轻轻一拍，将之全部震散了。

"道友，你歇息够了吗？是否要动手？"孟天正回头，看向不远处的一道身影，道。

一个生灵被秩序神链束缚着，坐在残缺的大道棋盘中，此时，他神色萎靡，面色苍白。

这是早先被孟天正镇压的那名帝族至尊。

众人闻言，心中一惊，他居然脱困了？

"看来瞒不过啊，才被人相助，打开枷锁，便被你察觉了。"那名帝族至尊轻叹道。

显然，正是刚才被孟天正所斩灭的至尊相助，让他脱困了。

"我在离开前不除掉你，心中难安。"孟天正说得很直白。

"哈哈——"此人大笑起来，而后腾地站起，挣断所有的法则锁链，身体熊熊燃烧，神火与天齐高，猛地扑向孟天正。

他动用了最强一击，不惜燃烧生命精元，以最凶狂的一击闯出一条生路，冲入天渊。

孟天正舒展手臂，背起断弓，依旧做拉弓状，一支神箭如仙剑般斩开天地，射向那名帝族至尊。

此人被神箭射中，脸上的表情凝固了，整个人顿时没了生气。

这一次，帝关前寂静无比。

大漠上，孟天正安静地站着，看着天渊，背对帝关。晚风袭来，他的战衣铿锵作响，依旧有战意冲霄。

但是，他的生命却走到了终点。在赤霞下，在风声中，他度过最后的时光。

辉煌的一战，一个人震慑异域的所有至尊，使得此时无人敢逾越天渊半步，这是一种大威慑。

可惜，极尽辉煌后，将陷入永远的黑暗。

孟天正一动不动，站在边荒前，他的身体像是石化了，如同战神一般。

"前辈！"

"不要啊！"

后方传来恸哭声，不少人视孟天正为战神。

第1414章 成仙路上灿烂
WANMEI SHIJIE

孟天正将要逝去，帝关前，赤霞凄艳，让人感伤。

一群人恸哭，都知道孟天正即将坐化。

纵使是一代人杰，也免不了最后的殇逝。

"前辈！"石昊站在孟天正近前，心情复杂，无法面对这一切。

他将那些神草、仙药叶片都送了过去，但孟天正的摇头，足以说明一切。

这一幕怎能让人不悲伤？绝世一战过后，虽然守住了帝关，但是孟天正却断了自己的路，还要葬下自身。

"吾有一憾，未能成仙。"孟天正轻语道。原本在这不可能成仙的大环境中，他另辟蹊径，几乎要成功了。

可是，为了最后一战，为了守护帝关，他自断一世辉煌，放弃了原本的绝世荣耀。

孟天正的身体气息在收敛，生命波动仿佛变缓了，不再如同汪洋般浩瀚无穷，而是寂静的。

"在我心中，前辈胜过诸仙！"石昊说道。他对孟天正有很高的敬意，这是真心话。

"老友，你想去哪里？在何处安眠？"

仙院的老头子走来，要送老友最后一程，他心中满是伤感，两人相交大半个纪元，而今他却要为老友送葬。

帝关修补得差不多了，一些人先后赶来。

"道友，我们送你！"有人叹息道。看到至尊来送行，他们知道，此事已无力回天了。

孟天正注定要殒命，没有谁可以救他。

"我不需要葬地，不需要墓碑，就葬在这片天地间，沉眠边荒就好。这里是我最后战斗的地方，我就守在这里。"孟天正说道。

听到这些话，众人心中大痛。

"与天地同在！"孟天正喝道。他猛力一震，将所有人逼退，并祭出一道大道神光，将石昊送走，让他进帝关。

"轰隆！"

孟天正爆发了，整个躯体都在发光，仿佛在燃烧，释放出不朽的力量。

一股强大的波动在震荡，席卷了天地，孟天正满头黑发飘舞起来，眼神犀利如电光。

从他的躯体中，腾起一道又一道仙光，氤氲仙雾将他笼罩，令他看起来神圣无比，如同真仙一般。

"孟前辈！"

帝关的人都很吃惊，他要做什么？

"孟兄果然气吞山河，英雄气盖世，就是生命无多，将要逝去，也要踏上仙路！"王长生感叹道。

所有人都明白了，孟天正哪怕生命无多了，也不低头，勇猛直进，要踏出最后的步子，彻底成仙。

这样做的代价未免太大了，他在焚大道，燃精气神，竭尽所能冲破天地大环境的阻隔，要迈入仙道领域。

这是在逆天！

谁都知道，他负有重伤，不可逆转，虽然现在这般拼命，即便立足仙道领域，也活不成了。

到那个时候，他已经耗尽了一切。

不能活到成仙那一天，那就实现刹那间的辉煌，证明自己曾经来过，击碎这一纪元的魔咒，打破桎梏。

孟天正风采无双，此时灿烂而永恒。所有人都倒退，进入了帝关。

孟天正所在的位置光雨飞舞，带着仙道气息，带着不灭战意，那是他的意志。他不屈、不甘，进行着人生的最后一战。

向仙道迈步！

光雨飞洒，仙光迸发，无比璀璨，照亮整片边荒，也照亮了这一世。

帝关内，众人震撼不已。

可惜了，若是大弓内的神胎无损，道果不伤，那么孟天正便能够自然成仙。

"轰隆隆！"

孟天正演绎无双法，仙道气息弥散，瑞霞漫天，仙光遮体，如同战神转世，真仙复生。

此时，孟天正虽然英雄末路，但是依旧气吞山河，他只是长啸一声，就引得边荒震动。

"轰隆！"

孟天正抬手间，从域外抓来一颗又一颗大星，以带着仙道气息的法力将之炼化，重筑帝关，将帝关快速修复完毕。

"超越了至尊，双脚都要立足在那一领域了吗？"有人震惊地说道，连声音都在微微颤抖。

不久前，孟天正一只脚踏进了仙道领域，已经震惊了当世，因为那个时候他就已经超越了至尊，睥睨天下。

现在，他真的成功了吗？

"轰隆！"

突然，天渊剧烈地震动起来，法则之海沸腾了。

天渊向下倾泻法则，数不清的秩序神链落下。

同一时间，异域方向传来大吼声，有盖世强者在行动，安澜之枪、无殇的大戟，全都在天渊中出现了。

最早时，无殇的大戟就在那里，要劈开一条通道，送过来一位不朽者。现在，不止一件兵器，而是两三件，全力以赴地送那名不朽者越过天渊。

这是一场剧变！

"咔嚓！"

兵器龟裂，甚至即将折断。

他们快速收手，无法再继续了，要是真的彻底毁掉盖世兵器，那么漫长岁月的准备就会功亏一篑。

他们的大道法器不容有失，将来还要征伐天地呢。他们深知仙域的强大，现在不容受损过重。

帝关的城楼上，所有人都震撼不已，万万没有想到最后关头会发生这样的事，好险，对方终是失败了！

"呵呵，哈哈……"

突然，大笑声传来，源自天渊。

就在人们以为有惊无险时，一道身影走了出来。他踉跄着，浑身是伤，狼狈不堪。

他挺直脊背，站了起来，血气遮蔽星空，震动了浩瀚的边荒。

不朽的气息弥漫，至强的法力汹涌，无上神光迸发，释放出无上的仙道气息。

这是一名不朽者，他成功地过来了。

那几件兵器竭尽所能，就是为了庇护他，越过天渊。

此时，整片乾坤都崩裂了，只因他站在那里，冷漠地望来。

不朽者，俯视帝关！

怎么会如此？帝关的人们如坠冰窖，从头凉到脚。

他们都以为大战结束了，可以安度数百年，迎来最为平和的一段岁月，怎料到最后的刹那，居然过来了一位不朽者。

天渊中，高空不断垂落法则，秩序神链彻底封锁了那里。

毫无疑问，异域那边的人再也无法强闯帝关了。但是，这已经过来的不朽者怎么办，谁能与之抗衡？

不朽者看向孟天正，露出异色，很是意外。孟天正的身体迸发出仙道瑞霞，他在迈入崭新的领域。

"有意思，先除了你！"异域的不朽者露出残忍的笑容，一步一步逼来。

看到异域的不朽者出现，帝关所有人都是头皮一阵发麻，心中慌乱，很是绝望。

但是，孟天正见到不朽者后，却没有一丝沮丧，反倒笑了，带着凌霄的战意，还有一种绝世的风采。

他居然大步向前，主动迎了上去，道："未能成仙，心有一憾，这是在为我弥补遗憾吗？"

他大笑着，黄金战衣发出煌煌如天日般的光芒，哪怕战死，也胜过寂静地坐化。

孟天正神采飞扬，黑色长发披散，带着强大的自信，要与不朽者对决。

"我一根手指就能灭了你！"不朽者冷冷地说道，并且真的伸出一根手指，手指疾速放大，向着孟天正压去。

孟天正摘下断弓，里面落下了一具躯体。

那是神胎，也是他的道果吗？

"轰！"

恐怖的气息吞没天地，乌光压盖世间。

或许，称之为神胎不符合，那更像是一具魔躯，散发着妖异的气息，乌光遮蔽乾坤。

孟天正的身体也在发光,如十日横空,他自身更像是神胎,迸发仙道光辉,永恒不朽。

"轰隆"一声,两具躯体同时向前攻去。

不灭经文释放,打破永恒,得见长生。

"咚"的一声闷响,阴阳神光照耀古今,与孟天正相对应的魔躯一同攻击对手,将那一指震开。

不朽者缓缓收手,指尖发麻。他冷冷地看向孟天正,道:"有些门道!"

"一指灭我?你不行!"孟天正开口道。

帝关的城楼上,所有人都震惊了,孟天正在与不朽者硬碰硬?这真的是要打破神话,得见长生了吗?!

这时,孟天正分为两面,一个神光普照,黑发披散;另一个却是妖异而冷酷,如同盖世魔神。

他们都很年轻,处在黄金岁月中,身材修长挺拔,英姿勃发,只是一个满头黑发,一个白发如雪,完全不一样。

两人都极其强大,带着仙道之力,穿着黄金战衣,英姿慑人,释放出强大的力量。孟天正大喝道:"今日,在搏斗中前行,此生一憾,由你来弥补,成仙路上决战!"

第1415章 不朽

WANMEI SHIJIE

灰暗的天空中，一道又一道闪电炸开，击穿苍穹，撕裂高天，一颗又一颗陨石飘浮着。

大星转动，压抑无比，同时还有不少大星在燃烧着，化成了巨大的火球，向着地面坠落而去。

天崩地裂，这简直是一番末日般的景象。造成这一切的，是两个生灵，他们散发出的光芒遮天蔽日，大漠也被笼罩了。

"哈哈——"对面，那个不朽者打破了僵持。他来自异域，行走于虚空中，震慑世间。

"我很期待，这样一方净土，等着我去踏破！"此时，他是无敌的，没有人可以与他抗衡。

他是不朽的生灵，等同于真仙，是一位仙道领域的强者。在这九天十地间，真仙难觅，谁与争锋？

从某种意义上来说，他便是当世第一高手。

因为，天渊隔断了异域，其他强大的生灵再也过不来，那片空间，那个世界，与这边没有关系了。

在如今的苍茫大地上，在这边荒，只有这么一个不朽者。

孟天正很平静，没有说话，他体外的光雨更绚烂了，密密麻麻，化作成仙之光。

"除掉你，这方净土便再无人可阻我！"不朽的生灵开口道，眸光炙热。他眺望前方，仿佛要透过帝关看到那无垠的大地。

九天十地无人能够拦阻他，这意味着在很漫长的时间内，他就是这片疆土的主宰者。

到了那个时候，集全天下的气运于一身，他或许能够进一步突破。

所谓的气运，并非天命，而是指实质上的大造化。

若是这方天地中，以他为尊，那所谓的机缘，一个纪元的造化等，将全部归他所有。

"哈哈——"

不朽者大笑起来，震得整个帝关在隆隆摇动，仿佛要崩裂了一般。

帝关的所有人都脸色苍白，谁能料到，最后关头，一个不朽的生灵过来了！

"锵！"

不朽者动了，抬手间，符文交织，其右手五指如同仙金般发出铿锵之声，疾速向前探来，抓向孟天正的天灵盖。

他很冷酷，也很无情，要在第一时间除掉孟天正这个变数，如此他便能独尊此界了。

"轰！"

孟天正丝毫无惧，斗志昂扬，前所未有地慑人，仙道光辉耀眼无比，向着四方迸发。

他跟那具魔躯站在一起，仿佛可以开天辟地。

"咚！"

天宇被震裂，乾坤塌陷，陨石坠落。

毫无疑问，孟天正以不可思议的手段让自身仿佛踏足仙道领域之中，法力强大无比。

这根本不像是一个生命无多的人，因为他的血气太充沛了，实力不可揣度。

"纳命来！"孟天正喝道。

他全力以赴，要在人生的最后阶段进行辉煌一战。

先前他心有一憾，未能成仙，现在，他有了一个弥补遗憾的机会——与不朽者这个级别的生灵对决。

他能在这一战中真正成为战仙也说不定。

两个孟天正，一个满头黑发，一个白发如雪，一起向前攻去。

一人出拳，一人出掌，有《不灭经》的奥义，还有其他。

两人进行了最为玄妙的配合，阴阳二气流转，合在一起，就是阐释大道本质。

"当当当——"

火星四溅，天地崩裂，两人跟天空中的那只大手不断碰撞，造成了最为可怕的景象，一颗又一颗星星坠落下来。

"轰隆"一声，很快，他们来到了苍穹之上。

"哪里走！"

不朽者立马展开追击，瞳孔略微收缩。

早先他将一根指头点出，没能奈何对方也就罢了，现在他伸出大手，居然也没能立刻除掉对方。

"哧！"刹那间，不朽者浑身变得银白，宛若白银浇铸而成，散发出一股更为可怕的气息。

他不得不郑重起来，万一在大意的情况下在这里吃大亏，那就悔之晚矣。

他已经看出，孟天正的状态很奇特，仿佛真的成了一个仙道高手，那是漫长岁月的积淀，更是神躯与魔胎的互补。

"嗡！"

虚空崩裂，不朽者的头发竟然如同银河垂落一般倾泻下来，震碎了高天。这头发根根晶莹，带着不朽的符文，横扫孟天正。

有谁敢这么针对一位散发着仙光的至强者？不朽者就是这样做的，径直出击。

"砰！"

孟天正横移脚步，太阳真火瞬间爆发，熊熊燃烧，点燃天地，要将这不朽者的头发毁掉。

然而，不朽者的头发被太阳真火笼罩，居然无恙。

另一边，那个发白如雪，从弓中坠落出来的躯体长啸一声，吐出一团火焰，那是太阴之火道符文。

当太阴与太阳相撞，两者间烈焰冲霄，击穿了苍穹，天地之间都是符文和火光，让人灵魂战栗。

"轰隆！"

域外也不知道有多少大星被焚毁，星骸遍地，簌簌坠落，向着边荒砸去。

那景象震撼人心，一颗又一颗赤红的星星被焚毁，巨大的陨石铺天盖地，到处都是。

这是仙道级大战，仅一个动作，就造成了星空崩塌的景象。

"哧！"

漫天的头发被收了回去，不朽者露出惊讶之色，这个对手居然真的成仙了吗？

他不敢再有丝毫的大意，集中力量，挥动拳头，再次向前攻去。

不朽一击，天地寂灭。可怕的光芒席卷天地，横扫了域外，所有坠落的陨石等全部炸开，在虚空中化为齑粉。

而这只是他一击的余波而已，真正的正面攻击都集中在孟天正身上。

"砰！"

孟天正一体两面，一起出手，迎击不朽者，发出耀眼的光芒，大道轰鸣，天宇崩裂。

很快，孟天正横飞了出去，两个躯体都是如此。

这就是不朽者的神威，难以抗衡。

"凭你也想跟我争锋！"不朽者喝道。他长发披散，浑身金属光泽闪耀，气息更恐怖了。

"轰隆隆！"

天地震动，域外爆发出可怕的光束。

那是不朽者的拳光，这一刻照亮了宇宙。每一道拳光飞出，都有一颗又一颗大星被击碎，成为历史的尘埃。

这是仙道大战，是世间最绚烂的对决，也是最危险的碰撞。

这片星空都被他们打崩了，星体都不知道毁了多少。

不朽者发狂，动用了至强力量。他担心出意外，因此毫无保留，一拳接着一拳地砸出。

一道又一道巨大的闪电冲进宇宙深处，照亮黑暗之地，很多星体都显得很渺小。

拳力绝世！

孟天正不断倒退，甚至被轰击得横飞出去，大口吐血，他第一次迎战不朽者，体会到了不朽者的强大。

"成仙？我看未必！你没有得到天地的认可，不曾受到洗礼，没有接受上苍之审判，还不行！"不朽的生灵冷冷地道。

他释放的法力更强大了，简直要毁灭这一世！

孟天正大吼一声，全身的甲胄如同仙剑般，居然在铮铮作响，爆发出金色的光芒，阻断对方的拳光。

他的两具躯体都受伤了，此刻冲向一起，"轰隆"一声，爆发出无与伦比的仙道气息，法力汹涌。

两具躯体，在此融合了！

此时，孟天正发生了惊人的变化，有勃勃生机，还有混沌之气，更有仙道光雨，笼罩了他全身。

"以身为种，断路重现！"孟天正低吼道。

他的不甘，他昔日的遗憾，他今生的愿望，都在这一刻爆发了。他体内有很多的门在开启，释放出永恒的力量。

　　成仙之光席卷了天地，他的气息在变强。他大吼道："借不朽之力，弥补我的遗憾！"

　　"成仙路上斩不朽！"孟天正大喝道，带着无量仙光，攻向不朽者。

第1416章 如期而来的诡异
WANMEI SHIJIE

成仙路上斩不朽，这等气魄，令四方震惊。天宇剧烈地抖动，仿佛直达上苍，震动此界。

帝关的城楼上，许多人透过几面骨镜在观战，见到这一幕后，他们既激动，又伤感。

孟天正终究要逝去，而他却在临死前明志要斩不朽，这不仅是为了弥补遗憾，也是为保护帝关尽最后一份力。

苍穹上，激烈的大战爆发了。

孟天正的两具躯体融合后，向前冲去，一拳砸出。他法力盖世，异常强大，已经与仙道生灵没什么区别了。

"砰！"

一拳而已，就震得不朽者倒退了几步，不朽者脸上露出惊讶之色。

怎会如此？不朽者很是震惊，眼前之人太古怪了，难道他真的成仙了？

"轰隆！"

孟天正捏拳印，疾速而来，一拳猛过一拳，漫天星斗都在战栗，这片星域都在他拳光的笼罩之下。

在"砰砰"声中，在遥远的星域深处，一颗又一颗星炸开。

此时，孟天正神勇无比，身体发光，如同黑洞一般吸取那些焚烧的大星的力量。

此外，星体炸开形成的光束也都向着他汇聚而来，为他所用。他拳头发光，狂攻不朽者。

在"轰隆隆"的大道声中，孟天正拳力惊人，不断发起攻击。

在此过程中，不朽者被震伤了，"哇"的一声，他嘴里喷出一口不朽真血，当即毁掉很大一片星空。

至于孟天正，他仿佛不知疲倦，无惧伤势，只顾着猛攻。

不朽者怒了，满头银发飞舞，身体发光。他结法印，施展出一种可怕的祖术。

一片不朽之光从他手中炸开，淹没了孟天正。

孟天正的身体周围，阴阳二气流转，居然化解了那些不朽的符文，将不朽者的祖术挡住了。

"锵！"

孟天正的断弓出现，化成两柄弯月刃，锋利无比，跟孟天正一样带着仙光，璀璨得令人不可直视。

"咻"的一声，一柄弯月刃飞出，斩破天地，割裂了这片星空。"噗"的一声，它带着大道规则，居然扫中了不朽者。

不朽者无比震惊，同时怒火中烧——他的肌体居然被划开了。

刚才，他尝试着截断此柄弯月刃，因为他看出，这件兵器有孟天正的道果气息，一定温养过其神胎、法相等，一旦击碎这件兵器，多半会让孟天正遭受反噬。

可是，这件兵器像是被仙气滋养，和孟天正一样发生了蜕变，成了仙道法器。

不朽者初次尝试失败，自己的手臂也被斩伤了。

帝关的城楼上，人们震撼不已。

真的能斩不朽者，这简直是奇迹！

"咻！"

不朽者的肌体上浮现出一条又一条纹路，那是道则，也是他释放的潜能和不朽之力。

所谓不朽，身与法结合，到了这个境界没有必要刻意施展出一种法，因为大道已经跟他们融合在一起了。

现在，不朽者集中力量，祖术纹路遍体，神通规则浮现，他的肌体仿佛刻上了法阵。

"轰隆"一声，他的眸子瞬间变得璀璨，如同小太阳一般，他想要迅速除掉孟天正。

此时，孟天正也完全不同了，体内喷薄仙光，一道又一道的门开启，释放出的力量无与伦比，仿佛修道多年的真仙降世。

为什么？不朽者很是疑惑，哪怕对方真的超凡，也不可能在成仙的过程中就有这般实力啊！

"轰！"

孟天正爆发了，他体内的门化成了力量之源，催动两柄弯月刃，发出蒙蒙仙光，向前斩去。

这是昔日的执念，他走以身为种的路，功败垂成，封印神胎，那是道果。

如今两具躯体合一，就是为了突破，展现最强的力量。

可惜，孟天正过早地让神胎出世，断了前路，也让道果受损，终究要遭到反噬，踏上不归路。

而且，在接连斩灭异域的至尊时，他错过了最后的疗伤机会，而今不能回头了。

"锵！"

大道相互碰撞，孟天正被击飞，受了重创，而不朽者也被两柄弯月刃击中了。

"以身为种！"

不朽者盯着孟天正，看着他体内一道又一道发光的门，想到了一些传闻，神色越发严肃。

"留你不得！"不朽者呵斥一声，再次冲来。

谁都没有想到孟天正这么强大，真的能跟不朽者交手，哪怕战死，也是虽败犹荣。

"噗！"

孟天正的身体被击中，横飞了出去。

不朽者虽然也受伤了，但是问题不大，他在后方追击孟天正，准备施展绝招，结束战斗。

就在这时，可怕的事情发生了，天地间的阵阵惊雷、璀璨仙光，一下子淹没了这片星空，茫茫无边。

孟天正被仙道雷霆淹没了。

"真的要以另类的方式成仙了！"不朽者心中一惊，向后退了几步，没有立刻闯进去，因为他怕惹上最可怕的仙道天劫。

所谓的另类成仙者，是指没有经历天劫洗礼，没有经受上苍的考验，但是有真仙实力的修士。

这只是传说中才存在的生灵，自古以来也没有几个。因为，生灵的实力过线后，必须得渡劫，经受考验。

除非有奇异遭遇的生灵，由于种种原因而不能成仙，卡在这一特殊境界，因此只能算是另类成仙者。可此类生灵望遍古史也没有几个。

如今，孟天正不能在这个状态保持下去，果然被逼出这一领域，开始渡劫。

帝关的城楼上，所有人都震惊不已，孟天正真的要成仙了？

很快，一股黑雾从天穹的最上方落下，淹没大星，笼罩高天，一切都仿佛失去了生机。

发生了什么?!

所有人都愣住了,不是要渡劫吗?怎么会有这等诡异的事情发生?

成仙代表了辉煌,是神圣的,也是祥和的,可现在怎么出现了死气沉沉、非常诡异的画面?

"轰!"

天劫还在,黑雾也在弥漫。

帝关的城楼上,石昊的身体一阵发冷,他生出一种非常不好的感觉,想到了昔日的一些事。

他想到了两个人——叶千羽和蓦无道,他们都曾几乎涉足仙道领域,留下传说,可是最后都陨灭了。

当年,三千道州天才争霸,进入仙古遗地,石昊曾得到虚天藤这株神药,从它那里了解到一个名为叶千羽的人,还看到了一些烙印碎片。

在某一个时代,叶千羽渡劫后就曾遇到这种事,最后被黑暗吞没了。现在,这种诡异之事发生在了孟天正身上!

"不!"

石昊大吼着,恨不得冲向域外,去告诉大长老要小心,一定要熬过去。

仙院的老头子一把抓住了石昊,不让他闯出帝关。

事实上,两地相隔太远,根本来不及了,而且域外有不朽者,不容任何人接近。

"轰!"

仙道雷霆劈落,仙光恐怖至极,黑雾也在降落。

"终究还是来了。"孟天正叹息道,"我自断大弓,道果提前出世,结局便早已注定,成仙日,便是仙殒时。"

他若是无恙,自信可以熬过去。

现在,他根本就活不下去了,只想弥补遗憾。只要刹那驻足仙道领域,他便死而无憾了。

可是,最后关头出现了这种黑雾,跟传说中的情形一般无二。或许,他连成仙都不能了。

"来吧,不朽者!"孟天正没有理会头顶上的一切,径直扑向了不朽者。

此时,不朽者的表情很奇怪,他看着那片黑色的雾霭,有些向往,又有些恐惧，神色复杂。

"斩！"

孟天正大吼道，带着仙道雷电冲了过去，与不朽者血战。

这一刻，孟天正的气息强大无比，他在渡劫过程中仿佛又经历了一次蜕变，成就了真正的仙道果位。

"轰！"

不朽者居然被击得大口咯血。

第1417章 诸仙末日离别曲
WANMEI SHIJIE

在最后的时光中，孟天正闯进仙道领域，聆听着自己的葬歌。

孟天正一往无前，攻向不朽者，他知道自己时间不多了，要么在遗憾中落幕，要么在灿烂中高歌。

唯有一战！

此时，天地都在战栗，那是仙道力量在释放，是不朽之光在闪烁。

两大强者不可避免地展开了大决战，动用了全部的神通与手段。

除此之外，还有那漫天的雷电，伴着神圣祥和的霞光，以及最高处的诡异的黑雾，这些是相互矛盾的，但同时出现了。

孟天正在硬扛，暂时不去理会这些。

是在灿烂中永生，还是在辉煌中落幕，抑或是在凄凉中逝去，尽在最后一战中见分晓。

孟天正神勇无比，如同战仙转世，满头黑发都在发光，带着淡金色的光彩，神力盖世，比之前不知道强大了多少。

他这一拳直接击穿这片星域，造成的波动无与伦比，可以看到，这片苍穹下，群星坠落，大星焚烧。

那拳头像是从一张纸中穿透而出，透过空间界壁，到了不朽者的眼前，神光无量，照耀古今。

不朽者顿时变了脸色，就在方才，他已经负伤了，被孟天正的绝世拳光震得咯血，现在孟天正这么拼命，他更加忌惮了。

他如同浴火而来的不死血凰，火光冲天，那都是由大道符号组成的。

他银白色的躯体上铭刻了大量的纹路，如同金属般泛着光泽。

"咚！"

沉闷的一击，让苍穹粉碎，混沌之气爆发，如同一个纪元终结。

这是至强者的碰撞，此世难觅真仙，两界被隔绝后，他们便是无敌的战力。

天崩地裂，鬼哭狼嚎。

附近没有了星体，群星早已被那盖世拳印震碎，星骸落向四面八方。

这是一场浩劫，他们的惊世一击，让这片星空先是极致璀璨，而后燃烧的星骸远去，这里便渐渐变得黑暗了。

不朽者又一次被击伤了，对方所捏的拳印实在过于刚猛，打得他气血翻腾，指骨都险些断裂。

孟天正也在吐血，付出了代价。

"为何这么强？"不朽者瞳孔收缩，目光越发可怕。他必须尽快除掉对方，不然可能会发生变故。

因为，从开始到现在，对方越来越难对付了。

"呜——"

不朽者再也没有了一丝轻视之心，取出洁白的骨笛，并吹响了它。

"诸仙末日之离魂曲！"

在笛声响起前的刹那，不朽者断喝道。这几个字如同天意之刀斩落，一下子让这首曲子威力倍增。

这是魔曲之宗旨，是其神意所在。

"呜呜——"

笛声响起，仿佛诸神在哭泣，冷风吹过，举世生灵皆离魂。

这首曲子很可怕，哪怕隔着无尽远的距离，也让帝关的生灵险些悉数殒命。

关键时刻，帝关内的仙阵发光，刚退回来的十界图、仙王裹尸布等震动起来，挡住了曲音。

可是，域外就不同了。星空被割裂，成为一块又一块，都是那曲音所致。

孟天正身体摇晃，肌肤上出现了一道又一道裂痕，这首曲子不仅可以使人离魂，还能斩伤肉身。

毫无疑问，他被此曲击伤了！

诸仙末日之离魂曲震动了这片宇宙，诸多虚影浮现，如同行尸走肉一般。

孟天正的双目有些暗淡，其神魂被曲子召唤，要离体而去。

突然间，他大喝一声，眸子深处神光大盛，从这种失神的状态中恢复过来，虽然躯体被重伤，但是精神上摆脱了影响。

"锵！"

孟天正背后浮现出两柄弯月刃，熠熠生辉，而后直接斩了出去。天地间，仿佛有两轮冷月在飞旋，发出轰鸣声。

不朽者的双目如同太阳般耀眼，他唇边的笛子发光，漾出魔性涟漪，那是最可怕的音波！

一个又一个音符由仙道纹路凝聚而成，化成有形之体，在虚空中跳跃，全都带着不朽的光芒。

刺耳的声音爆发，弯月刃跟这些音符相撞，火星四溅，大道波纹扩散，撕开了这片大宇宙。

这如同在开天辟地，景象骇人至极。

最终，弯月刃击散诸多发光的大道音符，撞在骨笛上，中断了此曲。

在此过程中，两者之间的距离在缩短，孟天正再次攻向不朽者。

"锵！"

孟天正的双臂展开，竟化成一黑一白两柄不同颜色的剑胎，散发着阴阳二气。

"哧！"

一刹那，两道剑光分为黑白二色，疾速向前斩去。

"噗！"

不朽者悍然迎击，结果被可怕的剑光斩中了。

不朽者长啸一声，被激怒了，一位后进者，一个才踏足仙道领域的人族，居然数次将他击伤了！

这是天大的耻辱！

"轰隆"一声，他的右手中出现了一杆天戈，寒气扑面而来，仿佛要冻住整片宇宙。

这是不朽的法器，也是他的成道器，拥有极大的威能，向着孟天正扫去。

"当！"

黑白两柄剑胎发光，交叉着迎了上去，与不朽的法器碰撞，迸发出刺目的光芒。

此时，一片璀璨骇人的浪以这里为中心，向着宇宙深处汹涌而去，十分慑人。

"哧！"

孟天正体内的各种门一起发光，在身体上铭刻符文。

那是《不灭经》之奥义，他将之与自己的大道结合，将二者推向了极致，这是他敢对抗不朽的法器的原因所在。

《不灭经》与大道相融，再加上以身为种，让孟天正的身躯坚固不朽。

"轰隆！"孟天正的双臂化成的黑白剑胎，此时变成了一柄剑胎，黑白二气融汇，不分彼此。

"哧！"当孟天正这般向前劈去时，这片天宇被切开了，像是分为了两界，景象震撼人心。

一剑断星域！

这是浩大的威能，是绝世之力。

"当！"

这柄黑白剑胎将不朽的法器天戈斩得火星四溅，冲起很高，同时，那两柄弯月刃猛地斩向不朽者。

"砰砰砰！"

不朽者横移躯体，出现在另一片星空下，同时祭出祖术，阻挡弯月刃，跟那两件兵器激烈碰撞。

"啊——"

孟天正长啸一声，动用最强的力量。

"哧"的一声，他如同鬼魅般向前冲去，一步就跨出数十万里，刹那间拉近了距离，追上了对手。

"噗！"

这一次，黑白剑胎斩出了绝世光芒，无物不破。

不朽者避之不及，剑光成片，一道又一道，淹没了此地。

一刹那，两人碰撞了千百次，不朽者仍持天戈跟孟天正对决。

"哧！"

剑光如虹，斩中了不朽者的一条手臂。

同一时间，孟天正也是一震，踉踉跄跄，因为他被头顶上的仙道雷电劈中了。

此时，天劫之神威开始显现，仅凭肉身硬扛已经非常吃力了，而且那不祥的黑雾也落了下来，靠近了孟天正。

第1418章 最后一战

不朽者面色发白，对方的无畏与勇猛让他忌惮。

他居然被斩中了左臂，对他来说，这简直不可想象！

多少年了，成为不朽者之后，他从未遇到过险情，今日却被一个人族强者逼迫到这一步。

他银白的躯体发光，疾速后退。

他在庆幸，若非天劫过猛，阻击了孟天正，他或许会更为狼狈，甚至有生命危险。

当然，他之所以能避开雷霆，是因为身上有一件绝世秘宝。

天空中，天劫猛烈，那是仙道之光，是无上雷霆，若是一般的人在此，肯定早就被劈成灰烬了。

孟天正也负伤了，早先他为了除掉不朽者，没有理会闪电，现在尝到了苦果，负了重伤。

他之所以敢如此，是因为他之前走过以身为种的路，虽然没有修炼至完满，但是毕竟跟一般的成仙者不同。

而且，他还修炼了《不灭经》，更进一步强化了肉身，不然的话，他怎敢在天劫中这样出手？

孟天正没有耽搁，略微调整，口鼻竟吞吐雷光，而后又攻向不朽者，誓要取他性命。

一个刚踏足这一领域的人族修士，就敢不断出招，要除掉那成道多年的不朽者，说出去的话没有几人敢相信。

一般来说，后进者欠缺充沛的仙道之力，很难是老牌强者的对手。但是，孟天正做到了，他斩伤了修道岁月漫长的不朽级强者。

他的时间真的不多了，因此他必须斩灭不朽者。

"轰隆！"

雷霆太过可怕，仙光迸发，不断击落，打得孟天正摇动不止。

但是，孟天正没有办法躲避，只能硬扛。这是天劫，是厄难，是命运的审判，也是一种对生命的洗礼。

熬过去，活下来，从此便会海阔凭鱼跃，天高任鸟飞。可惜，哪怕他能扛住，生命也跟他无缘。

总的来说，前路一片黑暗。

"轰！"

孟天正双手相合，依旧是黑白剑胎，发出巨大的剑光，不仅撕开了天宇，更斩开了这片宇宙。

不朽者神色肃穆，以天戈阻击，同时倒退。他在拖延时间，希望天劫能进一步伤害这个对手。

他心中有一股屈辱感，堂堂不朽者，居然没有进击，而是动了这等心思。

不过，还是活下来最重要，笑到最后的人才是赢家，他没有让情绪继续左右自己。

"当当当——"

响声震耳，天宇炸开，剑光斩破苍茫天地，得见长生永恒，更有飞仙之光。

这是孟天正的最后一战，与不朽者的大对决！

"噗！"

不朽者再次吐血，肋部被剑光击中，被划开一道可怕的伤口。

"哧！"

同一时间，孟天正的两柄弯月刃带着大道光芒，所向披靡，击穿星空，斩在了不朽者的后背上。

"啊——"

不朽者怒吼起来。他居然被人这样攻伐，一个纪元了，过去从来没有人敢这样对他。

"轰隆！"

关键时刻，孟天正又一次受阻，雷霆淹没了他，黑雾也在侵蚀他的身躯。

这是不祥的物质，当年曾害了叶千羽、摹无道两位天骄，让他们功败垂成，殒命在最后的成仙过程中。

果然，孟天正一阵摇动，身体泛起黑雾，神魂受到一阵莫名的冲击，像是要变成另外一个人。

他潜意识中的负面情绪等一下子爆发了。他似乎要涅槃，一个全新的自我仿佛要占据他的心神，夺走这具躯体，十分恐怖。

孟天正猛地抬头，看向天空中，大吼一声，震散黑雾，挡住了这次的侵蚀。

黑雾滚滚，在上方徘徊，并未真正退走，那里面仿佛有什么生灵。

这才是最可怕的，比仙道雷霆还要让人绝望。

天劫可以渡过，这种未知的黑雾的侵蚀却不见得能熬过去。叶千羽、摹无道何其厉害，但面对黑雾都没有抗争之力，那是成仙之祸！

在这个过程中，不朽者的表情非常奇怪，有希冀，有渴望，他想靠近，但又有一种惧意。

他的神色显得很纠结。

孟天正怒啸一声，冲向不朽者，显然是豁出去了，一点儿都不在意头顶上的两大威胁。

"咚咚咚！"

这一次，天劫如同神鼓在擂动，耀眼的光芒洒落下来，形成毁灭之击。

孟天正通体都是伤痕，被打得如同要解体了一般，以身为种，结成光茧，抵消了死亡之光。

但是，他依旧不可避免地遭受了重创。

"轰隆隆！"

雷光无穷无尽，被重伤的孟天正带着，向不朽的生灵扑杀。

这一次，雷霆格外猛烈，令人无法想象。

"不好！"

不朽者心中焦躁不安，因为他身上的一件器物"咔嚓"一声碎掉了，雷光直接席卷了他所在的位置。

早先，他之所以能置身事外，是因为身上有一块宝坠，那是一件不朽灵宝，价值不可估量，举世罕见。

那块宝坠曾得到过数位不朽者的温养，早已通灵，可避过上苍的审判——天劫，不然的话，他早就被雷光淹没了。

现在，那无价秘宝居然被毁掉了。

"啊——"

不朽者大吼起来，跟着渡劫。他虽然没有惧意，因为当年也经历过这些，但是这毕竟是天劫，动辄取人性命，斩人道果。

不朽者很狼狈，而这对孟天正来说，则是除掉对手的一个机会。

两人同在雷光下，都在被攻击，谁都逃不了。

"轰！"此时，不朽者开始拼命，天戈突然变大，居然出现了一个旗面，旗子迎风摇动，猎猎作响。

天戈变成了旗杆，露出此件法器的真容。

这是一杆大旗，黑色的旗面上满是尸骨的图案，并有蒙蒙虚影。

"轰隆！"

不朽者摇动大旗，刹那间，数不尽的人马从大旗中冲出，像是来自异界的大军。

他们都很强大，一齐冲向孟天正。

"雷杀！"

孟天正大喝一声。天地间，雷光向前垂落，当场将成片的身影焚成了灰烬。

但是，有一些金色骨架，以及一些如玉石般的尸体并没有被焚毁，继续向前冲来。

这面大旗是不朽者祭炼了无尽岁月的宝物，强大无比，此时尽显神威，带着千军万马攻击孟天正。

大旗猎猎作响，每一次抖动，都震碎了星空，不断有大军攻来。

"哧！"

孟天正扬起头，面对天劫，张口一吸，竟吞下了无数雷霆，而后身体直接化成了一柄剑胎。

这一次不是双臂，而是全身都化成了剑胎。

孟天正之所以敢这么做，是因为他一向果敢、坚毅、勇猛无惧，此时他一往无前，要斩破苍天。

"哧！"

剑光所过之处，哀号声响起，身影相继消失。

这柄剑胎所向披靡，斩破一切阻碍。

同一时间，两柄弯月刃被仙光洗礼、雷霆淹没之后，变得越发可怕，无惧任何阻挡。

"噗！"

孟天正自身化成了一柄仙剑胎，震开天戈，"噗"的一声斩中了不朽者。

漫天的法则，无尽的秩序神链，如同瀑布般倾泻。不朽者竭尽所能阻挡对手，并想反杀之。

突然，两道声音响起，两柄弯月刃到了，它们代表了阴阳二道，"噗噗"两声，斩碎所有大道符号，切开光幕，破开了不朽者的防御。

在这最关键的时刻，弯月刃斩中了不朽者的两条臂膀。

孟天正化成的剑胎更是发出大道轰鸣声，高高扬起，猛地向前劈去。

这一次，没有任何意外与悬念，孟天正劈中了不朽者的元神。

"啊——"

不朽者号称不朽，的确有其惊人之处，就是元神被劈开，也并未殒命，想要借机遁走。

可惜，到了这一步，他难以逆天了。

孟天正重新化成人形，背后浮现出两柄弯月刃，散发出神圣的光辉，守护己身，向前迈步而去。

他一步就到了不朽者近前，一把抓住了那被斩开的元神，掌指间发光，直接将其斩灭。

"噗！"

一代不朽者毙命，形神俱灭！

"咔嚓！"

孟天正抓住天戈，猛然用力，居然直接将之折断了，他怕这兵器中有古怪，便就此毁掉了它。

众人震撼不已，孟天正刚踏足仙道领域，就能斩灭不朽者，毁掉这个级别的兵器，实在强大得不可想象！

紧接着，他用尽力量，扯下大旗，猛然将之震碎。

孟天正站在那里，一动不动，他有怅然，也有叹息。他知道，这是人生最后的时刻了。

仙道雷霆不时劈落，最为可怕的是，还有黑雾浮现，要将他淹没。

他一步迈出，彻底远去，要带着不祥离开这片区域，远离边荒，渡过此生最后的时光。

帝关的城楼上，许多人呼唤他的名字，纷纷落泪。

宇宙深处，一片飘浮的古大陆上，孟天正独自立足其中，在他的周围，星体不断坠落，闪电交织，仙光闪耀。

此时他的面孔竟有一丝妖异之感，因为被黑雾笼罩了。

孟天正大吼一声，震散了不祥的云雾，轰开了仙道雷霆。

他霍地转身，最后看了帝关一眼，他的黄金战衣已是残破不堪，背后一对弯月刃散发着耀眼的光芒。他带着不舍，轻轻一叹。

帝关的城楼上，人们透过骨镜，看到了这最后的一幕，不禁落泪，大声呼唤，希望他能活着回来。

很多年过去后，人们还都带着遗憾，带着伤感。那是很多人最后一次看到他，那是最后的画面。

第1419章 就这样结束

最后的画面，永远定格在人们的心中，哪怕过去很多年，人们也无法忘怀。

那是战神，是一代人杰，可惜，他就这么消失了，再也不曾出现。

仙道雷霆滚滚，仙光闪烁，黑雾扩散，笼罩了孟天正，陨灭的星体如雨点般在那片宇宙中落下，他不见了！

那片古大陆崩毁了。

孟天正——这一纪元最有希望获得长生之人，却因提前破关，断了自己的路。在最后的守护大战中，他横扫帝族，斩灭诸多至尊，所向披靡。

可是，最后却是英雄末路。

他焚道祭身，与不朽者进行巅峰大战。

帝关宁静了，他却不见了。

他战出了绝世风采，可是，这等辉煌却伴着葬歌。

"大长老！"

"孟前辈！"

帝关的城楼上，许多人大喊着，忍不住落泪，为孟天正感到遗憾。太可惜了，一代天骄就这么消逝了。

那无敌的身影，那绝世的风采，让人怎能忘记？

这一战，给人留下了太深刻的印象，不可磨灭。

黄金战衣辉煌而灿烂，孟天正横击群敌，斩灭不朽者，一战威慑天下，可是到头来却聆听着自己的葬歌，独自上路，前往未知之处。

不归路，身在何方？

人们带着伤感，带着悲意，注视着空中灿烂的火光，仿佛又见到了一个高大的身影叱咤风云，在辉煌大战中永生。

"前辈！"

石昊带着遗憾，还有悲恸，大声呼唤，却无力改变什么。

孟天正可以说是他的护道者，也是为他领路的师长，给予了他太多关照，视他为关门弟子，现在就这么离开了。

最后，石昊颓然一叹。

帝关的城楼上有大哭声，也有呼唤声，仿佛要将那消失的战神召唤回来。

"孟前辈一定还活着！"有人说道。

"黑雾呢，哪儿去了？"一些人想看个究竟。

不过，他们被仙院的老头子拦住了。那是不祥，是诡异，若是黑雾扩散开来，他们都要殒命。

强大如叶千羽、摹无道，还有一代天骄孟天正，都没有办法化解黑雾的不祥。

"老友，走好！"圣院的老头子大声喊道，为孟天正送行。

他知道孟天正不可能活下来，因为他知晓黑雾的诡异，哪怕留下了躯体，也不可能留下元神。

"可惜了，孟兄，你若不是提前破关，伤了神胎道果，断了生路，那黑雾也不能奈何你吧。"王长生开口道。

"嗡！"

忽然，星域深处剧烈地一颤，而后一片阴影飘来。

其中，一缕雾从天而降，落在边荒，出现在大漠中，尝试着侵入天渊内。

"轰隆！"

这引起了剧变。

冥冥中有一股力量对这缕雾十分敏感，天渊沸腾了。

"哧！"

一刹那，天渊的最高处疑似裂开了，像是有仙门开启，光彩炫目，仿佛要照亮古今。

"轰隆！"

仙道之力倾泻，规则成片，飞仙光雨无穷无尽，从最高处落下，将天渊覆盖了。

帝关的人们当即愣住了，这是怎么了？

天渊难道真的连接着仙域吗？

秩序神链成千上万，都是仙道级的规则，而且极其高级。那是法阵，是封印，是禁锢之力，封锁天渊，横断两界。

隐约间，人们听到了祭祀音。

当一切平静下来，人们惊讶地发现，天渊很迷蒙，混沌之气外泄，变得陌生了，不可横跨。

有人祭出法器，想要横穿天渊，结果，法器坠落，被阻挡在外。

早先，只有不朽者被天渊阻挡，现在它已被永久封印，谁都不能通过。

那里如同有一面仙道墙壁，隔开了两界。

"黑雾引发了仙域最高规则之力……"王长生双目深邃，盯着前方，这般说道。

"永久地封印了？！"有人颤声道。

"不知道为何能引发剧变，像是某种盖世阵法被激活，封印了这里。"仙院的老头子说道。

一块碑浮现出来，立在混沌雾霭间，不注意的话，根本看不到。

"唠唠唠！"

帝关内，一些身影纷纷出城，疾速冲了过去，在那里观看。

"是仙文。"

"上面记载，天渊的确永久地封印了，不可再跨界。但是，亿万年后，此地一旦被破开，九天十地就会毁灭。"

这法阵会吸取九天十地之力。

当此地被破开时，也意味着这一界不行了，被耗尽了。

很多人都脸色大变，这则消息很糟糕！这意味着，帝关这边会逐渐衰落，走向末法时代。

一年又一年过去，哪怕没有异域大军入侵，这片天地也在被削弱，被法阵吸收本源力。

有一天，这一界会走向末路，行至终点。

但是，也有一小部分人露出喜色，因为这意味着千百万年内都没有敌人会攻过来，他们再无威胁了。

对于这些人来说，只要自身这一世无恙，哪还管他生后洪水滔天，享受此生就足够了。

"哈哈，不用担心异域了，再也不会有什么不朽之王在五百年后叩关了，这里被永久地封印了！"有人大笑道。

"闭嘴！"一位至尊呵斥道。

"暂时是安宁了，可是千万年后，整片古界都要沉沦。最好的情况是，末法时代，此界无人再能修炼；最坏的情况是，整片乾坤到了那时直接毁灭。"圣院的老头子叹息道。

"这件事，暂时不要泄露。"一位至尊说道。

这个消息影响太大了，会对修士们造成极大的冲击。

不久后，帝关沸腾。

人们只知道，大战结束了，在相当长的岁月中都不会有外敌入侵，两界彻底被隔断。

"太好了，大战终于落下帷幕了！"

"哈哈，可以回家了！"

许多人在庆祝，在欢呼，一些人激动得眼泪都流了下来。

此时，石昊眼中有茫然，有伤感，更有无尽的遗憾。

就这么结束了？

孟天正离开人世，而火灵儿消失在异域，两界隔断，她再也回不来了。

这些对石昊来说，都是很难接受的现实。

"啊——"石昊大吼，满头黑发舞动起来，心中充满了不甘，还有无奈。

怎能如此？

大战虽然胜利了，但是想到这些，石昊心中剧痛，他失去了太多，那些遗憾怎么才能弥补？

对于大长老的结局，他难以阻止，无力改变。他在心中暗暗发誓，有朝一日等他强大了，他一定会踏入异域，扫平敌人，为大长老复仇。

可是，而今两界隔断了。

这意味着，哪怕他的修为到了很高的层次，也难以过去，同时也救不了火灵儿。

"我不甘啊！"石昊大喊道。两界隔断，日后他想过去都不行了。

"会有办法的。"仙院的老头子走过来，拍了拍石昊的肩膀，安慰道。

石昊带着怅然，带着失落，默默地转身。大战虽然胜利了，但是他却没有一丝喜悦，这一战，让他失去了很多。

边荒之行，在边荒的磨砺与大战，竟是如此残酷，就这么结束了。

石昊哪怕不愿接受现实都不行，边荒大战彻底落幕，一切都已结束，将翻开崭新的一页。

那黑雾到底是什么，竟会引发边荒异变？他在思忖，在考虑，日后如何能攻过去。

石昊明白那黑雾很可怕，将来他若是到了大长老那个层次，肯定免不了要直面黑雾。

　　"平息了，就此没有了干戈。"圣院的老头子叹道。

　　"或许吧，不过，依照前贤的预言来看，最黑暗的岁月是怎么回事？诸天大战，不可避免。"仙院的老头子道。

　　"预言是一些还未发生的事，可很难明确那些事一定会发生。"王长生说道。

　　边荒之战落幕！

第1420章 寻找归路
WANMEI SHIJIE

一座土坟，就立在边荒。

石昊默默对着土坟祭拜，一句话也说不出。

这是孟天正的衣冠冢，坐落在帝关外，像是一个孤独的守护神，他哪怕殒命，也要留在曾经战斗过的地方。

周围有哭泣声，因为来了很多人，无论是年轻一代还是老辈人物，都很尊敬孟天正。

大长老孟天正有后人，就在帝关，这一脉人一直在这里战斗，只是外界极少有人知道而已。

到了今日，他们已经选择以帝关为家了。族中战神陨灭，对他们来说是巨大的打击，也是可怕的噩耗。

哭声渐渐变大，震得边荒都动荡起来。

仙院的老头子、圣院的老怪物都是九天残存下来的人道巅峰强者，他们有人沉默，有人大哭，怅然而去。

看着一代人杰这般消逝，他们都很难过。

"走了！"

"回到故乡，再也不回来了！"

坟前，有一些人在低语，互道珍重，要就此远行。

对于边荒，他们有着复杂的心情，这里发生了生死考验、流血之战，而到头来面对异域至尊、不朽者，他们却显得很无力。

帝关、九天损失了多位至尊，才总算守住这座城。

回到帝关，石昊找到孟天正的后人，留下《不灭经》，并告知他们，将来若有事，只需一句话，他无论在哪里，都一定会赶回来。

他也要离开了，这里留下的是遗憾，以及苦涩。

大战落幕，虽然胜了，但是石昊却难有笑容，九天十地牺牲了那么多人，也只是勉强守住了此地而已。

边荒七王永远地逝去了，整座城池以及城中的那些生灵，都葬在了血与火中。

然而，罪血之名还在，至今没能洗刷。

没有人愿意提，也无心去提，所有人都归心似箭，恨不得立刻离开。就是城中的一些原住民也打算迁移，不愿待在这里了。

帝关只留下了一些修士继续守护此地，而日后将由各族来轮流值守。

对于很多强族来说，这是一片苦寒之地，也是一片不愿再回首的痛苦之地，若有选择，他们不愿再踏足。

石昊看着帝关，心中叹道，不知道什么时候才能再来这里了。

"终有一天，号角会吹响，到了那一刻，我不会再这般弱小，一定要踏平异域！"石昊自语道。

他带着一群孩子，他们都是原始帝关的修士留下的血脉，他曾答应他们，要带他们去一片宁静的净土。

"真的要走了吗？"拓古驭龙、齐宏等人为石昊送行。

年轻一代这一次损失惨重，卫家四凰而今只剩下了两人，拓古驭龙被打残，齐宏受了重伤……

"再见！"

石昊带着孩子们，向帝关留守的人告别。

怎么才能回到下界八域？这是石昊在考虑的问题。

想回去真的很难，当年上来很不容易，而今再寻归路就更难了。

八域在九天十地外，有界壁保护，不允许太强大的力量进入。

"在回去前，我要去见一些人。"石昊对孩子们道。他觉得有必要去九天走一趟，跟一些老古董请教，该如何到下界八域去。

由于刚才太匆忙，满心伤感，他都没有顾得上这些事，应该向仙院的老头子请教才对。

"走吧，去九天，去天神书院，或者仙院，我等应该最后再聚首一次！"

无论是大须陀、谪仙还是邀月公主，都在邀请石昊去九天，因为此战过后，众人也许真的要天各一方了。

十冠王、谪仙等人也都要前往九天，因为他们的传承之根在那里。

帝关有巨大的传送阵，可进入九天，各族早已先后上路，离开了这座巨城。

"你真要回下界去？别走了，那里不适合修行，还是留下吧。"在路上，有许多人挽留石昊。

尤其是曹雨生、长弓衍、太阴玉兔等人，更是不想石昊离开，这一别，不知何年才能相见了。

或许，因为异域不再入侵，帝关一直平静，许多人都将永远天各一方，再也不会见到了。

传送阵宏大，效率极高。

很快，他们就来到了无量天，石昊将一群孩子送进天神书院，让他们安心等待。

这群孩子虽然穿着破旧，如同一群小乞丐，但是石昊知道，这是一批非常珍贵的"种子"，将来注定会形成一股强大的力量。

"你真的要走吗？"清漪问道，眸中流露出了不舍。

"是的，我要回去。"石昊点头道。

清漪叹息一声，点了点头，想出言挽留，却又摇了摇头。她知道，荒做出决断后，便不会改变了。

"如果你想去下界，我会在石村盛情款待你。"石昊道。

随后，石昊拜访了天神书院的一些长老，又去见了仙院的老头子，发现回下界非常艰难。

"这是历史遗留的问题，下界八域可以说是九天十地的一部分，也可以说不是，那里有上一纪元古代大能所定下的规则，具有排斥性。"仙院的老头子对石昊解释道。

他不是不能回去，但是需要在特定的时间才能回去，在而今这个时间段，天意难违，很难破开界壁。

"应该有一两条古路，可以安全地通向下界。"看到石昊很失望，仙院的老头子这般说道，但是他也不太清楚具体的路径，只是猜测有几个很古老的家族可能有密道。

不久后，石昊又拜访了圣院，见到了那个强大的老怪物，还是请教这个问题。

结果得到的答案差不多，这个老至尊也给了他一些线索，告知他，若无意外，应该是能走到下界去的。

虽然得到的答案都不是很肯定，但是总算有了眉目，这让石昊稍微松了一口气。

年轻一代本应有最后一聚，但是因为种种原因，聚会不断被推迟，因为众多年轻人各自回到族中后，有太多的事情要禀告，要交代。同时，不少人还要疗伤，哪怕是大须陀、谪仙等人都有暗伤，更不要说其他人了。

年轻一代在边荒损失了不少，留下的都是精英，大战过后，若无意外，都是各族未来的领军人。

　　石昊在天神书院梳理各种线索时，有人要见他。

　　最先出现的是邀月公主，她也有伤，险些殒命在帝关外，回来后，经过一番治疗，便急匆匆地赶来见石昊了。

　　"家族的长辈十分想要你留下，若是可以，他们愿意将你在下界的牵挂，将你的族人等都想办法请到九天上来。"

　　邀月公主长裙飘飘，秀发光滑柔顺，眼睛大而灵动，她毫不掩饰，代表家族向石昊抛出橄榄枝。

　　她表示愿意倾尽该族所有的秘典、神药等，助石昊破关，早日登临人道巅峰。

　　该族是长生家族，在九天上建立了一个庞大的皇朝，始祖曾为一代真仙，是从仙古大劫中熬过来的世家。

　　毫无疑问，他们有仙道秘典，还有最惊人的底蕴，就是那号称仙古旗帜的仙王裹尸布，都是该族的，曾慷慨地借给了大长老孟天正。

　　石昊摇头拒绝了，他的心很疲惫，他厌倦了这一切，只想回到下界去，回到石村，这里的一切已经跟他无关了。

　　很快，邀月公主的一位族人又找到他，老者很委婉地表达他们是真心希冀他能留下，并且表示愿意让邀月公主跟他结为道侣。

　　"你注定会成为一代战神，比孟天正走得还要远。下界灵气稀薄，不适合修道，根本不是你应该待的地方。"长生皇朝的人极力游说，劝阻石昊，试图让他留下来。

　　"我不想再战斗了，对修行亦有些厌倦了。既然大战结束了，当放马南山，我这也算是解甲归田，而且，我可能再也不会来上界了。"石昊摇头道，带着怅然，态度很坚决。

　　显然，来找到石昊的不仅有一个长生皇朝，还有其他势力。

　　所有人都看到了石昊的潜力，边荒一战，他连帝族至尊都能除掉，并且这么年轻就进入了遁一境，日后绝对可以雄霸天下。

第1421章 回去的路
WANMEI SHIJIE

短短两日，先后有十几股势力来到天神书院，委婉地邀请石昊加入一些负有盛名的古老家族。

这当中不乏顶级豪门、长生世家，可以说都是九天上的一些显贵门庭。

石昊一一婉拒了他们。他不想涉足其中，也不愿留下，心中早已有了决断，不管谁找上门来说什么都没用。

"小道友，你是否心有顾忌，担心在九天上被人暗算，所以执意要走？"

徐家，也就是邀月公主所在的长生皇朝锲而不舍，一直派重要人物与石昊接触，不肯离去，最后更是这般说道。

这个老人觉得自己已经猜到了石昊心中所想，觉得石昊是心有顾忌，所以嘴上才说再也不会回九天。

至于真实情况呢，老人认为，石昊早晚有一天会上来，以他的性情，不会蛰伏太久。

一旦到了那个时候，便是潜龙出渊！

石昊叹气，道："前辈，您想多了，我真的疲倦了，只想安度余生，远离纷扰。"

"这可不像是一个年轻人啊，你风华正茂，峥嵘岁月，当有吞天之志，怎可暮气沉沉？"老人说道。

石昊摇了摇头，道："累了，倦了，只想回到故乡。我年少离家，一路走来，有过辉煌，也有生死离别的遗憾，在修士的道与路上经历了太多。现在回首，我所追求的，略显缥缈，我只想归去，度过一段没有纷争、喧嚣的平静岁月。"

老人一阵无言，他觉得这少年未免太消极，根本不像是一个年轻人，没有了在帝关气吞万里、横击帝族的绝世锋芒。

他实在没辙，怎么都劝不动，只能告辞。

当然，邀月公主身后的长生皇朝是不会放弃的，他们的人依旧在天神书院。

在此过程中，石昊虽然婉拒了各方的邀请，但是也在与各方势力接触，想从他们口中了解如何顺利地回到下界。

他向所有人打探那传说中的古路到底怎么走，可惜，没有人能提供精确的消息，最多也只是有一些线索而已。

不过，石昊心中已经有数了，知道该朝什么方向努力了。只要不是绝路，还有可能，就不算糟糕。

随后，补天道重要人物的出现，让石昊有些讶异。

这是清漪如今的门派，也是月婵而今的归宿，是九天上的最强道统之一。

下界有补天阁，三千州有补天教，而在九天上则有补天道，自古长存，是一个极其辉煌与古老的门派。

"小道友，你的事我等尽知，说起来你和我教弟子清漪、月婵也算是有缘，不管发生过什么，都注定有一份善缘。"

这个老头子笑容和蔼，神情真挚。

他说得很直接，补天道有手段，能将石村所有人甚至石国的高层都接引上来，让石昊尽可放心，只要他愿意，他们立刻就去办。

"你不是想回故乡吗？我们可以直接带那片净土上来！"补天道的确很强，居然敢做出这种承诺。

"我是想下去，而不是带他们上来。"石昊摇头道。

九天上有多危险，没有人比他更清楚。王家如日中天，虎视眈眈，而金太君也未殒命。

至尊险死还生，如今都在休养，虽然金太君只剩下残躯，但是对石昊来说也不是什么好消息。

最关键的是，这还不是最致命的，昔日，究竟是谁要投靠异域，背叛者是哪一族，至今还不得而知。

昔日的鲲鹏战，以及罪血后人何以定罪，这些都意味着有一股不可忽视的恐怖力量。

而让石昊最难以忍受的是，边荒大战，都到了那一步，可是所谓的仙居然都没有露面，这也导致了大长老之殇。

那所谓的沉睡的仙，那苟延残喘活下来的至强者，若是肯出面，接下那一战，大长老又怎么会留下遗憾？

正因为无人出战，大长老才不得不破关，自断此生之路。

想到这些，石昊唯有叹息，握紧了拳头。

所以，他决定远走下界，回到故乡去，不管那里是牢笼也好，是鲲鹏败走之地也罢，对他来说，都是安全之地。

他需要休养生息，蛰伏下界。

真正龙腾会有时！

"其实都一样啊，将他们接引上来，只要团聚就好。上界的修道资源多么丰厚，下界太贫乏了。"补天道的老者说道。

"补天道有手段将我直接送下去吗？"石昊问道。

老者闻言，略显尴尬，将人接引上来与将石昊送下去，其难度不可相提并论。

当年，三千道州有教主勉强送下去几名神火境的修士，都付出了巨大的代价。现在，将一个遁一境的修士送下去，实在是异想天开，任何一个道统都做不到，那是不可能完成的任务。

除非想办法，确切地找到那一两条古路，不然的话，想都不要想。若是强行送人下界，不仅石昊要殒命，施法者也要招致不可预测的反噬。

"我听闻你与清漪有道侣之缘，你就这么无情，要一走了之，舍下一切吗？"

老者没有办法，最后竟然厚着脸皮，说出这么一番话来。

从中也可以看出，他们的确想留下石昊，强如补天道，辉煌照耀万古，但是也缺少一个石昊这般强大的少年。

不用多说，九天上的各族都知道，荒到底有多么可怕，说斩灭帝族至尊就斩灭，毫不手软。

而放眼九天，还有哪些人可做到这一点？

帝族，那是最强的族群，而在同等级对战中，他们依旧被荒打得落花流水，甚至当场殒命。

荒是一个战神苗子，再给他一段时间，他绝对可以横扫天地。

或许，他已经不算是苗子了，因为如今他就已经是遁一境的修士了，而他才二十几岁啊！

再也难以寻出一个比他还要年轻的遁一境修士了，最起码，这一纪元没有第二个。

所以，只要能够成功拉拢石昊，付出任何代价都值得。

得荒者，来日可立于不败之地，这是一些大势力的共识，所以他们才纷纷登门，竭尽所能地拉拢他。

"补天道如果真有这份心思，大可让清漪同我去下界。只要她愿意，你们不阻拦，这不是一份善缘吗？"石昊说道。

"可以，没问题！"

这个老者可能是知道石昊心意已决，居然没有再劝他，而是非常干脆地点头，同意了这个建议。

石昊惊讶，对方还真是果断。

"不过，你知道，她跟月婵本是一个人，分开太久终究会出问题。"老者说道。

石昊蹙眉，到了他这个境界，对一些古法了解得足够多，深知一些忌讳等。

"她们早晚得融合，毕竟她修的那种法不全，不然的话，道果会受阻，甚至神魂会有损伤。我建议，等她们在九天上融合之后，你再到下界去，走你的路。"老者劝道。

石昊笑了笑，没有说话。

"小道友，你或许觉得我这是在敷衍，不是认真的，但我绝非拖延。这样吧，我去同月婵说一说，可以让她跟清漪同你一起去下界，在那所谓的石村进行终极融合。"老者说道。

老人起身走了，他竟真的要回补天道，去促成这件事。

石昊愣住了，他很难想象一直跟他对立、带着敌意的月婵听到这个消息后，会是什么反应。

第1422章 再见

WANMEI SHIJIE

这几日，不断有人进入天神书院，想拉拢石昊，他们的目的很明确，就是让他成为本门的护道者。

谁都知道，来日他绝对有那样的能力，会成为不败战神。

可是，所有人都失败了，无法留住他。

在此期间，石昊一直在向众人了解，多方打探，收集各种有价值的线索，为回到下界做准备。

"真要走了？唉，九天上挺好的，适合修道，你这样离开，我很不舍。"小蚂蚁说道。

小蚂蚁在天神书院安家了，因为这儿的地下有仙府，是他的家。它建议石昊跟它一起修行，不怕至尊来袭。

但是，石昊摇头，没有答应。

"下界有什么好？都说那里资源贫乏，不适合修行，你这样回去等于为自己戴上了枷锁，修炼速度会变慢。"太阴玉兔劝阻道。

数年过去，太阴玉兔的模样都没有变化，一如当年第一次相见，十三四岁的样子。她一头银发垂到腰际，光亮如镜，大眼如红宝石般晶莹透亮，整个人美丽得如同一个瓷娃娃。

"你还会回来吗？难道真的打算解甲归田，就这么隐退了？"曹雨生问道。

长弓衍、凤舞等一些老朋友都到了，随后魔女也出现了。

"我想请你们帮忙。"石昊说道。

在离开前，他想花巨大的代价收购一些东西，比如神药。

"神药？"

这些人顿时傻眼了，哪怕在九天上，神药也极其珍贵，很不好找。

"你身上不是有虚天藤、天神树以及其他神药吗？怎么还要神药？"众人不解地问道。

石昊从帝关临去异域前，送出去的剑胎等器物，最后又被友人归还了，所以他们知道他身上有些什么。

当然，有一些东西，石昊直接送给了他们，没有收回。

"你们也说了，下界资源贫乏，是苦寒之地，我想带几株神药下去，在石村栽种，延长族人的寿元。"石昊说道。

对于普通人来说，哪怕不食神药，每天只是呼吸药香，栖居在栽种有神药的地方，也可延缓衰老。

"好吧，你准备拿什么来收购？"有人问道。

"我这里有一些仙金碎片，还有一头实力强大的坐骑。"石昊说道。

说到这里，人们回头，不远处一头黄金狮子正怒目而视，低吼出声。它浑身金黄，狮鬃璀璨而浓密，非常慑人。

这是无畏狮子，且是返祖者，实力强大，来自异域。

当初，它跟帝族年轻强者索孤一起追击石昊，在天兽森林深处被石昊镇压，并降伏为坐骑，带回了帝关。

谁都知道，这头坐骑极其强大，来自异域，身上有非常多的秘密。

可以料想，一些大势力有多想得到它，而且，以那些长生家族的底蕴来说，他们或许有手段逼它就范，得到该族的传承。

除非它很刚烈，立刻选择殒命。

不过，它一路跟来，就是因为不想死，还曾想过有朝一日反过来镇压石昊呢。

"这头狮子很厉害，在帝关时，曾跟金展战斗过，应该能卖一个好价钱。"曹雨生点头道。

"嗷——"无畏狮子更愤怒了。

很快，消息传开了，石昊要收神药、秘典等，他给的价格绝对超值，有仙金，还有异域血统纯正的无畏狮子。

无畏狮子原本属于九天，是古僧一脉的成员，但后来叛变，去了异域。这么多年过去了，还有很多人记得它们。

"看来，荒真是铁了心要走啊，这是在做准备呢，要带神药回下界。"

真的有人送来了神药，但是她并未收取石昊的仙金碎片和无畏狮子，而是直接送给了石昊。

这是截天道的人，属于魔女的门派。

三千道州有截天教，九天上有截天道，与清漪的门派类似，两道存有竞争关系，并不和睦。

"小道友既然要下界，今日一别，不知何年才能再看到你的无敌风采，一株神药算得了什么？就当是饯行了。"

这个中年女子很大方，就这么将神药赠予了石昊，而后飘然远去。

很快，圣院、仙院也有人前来，各自送了一株神药给石昊。

"唉。"天神书院的长老叹了口气。孟天正逝去，就此不见，他们这边连株神药都没有。

"当日，我以身为种，孟前辈他何止为我寻来一株神药？"石昊说道。

想到这些，他想将几株神药都留在天神书院，但是被天神书院的长老拒绝了。

"要不，就把这头狮子留在这里，为书院看守大门吧。"石昊打算将无畏狮子留下。

"算了，天下太平，天神书院不同于另外两院，不会存在多久了，你还是带它走吧。此外，它成长起来后没有几人压制得了，放在这里数百上千年，说不定会成为祸患。"一位长老说道。

按照他的意思，这等超级凶兽，很适合为石昊代步。

无畏狮子愤懑不已，同样来自异域，它怎么就成了坐骑，而那个莫道却重获了自由？

莫道是莫仙的弟弟，曾被石昊降伏，而今已经获得了自由身。

不久后，一个白衣丽人进入天神书院，前来拜访石昊，竟然是王曦。

她带来一则消息，养伤的王长生让她传话，说他愿意传授石昊平乱诀。

这则消息太惊人了，号称最强招式之一的平乱诀，绝对是世间最可怕的剑诀。

而且，平乱诀对石昊有非同一般的意义，那可是修元神的法，能锤炼出不朽的元神剑胎，让实力大增。

他有了《不灭经》，专门修炼肉身，若是再加上平乱诀，岂不是天下无敌法的组合？

石昊一叹，最后还是拒绝了，当然是很客气地婉拒。

王曦能出现在这里，也算是表现出王家招揽他的意愿，不然的话，不可能让跟他有许多不一般交集的王曦出面。

但是，石昊不想去那里，不愿踏足王家。

金家人听到传闻后，非常不满，不管怎样说，金展还活着，王家居然派王曦去见荒，这是何意？

数日后，年轻一代的最后一次聚会到来了。

不少人来到了天神书院，见到石昊后，有人劝他留下，也有人只是为了把酒言欢，最后一叙。

边荒一战过后，各族修士大多都返回了族中，至于一些年轻强者也都即将回到故土，他们来自不同的地方，分布在九天十地。

一般来说，除非是至尊以及超级大势力，不然的话，想要在这些不同的古地穿行，非常不容易。

而这也意味着，有些人一旦离开，很多年都不能见到了。

最后一次相聚，来了不少人，如谪仙、十冠王、戚顾道人，还有帝关的拓古驭龙、齐宏等人。这些人以前从未离开过帝关附近，这一次趁边荒安宁之际，离开家园，来到了这里。

"少了很多人啊！"有人叹息道。

一些很厉害的天才再也不可能出现了。

比如圣院的奕蚁，被人射杀在帝关前，尸骨无存。

还有蓝仙，至今生死不明，其肉身在边荒被毁，体内的无瑕种子发光，带着部分血肉与神魂离开了。

可是，过去了很多天，一直都没有她的消息。

还有金展，虽然他被金家的秘宝带走了，但是金家的人最近一直很担心，他伤了道基，能否复原还很难说。

"唉！"拓古驭龙怅然轻叹。

强大如他，一战之后，也差点儿废掉，当日他被人以战矛钉在地上，半边身子都受了重伤。

最让他伤感的是，他的未婚妻竟在他眼前被人斩灭，那一幕还不时出现在他的眼前。

卫家四凰，一战过后，只活下来了两人。

一战之下，九天的年轻翘楚不过是与异域的人稍微接触，短暂地对战，就折损了半数。

起初，气氛很平静，也很和缓，众人小酌，到最后终于放开了。

谁都知道，大战结束了，以后，他们将天各一方，此生很难再见到了。

喝到最后，一些人醉了。

许多人笑着，哭着，流露出了真性情。

"唉，我的兄长死得太惨，在帝关前，他是为了救我而亡啊！"一个年轻人哭诉道。

"卫敏，那一日，是因为我被人以战矛钉住，你才冲向前来，结果导致自身陨灭，我心难安！"拓古驭龙自责地道。他觉得未婚妻的死跟他有很大的关系。

这是大战的后遗症，许多人都还没有从中解脱出来。

有人哭，有人笑，还有人战意高昂。

有熟人要跟石昊切磋，比如十冠王、守护者的后人独孤云等，但是石昊一一拒绝了。

"各位，保重，再见！"最后，石昊起身，大步远去。

（本册完）

《完美世界》第27册即将上市，敬请期待！